Wen die Schwerkraft tötet

Scifi-Thriller

von Helmut Mülfarth

Wenn alles eine Ursache hat, wenn stets eins aus etwas anderem hervorgeht, dann muss es auch ein Erstes gegeben haben, aus dem alles entstanden ist.

Thales von Milet, um 600 v. Chr.

Helmut Mülfarth

Wen die Schwerkraft tötet

Scifi-Thriller

Bibliografische Information der Deutschen
Nationalbibliothek:
Die Deutsche Nationalbibliothek verzeichnet diese
Publikation in der Deutschen Nationalbibliografie;
detaillierte bibliografische Daten sind im Internet über
dnb.dnb.de abrufbar.

TWENTYSIX - Der Self-Publishing-Verlag
Eine Kooperation zwischen der Verlagsgruppe Random
House und BoD - Books on Demand

Herstellung und Verlag:
BoD - Books on Demand, Norderstedt
Bildnachweis Cover: pixabay.com

ISBN: 978-3-7407-4591-2

Ägypten in England

Am 14. April 1912, gegen 23.40 Uhr, sank im Nordatlantik die RMS Titanic. Ihre Fahrt startete sie im englischen Southampton. An Bord befanden sich mehr als 2.200 Passagiere, 56 Tonnen Fleisch und Fisch, 40 Tonnen Kartoffeln, 360 Kilogramm Tee und eine ägyptische Mumie. Es war die Mumie einer verehrten Seherin aus der Zeit Amenophis IV. Sie war in Amarna gefunden worden, der Stadt des Pharaos Amenophis IV., der sich später Echnaton nannte und dessen Hauptfrau Nofretete war. Ein englischer Lord, es soll Lord Canterville gewesen sein, wollte die Mumie der ägyptischen Seherin offenbar aus England fortschaffen.

Prolog

Ich begegnete ihm am Kölner Rheinufer, etwa in der Höhe des Rheinpegels. Er saß am Ende einer alten Bank, die längst hätte mal wieder gestrichen werden müssen. Sein Bart reichte ihm bis zu Brust, seine Kleidung hatte sicher schon einmal bessere Zeiten gesehen. Als ich mich auf das andere Ende der Bank setzte, schien er mich überhaupt nicht zu bemerken. Er fixierte mit starrem Blick einen Punkt am gegenüberliegenden Rheinufer. Ich sah in von der Seite an, versuchte darüber nachzudenken, welche Wunden ihm das Leben geschlagen hatte. Plötzlich wendete er den Kopf, sah mir direkt in die Augen. Kein Lächeln. Ich sagte »Guten Morgen«. Er sah mich weiter an. Ich hatte mir, bevor ich zum Rheinufer kam, ein Käse-Schinken-Baguette am Alter Markt gekauft. Das teilte ich jetzt in zwei Hälften und hielt ihm eine Hälfte hin. Er nahm es stumm, biss hinein und sah mich wieder an.

»Das war nicht immer so ...«, begann er plötzlich und sah mir weiter fest in die Augen. Er sprach mit einem starken englischen Akzent. Er wollte an diesem Morgen erzählen. Er schien auf einen Menschen wie mich gewartet zu haben und dann begann er mir eine unglaubliche Geschichte zu berichten. Eine wahre Geschichte. Als es schließlich langsam begann zu dämmern, schloss er seine Erzählung und bat mich sie keinem weiter zu erzählen. Ich konnte dieses Versprechen leider nicht halten und ich hoffe, er verzeiht es mir. Ich habe mich bemüht, die Personen der Geschichte so zu verändern, dass man sie im wahren Leben nicht erkennen kann. Die Fakten habe ich nicht verändert. Sie sind einfach zu ungeheuerlich, als dass sie verschwiegen werden sollten.

1. Dover – die Ankunft

Es stank. Die Lungen wehrten sich. Er hielt die Luft an. Einziger Schutz vor dem Ersticken war der Atemreflex.

Grünlich schimmernde Fliegen versuchten durch die Ritzen in der Tür zu kommen, an der Stelle, an der die Türscharniere ausgeleiert waren. Ein Cargo-Matrose, der an dem Lkw dicht vorbeikam, weil nur wenig Platz zwischen dem Laster und der Bordwand war, hielt sich einen schmutzigen Öllappen vor den Mund. Eine plötzlich aufkommende Brise von See fand nirgends einen Durchlass in den stickigen Laderaum.

Die Wellen schäumten diesmal nicht und die weißen Kalkfelsen sah man schon einige Meilen vor Erreichen der Küstenlinie. Eine klare Sicht bis zu den aufgeschütteten Wellenbrechern. Wie zwei Arme umschlossen die graubraunen Mauern von Dover den Hafen. Langsam schob sich die Fähre in die Hafenöffnung vorbei an dem kleinen weißen Leuchtturm, der sich an Steuerbordseite zu ducken schien. Der Wind roch salzig und kühlte angenehm an diesem Tag. Von der frischen Luft, die vom Kiel des Schiffes zerschnitten wurde, war im Innern der P&O Fähre nichts zu spüren. Die Maschinen stoppten, die tonnenschwere Schiffsschraube drehte sich langsam in die entgegengesetzte Richtung, um die Fähre an die Kaimauer zu drücken.

John Dunnagan fuhr seit zwei Jahren den 40-Tonnen-Truck mit dem Container-Auflieger für die

Hanjin-Container-Line. Die Spedition bezahlte gut und der ehemalige Bergarbeiter hätte in Liverpool sowieso keine Chance mehr, ein paar Pfund zu verdienen. John freute sich auf seine Familie. Die Touren zurück nach England übernahm er immer freiwillig. Die anderen Fahrer versuchten Touren nach Spanien oder Italien zu bekommen. Das brachte gutes Geld. Für John war die Familie wichtig. Was nützte allein ein volles Portemonnaie? Das Lachen seiner dreijährigen Tochter ließ sich nicht kaufen. Es war zwar ein unglaublicher Schlauch von Paris zur Insel mit Baustellen, Berufsverkehr rund um die größeren Städte und unerklärlichen Staus, die sich plötzlich genauso unberechenbar auflösten, wie sie entstanden waren.

Die Staus sitze ich mit einer Backe ab. Dafür bin ich anschließend zu Hause, dachte sich John.

Die Fähre legte an und die schwere Stahlrampe neigte sich auf den Kai. John kletterte auf seinen Bock, und den Mitreisenden zuliebe startete er den 300 PS starken Diesel noch nicht, sondern wartet, bis er an der Reihe war. Alle Laster, die vom Kontinent kamen, mussten noch vom Zoll gecheckt werden. Eine Prozedur, die John lästig fand. Die Zollbeamten sind für ihn Korinthenkacker. Alles wollten sie immer haarklein wissen, obwohl doch in den Papieren restlos jede Angabe gemacht wurde und zwar doppelt und dreifach.

»Guten Tag, kann ich Ihre Papiere sehen?«

Der Beamte hatte nicht das übliche ausdruckslose Gesicht, sondern rang sich ein Lächeln ab. Vielleicht habe ich ja diesmal Glück und es geht schnell, dachte John. Er stieg aus seinem Führerhaus und ging mit dem Zollbeamten um den Container des Lkws herum.

Riechen Sie das?«, fragte der Zollbeamte.

»Was soll ich riechen?« John sah den Beamten an. Eine Ärgerfalte grub sich zwischen seinen Augenbrauen ein. Rätselraten war alles andere als ein Hobby von ihm.

»Schließen Sie einmal den Container auf!«

Widerwillig entriegelte John die hintere Klappe und öffnet sie.

Eine eiskalte Hand schlug ihm ins Gesicht.

Die Hand einer Leiche. Der Gestank, der aus dem Container quoll, ließ John sofort seine Nase mit Daumen und Zeigefinger zuhalten und den Mund verschließen.

Der Zollbeamte leuchtete mit seiner Lampe in den Container.

» Oh – Gott...«, presste er hervor.

2. Stonehenge

Zehntausend Dinge
entstehen und vergehen
Sein wird geboren
aus Nichtsein
Lao-tse

Allzu weit konnte es nicht mehr sein. Sein Gefühl für Entfernungen war allerdings in England gestört. Die Meilenangaben irritierten Mark Bernsen. Er fuhr auf der rechten Fahrspur und zog vorbei an einem kleinen Vauxhall. »Immer schön rechts überholen«, sagte er leise zu sich selbst. Die ersten Meilen auf englischem Boden sind immer die schwersten. Nach einer halben Stunde hatte er sich an den Linksverkehr gewöhnt.

»Komisch«, unterhielt er sich mit sich selbst, »ich hätte schwören können, dass das ein

Opel war.«

Das Hinweisschild auf Heathrow sah er gerade noch auf der linken Seite und wenig später kam die Ausfahrt. Für Mark stellte sich dabei wieder die Frage, warum er nicht geflogen war. Eine eher rhetorische Frage, denn sie hatte etwas mit Geld zu tun. Vor ein paar Monaten, als er noch Redaktionsleiter bei dem kleinen Sender VOX war, wäre er sicher geflogen. Kein Problem. Aber er hatte gekündigt, er wollte nicht mehr nur am Schreibtisch sitzen und die wissenschaftlichen Filme anderer verwalten. Die Fernseharbeit änderte sich mehr und mehr. Es wurde nicht mehr über das Ereignis berichtet, die Fernsehmacher selbst schufen das Ereignis. Dafür gab es denn auch gleich ein neues Wort: Event. Für Mark Bernsen war der Event der, der von sich aus entstand und über den er berichten konnte. Da kannst du lange warten, sagte die Kollegen zu ihm. Die Zeiten sind vorüber.

Mark liebte lange Einstellungen, in denen man in dem Bild leben kann.

»Mann – der Take steht ja schon vier Sekunden – gähn ...«, sagte der Cutter zum ihm im Schneideraum. Ein jüngerer Kollege.

»Okay. Wenn du 'nen ordentlichen Hip-Hop unterlegst ...«

Jetzt recherchierte Mark wieder selbst und drehte mit seinem Kameramann die Filme. Sie lachten bei

der Arbeit. Etwas, das er in den vergangenen Jahren oft vermisste.

»Albert Schweitzer ist schuld«, hatte er seinen Kollegen gesagt; verstanden hatten sie es nicht. Irgendwo in einem Bioheft oder in einem Kalender, hatte er die paar Zeilen gelesen, die Albert Schweitzer, dem großen Humanisten aus Lambaréné, nachgesagt wurde:

Lieber will ich den Schwierigkeiten des Lebens entgegentreten,

als ein gesichertes Dasein zu führen,
lieber die gespannte Erregung des eigenen Erfolgs statt die dumpfe Ruhe Utopiens.

Er würde sich heute wundern, wohin die Pygmäen entschwunden sind und sich in dem Gebiet seines Hospitals die Bantus aufhalten. Die brauchten die Hilfe der Mediziner genauso. Nachdem klar war, dass Mark den Sender verlassen würde, gab es ein Gerangel um die neue Rangordnung. Jeder in der Redaktion glaubte, dass er einen Anspruch auf den Posten des Redaktionsleiters habe. Mit Ausnahme der Redaktionsassistentin. Einer schrieb sogar in seiner Bewerbung, dass er die Sendung entscheidend geprägt habe. Weit mehr als 200 Filme hatte Mark zu dem Zeitpunkt ins Programm gebracht – der dreiste Bewerber zehn. Das numerische Verhältnis sprach gegen ihn. Sein Größenwahn für ihn.

»Verdammt, muss der sich jetzt gerade vor meine Nase setzten!«

Der Vauxhall war nach rechts ausgeschert, um den Laster zu überholen. Anschließend setzte sich der Wagen wieder vor den Überholten. Der Lkw war Mark schon vorhin kurz hinter Heathrow aufgefallen, weil er eine eher ungewöhnliche Bemalung hatte. An der rechten Seite der Ladefläche war eine ägyptische Kartusche aufgemalt. So eine typische mit einem Ägypter drin, einem Palmwedel und den Rest konnte Mark jetzt im Überholvorgang nicht so genau erkennen. Der Fahrer war nicht zu sehen. In England sitzt er auf der anderen Seite. Als Mark anschließend den Vauxhall überholte, blickte ihn eine dunkelhaarige junge Frau am Steuer kurz an. Die Haare waren ihm sofort aufgefallen: schwarze Korkenzieherlocken.

Mark musste lachen.

»Die Ägypterin ist mit ihrem Hausrat nach England unterwegs«, sagte er zu sich selbst und wischte eine Lachträne aus dem rechten Augenwinkel. Von seinem Kameramann hatte Mark schon vor einiger Zeit ein T-Shirt mit der Aufschrift: K. Lauer geschenkt bekommen. Er bewies es wieder einmal. Das erste Hinweisschild auf Bristol tauchte auf. Bald würde er da sein. In Bristol fand alle zwei Jahre ein Naturfilmfestival statt und Mark nahm nun zum ersten Mal als freier Autor und Produzent daran teil. Chancen rechnete er sich nicht aus. Er hatte seinen Film über die Affen von Gibraltar eingereicht. Er war nicht nominiert, sonst hätte er schon längst von dem Festivalkomitee Post bekommen. Aber die Teilnahme war Mark wichtig. Sie bestätigte wieder das Bekenntnis zum freien Leben von Albert Schweitzer. Hier wehte kein Hauch der dumpfen Ruhe Utopiens – aber wo blieb die freudige Erregung des Erfolgs?

Ich will dem Risiko begegnen,
mich nach etwas sehnen und es verwirklichen,
Schiffbruch erleiden und Erfolg haben.
Ich lehne es ab, mir den eigenen Antrieb mit einem Trinkgeld abkaufen zu lassen.

»Und wenn ich dann kein Geld mehr in der Tasche haben«, sagte Mark zu seinen Ex-Kollegen, »dann esse ich den Spruch und würge ihn hinunter.« Das war jetzt Monate her und er war mit seiner ersten eigenen

Produktion auf dem Festival. Sein Film würde morgen in Bristol gezeigt werden. In England ein Film über Gibraltar, die englische Enklave auf dem Kontinent sollte funktionieren, dachte Mark. Und dann noch mit süßen englischen Untertaten im Pelz...

»Salisbury, Salisbury ... woher kenne ich den Namen. Salisbury, klar, Stonehenge!«

Mark gab Gas, rutschte zwischen einem Jaguar und einem Ford auf die linke Spur und bog auf die Ausfahrt. Es war Nachmittag, noch Zeit genug für einen Abstecher. Nach der Hetze auf der Autobahn war es entspannend durch die sanfte Hügellandschaft auf der A 344 zu schweben. Die Fahrt ging vorbei an diesen typischen kleinen englischen Häusern mit den uniformen Vorbauen, diese kleinen Erker. Mark stellte sich vor, dass es an einem verregneten Nachmittag sicher Spaß macht, im Erker zu sitzen und ein spannendes Buch zu lesen.

Auf einem Schild entdeckte er ein braunrotes viereckiges Karree mit Noppen. Darunter der Schriftzug Stonehenge. Mark folgte den Hinweisen und kam in eine komplett baumlose Landschaft. Er kannte England eigentlich bisher nur bewaldet, sogar auf den Feldern stehen immer wieder Bäume. In dieses Bild hatte er sich verliebt. Vor allem wenn Nebel zwischen den Bäumen aufstieg. Es war mystisch. Wenn der Nebel sich durch einen leisen Windhauch teilte, musste Merlin auftauchen, phantasierte Mark. Aber diese Landschaft war baumlos. Komplett kahl, mit dem Charme einer riesigen Kuhweide. Die Sonne stand jetzt tief, berührte aber noch nicht den Horizont. Ein Fingerbreit trennte die Sonne noch von der Kante der Welt. Busse kamen ihm entgegen. Da sind bestimmt Japaner drin, dachte er unwillkürlich. Japaner sind überall und gruppenweise. Schließlich sah er das Hinweisschild auf den Parkplatz von Stonehenge. Er bog ab. Der Parkplatz war leer. Alle Japaner waren weg. Als Mark ausstieg, sah er keinen einzigen Megalithen von Stonehenge aber einen Eingang mit Drehkreuz, daneben ein Häuschen. Mark bezahlte vier Pfund und bekam ein Prospekt an den Eintrittsbon getackert. Er bog nach rechts ab in einen Fußgängertunnel, der mit Bildern an den Wänden an den Aufbau von Stonehenge erinnert. Ohne Wald. Auf der anderen Seite der Straße kam Mark wieder ans Tageslicht.

Da standen sie!

Riesige Steinblöcke, majestätisch, erhaben im Kreis. Neun Querblöcke lagen auf den gigantischen Megalithen. Wie waren die nur da oben rauf gekommen? Einen Superkran hatten die Menschen in der Bronzezeit ja wohl kaum. Noch unwahrscheinlicher war, dass die tonnenschweren Steine aus den 30 Kilometer entfernten Hügeln der Marlborough Downs stammen. Irgendwie müssen sie es geschafft haben. Und es muss einen Grund für diese enorme Anstrengung gegeben haben. Mark schlenderte um die Steine herum. Das Bild vor seinen Augen verschob sich. Die Steine bewegten sich. Scheinbar. Mark blieb stehen, als er die Sonne zwischen den Säulen sah. Er war in der Mitte von Heelstone und Opferstein. Es wurde plötzlich kälter. Mark verschränkte unwillkürlich die Arme vor seiner Brust, um die Kälte nicht unter die Jacke kriechen zu lassen. Es half nichts. Die Kälte schien von den Steinen auszugehen, obwohl die Sonne jetzt ganz tief stand und genau über den Altarstein zum ihm hin strahlte. Aber sie wärmte nicht. Wenn er sich bewegte, blitzten die Strahlen zwischen den Steinöffnungen hindurch.

Am Altarstein bewegte sich etwas. Dunkel huschte es im Schatten des inneren Zirkels. Hatte er wirklich etwas gesehen? Er war sich sicher, dass es eine Gestalt in einem Umhang war oder zumindest etwas, was hinter der Silhouette zu flattern schien. Am Rande der äußeren Steine tauchte die Gestalt wieder auf und verschwand. Er hatte das Gefühl, dass es zwei verschiedene Umrisse waren, die er kurz sah. Zu hören war nichts. Nicht einmal Wind pfiff durch die Steine. Auch keine Vogelstimme. Alle Geräusche schienen in dem inneren Zirkel der Steine geschluckt zu werden. Mark ging von dem Weg, der um Stonehenge herumführte, ab und bewegte sich vorsichtig auf die Steine zu. Er setzte einen Fuß vor den anderen in das weiche Gras. Je näher er kam, desto größer erschienen ihm die 30 Sarsensteine, die die Pfeiler der kreisförmigen Konstruktion bilden. Die Kälte nahm weiter zu. Behutsam schritt er durch die mittlern Steinblöcke, genau auf der Linie des Sonnenstrahls. Er war jetzt genau zwischen den dunkelgrauen Steinen. Einige Meter über ihm lag der Querblock. Mark sah kurz nach oben »Wenn der jetzt aus seiner Verankerung rutscht...«

Mark tastete sich weiter vor. Jetzt sah er direkt vor sich auf den Altarstein.

»Hallo? Ist da jemand?«, rief Mark.

Seine Worte wurden geschluckt. Er hatte einen Hall erwartet, ein Echo. Aber das war natürlich Blödsinn, dachte er, schließlich ist das keine Halle. Es kam ihm dennoch so vor, als wären diese Steine, die Grundmauern eines Domes. Nicht von einer alten christlichen Kirche, sondern eines Erddomes. Ein anderes Wort fiel Mark in diesem Augenblick nicht ein.

Es raschelte ganz in seiner Nähe.

Und dann sah er es. Direkt vor ihm auf dem Altarstein.

3. Turnhalle, Castle Hill Road

»Wir habe hier keine Pathologie!« Hafenmeister Perry Walker war schockiert und wütend zugleich.

»Es hat in Dover noch nie einen solchen Fall gegeben.«

Und er hatte noch nie so etwas Grausames gesehen. In dem weißen Mercedes-Kühlaster, den die Zöllner am Sonntagabend, zwei Minuten vor Mitternacht, kontrollierten, entdeckten sie ein Knäuel menschlicher Körper. Sie waren im Todeskampf erstarrt. Der Gestank, der aus dem Laster drang, verschlug jedem den Atem, der in die Nähe der geöffneten Türen kam. Rund um den Lkw wurde von der Polizei sofort eine weiträumige Absperrung gezogen. Sie war nicht weit genug vom Laster entfernt, um den Verwesungsgeruch verwehen zu lassen. Alle verfügbaren Leichenwagen aus Dover und der gesamten Umgebung wurden in den Hafen beordert. Als sie eintrafen, hoben die Beamten mit Hilfe der Leichenbestatter einen nach dem anderen leblosen Körper aus dem Laster. Ein unwirkliches Bild in den frühen Montagmorgenstunden. Die Männer der Spurensicherung trugen weiße Schutzmasken vor Mund und Nase, damit milderten sie den Geruch ab. Ohne den Schutz konnte keiner normal atmen. Vierundfünfzig tote Menschen zogen sie von der Ladefläche. Vierundfünfzig tote Chinesen, die alle qualvoll erstickt waren. Der Fahrer des Lasters, der einer niederländischen Spedition gehörte, wurde sofort verhaftet. John Dunnagan beteuerte seine Unschuld:

»Ich habe damit nichts zu tun. Ich habe das nicht gewusst.«

Der Beamte, der ihm die Handschellen angelegte, sah in ungläubig an.

»Sie können mir doch nicht erzählen, dass Sie nichts gehört haben. Sie sind doch nicht nur mit der Fähre übergesetzt und haben an die Bar Limo getrunken. Die ganze Strecke über die Autobahn – was war denn damit?«

»Ich habe die Fuhre - Sorry, das ist wohl jetzt nicht so passend – also den Laster in Rotterdam abgeholt und bin sofort nach Zeebrügge gefahren, um überzusetzen. Ich habe nichts gehört. Nichts. Gar nichts. Meistens höre ich die ganze Strecke Musik. Kennen Sie Canned Heat? ... Nicht? Und außerdem hat der Container auf der Ladefläche auch keine Verbindung zum Führerhaus. Ich kann wirklich nichts hören. Glauben Sie mir...«

Der Beamte drückte ihn in den Fond des Streifenwagens, der sich sofort zum Revier nach Dover aufmachte. Dabei fuhr er fast frontal auf einen anderen Wagen zu, dem er erst in letzter Sekunde auswich. Eine grauer Morris, der kleine Mini, dcn man schon mal gerne im Straßenverkehr übersah. Ein Relikt aus den sechziger Jahren und seitdem auch nicht mehr geputzt. Möglicherweise hielt die Patina alles noch zusammen. Von liebevoller Pflege jedenfalls keine Spur.

Inspektor Stephen Boys von Europol hatte überhaupt keine Zeit, um sich um solche Verkehrs-Lappalien zu kümmern. Er war Schlepperbandenspezialist, gehörte zum Dezernat OK, Die Abkürzung stand nicht dafür, dass hier alles in Ordnung gebracht wurde, sondern für Organisierte Kriminalität. Und eine OK lag hier sicher vor. Boys ermittelte bereits seit fünf Jahren gegen die Schlangenköpfe. Er fand die Tätowierung auf der Brust der Mitglieder der Organisation albern, irgendwie pubertär. Es erinnerte ihn immer an den ersten Karate-Kid-Film. Die Bösen von Cobra Kai hatten eine Kobra mit weit aufgerissenem Maul als Maskottchen. Auch Stephen Boys Sohn Robin, war dem Karatevirus verfallen und lief sogar auf seiner Schule ab und zu als Karate-Kid herum. Der Karatetrainer nahm die Stelle des Vaters ein, der wegen seines Berufes immer unterwegs war. Jetzt war es zu spät für Boys noch irgendetwas daran zu ändern. Die vergangene Zeit lässt sich nicht mehr zurückholen, aber vielleicht wird sein Sohn irgendwann einmal Verständnis dafür aufbringen können, dass er als Inspektor bei Europol nicht anders handeln konnte. Jetzt war er wieder unterwegs. Boys hoffte, dass die Schlepper diesmal den entscheidenden Fehler gemacht hatten. Die Schlepper schmuggelten Asiaten über Russland, Polen nach Deutschland und von dort aus weiter nach Großbritannien.

»Inspektor Boys. Europol«, sagte er den Beamten hinter der Absperrung, holte kurz seinen Ausweis heraus und beugte sich unter das Absperrband. Als er näher an die geöffnete Tür des Lasters kam, holte er ein Taschentuch aus seiner Jackentasche und hielt es sich vor die Nase. Es konnte den süßlichen Geruch kaum filtern. Er nickte.

»Sieht ganz so aus wie das Geschäft der Schlangenköpfe. Scheint diesmal was schief gegangen zu sein.«

Inspektor Boys dreht sich um und sah einen weiteren Leichenwagen an die Absperrung fahren. Der Fahrer des Wagens öffnete die Heckklappe und zog eine Bahre heraus, an der an der Unterseite ein Gestell mit Rädern herausklappte. Am Heck des Lasters hatten die Beamten eine Lücke im Absperrband gelassen. Das war nötig als Schneise für die Leichenwagen, die nicht nur einmal heranfahren mussten. Der Fahrer des Leichenwagens setzte rückwärts an den Laster heran und zog auf die Ladefläche eine weitere Leiche. Es gab keine Bodysacks mit dichten Reißverschlüssen, die Körperflüssigkeiten und Gerüche zurückhielten. Es gab in ganz Dover nur zwei Sacks. Keiner hatte mit dem massenhaften Aufkommen von Leichen an der Küste von Dover gerechnet. Warum auch? So verzichteten die Leichenwagenfahrer ganz auf die professionellen Aufbewahrungs-Säcke der Leichen. Sie schlugen die Körper in graue Umzugsdecken ein. Inspektor Boys sah dem Fahrer mit der Bahre nach und fragte sich, wer die Decken nachher reinigt.

»Wo bringen Sie die Chinesen hin?«

»In die Turnhalle, oben an der Pfarrkirche St. Mary. Ist nicht zu verfehlen, gleich bei Dover Castle. Wenn Sie dahin müssen, nehmen Sie am besten die Castle Hill Road.«

Inspektor Boys musste zu der Turnhalle. Er wollte sich die Leichen genauer ansehen. Als der Fahrer die

Leiche aus dem Laster hob, war ihm etwas aufgefallen. Er konnte nicht sagen was es war. Irgendetwas stimmte mit den Leichen nicht. Er verabschiedete sich von den Beamten vor Ort.

»Ihr lasst doch noch die Spurensicherung kommen...?« Das war eine rhetorische Frage von Inspektor Boys. In der Frage versteckte er den Befehl, obwohl der in dem Fall überflüssig war. Die Beamten bestätigten, dass sie bereits die Spurensicherung angefordert hatten, aber Scotland Yard habe sich mittlerweile ebenfalls eingeschaltet und daher werde es etwas dauern, bis die Beamten der Schnüffelabteilung aus London angereist seien.

»Hier passiert nichts. Wir fassen nichts an dem Laster an«, sagte ein älterer Polizeibeamter, nahm die Mütze von Kopf und wischte sich den Schweiß mit einem Taschentuch von der Stirn. » Sie können ganz beruhigt sein.«

Inspektor Boys war nicht zufrieden. Bis die Kollegen vom Yard aus London da waren, verging viel zu viel Zeit. Aber ändern konnte er daran jetzt sowieso nichts.

»Wird sicher `ne Mordsschlagzeile im Daily Mirror«, rief ihm der Beamte nach.

»Das glaube ich nicht. Das würde wohl eher passieren, wenn in dem Laster vierundfünfzig Dalmatinerwelpen erstickt wären...«

Inspektor Boys wusste, dass die Engländer nicht besonders erfreut über die illegalen Einwanderer waren. Queen Mum hätte sicherlich gesagt: »We are not amused!« Die Tories machten immer wieder Front gegen Scheinasylanten. Selbst die Bewohner der Londoner Chinatown, in der Nähe des Piccadilly Circus, wehrten sich gegen neu eingewanderte Landsleute. Die meisten Neuankömmlinge können kein Englisch und finden daher keine Jobs. » We are not amused!« Und dabei dachte Inspektor Boys, als er nach Den Haag zu Europol ging, dass er auf die Sonnenseite der kriminalistischen Welt angekommen wäre: mit vielen netten Dienstreisen und Dienstgesprächen in erlesenen Gourmet-Restaurants. Eine kriminalistische Tour d'Europe.

Inspektor Boys stieg in seinen Morris und fuhr die Castle Hill Road hoch. Die Turnhalle war tatsächlich nicht zu verfehlen. Zwischen dem alten Gemäuer links und rechts fiel der große kastenförmige Bau sofort auf. Außerdem: wann stehen schon mal drei Leichenwagen aufgereiht vor einem Gebäude? Es sei denn die Cosa Nostra hat auf Sizilien eine Familienangelegenheit geregelt. Als Inspektor Boys die Turnhalle betrat, bot sich ihm ein merkwürdiger Anblick. Die Leichen der chinesischen Männer waren auf graue Umzugswolldecken gelegt worden. Alle trugen die gleiche Kleidung: blaue weitgeschnittene Hosen und darüber graue Sweatshirts. Inspektor Boys ging durch die Leichenreihen und versuchte nicht in die verzerrten Gesichter zu sehen. An den Ärmeln der Sweatshirts sah er immer wieder weiße Fäden heraushängen wie kleine schmale Raupen. Inspektor Boys hockte sich neben einer Leiche und besah sich den linken Ärmel genauer.

»Tatsächlich«, sagte er leise.

An dem Ärmel musste einmal ein Sticker aufgenäht worden sein. Er war nicht mit Sorgfalt abgetrennt worden. An den kleinen Einsticklöchern war zu erkennen, dass es sich um einen kreisrunden Aufnäher gehandelt haben musste. Inspektor Boys ging von Leiche zu Leiche. An jedem linken Ärmel fanden sich die Einstichlöcher der Nähnadel und weißes durchtrennntes Nähgarn.

»Was war das? Eine chinesische Armee? Eine Vorhut, um England zu erobern?«

»Keine Ahnung, Sir«

Inspektor Boys drehte sich um. Hinter ihm stand ein Constable. Inspektor Boys hatte ihn nicht bemerkt.

»Ist Ihnen sonst irgendetwas bei den Leichen aufgefallen?«, fragte Inspektor Boys nach.

»Nur, dass sie alle die gleiche Kleidung anhaben. Sir. Und...« Der Constable sah betreten nach unten, als sei er ertappt worden.

»Und was?«, wiederholte Inspektor Boys.

»Und, na ja ich meine ja nur... ich habe mir Chinesen immer etwas kräftiger vorgestellt. Wir habe in Dover ja keine Chinesen wie Sie in London...«

»Ich bin nicht aus London«, korrigierte Inspektor Boys und sah die dünnen Glieder der Leiche vor sich.

»Wie haben Sie sich denn Chinesen vorgestellt. Als asiatische Herkulesse oder jeder zweite als drahtiger Bruce Lee?« Inspektor Boys sah den Constable an und zog die Augenbrauen hoch.

»Nein, Sir - aber ich finde ... die sind sehr klein«, stellte der Constable fest und wirkte dabei sehr unsicher. Solche Feststellungen standen ihm nicht zu, fand er. Das war Sache des Yard. Er war für einen korrekten ordentlichen Ablauf und Sicherstellung zuständig und nicht mehr. Das war Aufgabe genug.

Inspektor Boys sah noch einmal über die Reihen der Leichen. Kleiner als andere Chinesen kamen sie ihm nicht vor. Mit einem Schlag war ihm klar was ihm merkwürdig vorkam, als er daran dachte wie die Fahrer der Leichenwagen, die toten Chinesen aus dem Laster zogen. Ein Mann mit einer Größe von etwa 1,70 Meter musste durchschnittlich ein Gewicht zwischen 60 und 70 Kilogramm haben. So in etwa, überschlug Inspektor Boys. Somit hätten die Fahrer der Leichenwagen, die Körper nicht so einfach aus dem Laster ziehen können, als seien es lebensgroße Stoffpuppen. Und eine Warenlieferung für ein neues Plastinaten-Gruselkabinett Körperwelten in Dover war es sicher nicht. Diese ausgestellten und ausgeweideten Leichen sah sich Inspektor Boys nie an. Er bezweifelte, dass die Körper freiwillig als Dauerleihgabe von ihren Besitzern zur Verfügung gestellt wurden. Außerdem – wer will sich schon in seiner knappen Freizeit auch noch mit seinem kriminalistischen Beruf befassen? Inspektor Boys las noch nicht einmal Kriminalromane.

Inspektor Boys hockte sich noch einmal neben eine Leiche. Er bewegte seine Hand ganz langsam zum Oberschenkel und fasste ihn an. Er ertastete den

Oberschenkelknochen. Es waren so gut wie keine Muskeln vorhanden. Er griff an den Oberarm. Hier waren Muskelstränge, aber nicht besonders ausgeprägt. Inspektor Boys stand wieder auf und sah über die lange Reihe der Leichen, die auf dem Boden der Turnhalle in ihren grauen Decken lagen. Er untersuchte noch drei andere Leichen in der Reihe. Überall dasselbe. Keine Beinmuskulatur. Nur Knochen. Inspektor Boys wandte sich an den Constable. »Ich möchte, dass alle Leichen obduziert werden.«

»Das werden sie in solch einem Fall sowieso, Sir«, erwiderte der Constable mit einem leicht beleidigten Unterton.

»Wo wird die Untersuchung durchgeführt?«, hakte Inspektor Boys nach.

»Wir haben in Dover keine forensische Pathologie. Wir werden sie nach Southampton bringen müssen. Das konnten wir allerdings bisher noch nicht veranlassen«

»Wieso nicht?«

»Sir, es ist 4.30 Uhr. Morgens. In der Pathologie ist noch niemand. Der Dienst beginnt um 8.00 Uhr.«

Inspektor Boys ging hinaus und atmete vor der Turnhalle durch. An Leichen würde er sich nie gewöhnen. Als junger Polizist sagte man ihm, das Unwohlsein beim Anblick einer Leiche lege sich. Irgendwann würde es zur Routine. Das sei halt wie in jedem anderen Beruf auch. Bei Inspektor Boys funktionierte das mit der Routine nicht. Als er vor der Halle stand, begann der Tag die Dunkelheit der Nacht wegzudrücken. Es entstand ein diffuses Grau. Die Lichter der Laternen mussten nicht mehr gegen das Schwarz der Nacht ankämpfen. Sie wirkten müde und warteten darauf ausgeschaltet zu werden, um sich zu erholen. Inspektor Boys atmete noch einmal die kühle Luft des Morgens ein, drehte sich um und blickte auf die Tür zur Turnhalle. Er war sich sicher, dass nur Hüllen in der Turnhalle lagen und die Menschen wieder Bestandteil des großen Ganzen geworden waren. So genau hatte er sich davon keine Vorstellung gemacht, was nach dem Tod kommt. Aber er fühlte, dass der Tod nur ein Übergang zu etwas anderem war. Es musste größer sein, als das, was wir auf dem Planet Erde erfahren. Inspektor Boys hatte die Vorstellung von einem ruhig dahinfließenden Lebensstrom, auf dem wir lediglich kleine Blasen sind. Die Blasen sind immer verbunden mit dem Strom und wenn sie zerplatzen, werden sie wieder ein Teil des großen Stromes. An anderer Stelle entsteht schließlich wieder eine kleine Blase, die wiederum eine Zeit lang mit dem Strom schwimmt, bis auch sie zerplatzt. Voilà. Das war ein Bild, das ihn den Tod ertragen ließ.

Würde Inspektor Boys rauchen, hätte er sich nun eine Zigarette angezündet und den Rauch genüsslich in die Morgendämmerung geblasen. Das Rauchen hatte er sich vor mehr als zehn Jahren abgewöhnt. Er war stolz darauf, dass er es geschafft hatte und er würde sicher nie wieder mit dem Rauchen anfangen. Aber in solchen Momenten erinnerte er sich an die kleinen Rauchfahnen und wie sie halfen, das Erlebte zu verarbeiten.

Der Tag vertrieb die Nacht. Die Lichter der Laternen verlöschten. Inspektor Boys fühlte sich müde. Die lange Fahrt von Den Haag - die Untersuchung...

4. Southampton

Es klingelte. Inspektor Boys versuchte den kleinen Knopf an seinem Reisewecker zu erwischen. Er ärgerte sich jedes Mal, dass der Knopf auf der Rückseite des Weckers angebracht war. Jedes Mal fingerte er schlaftrunken an der Rückseite und drückte regelmäßig an der kleinen Drehschraube, mit der die Zeit eingestellt wurde. Es klingelte weiter von seinem Nachtischchen. Mittlerweile hatte er sich an den Weg gewöhnt. Er diente ihm der Orientierung an der Rückseite des Weckers. Gleich neben dieser Stellschraube lugte der Abstellknopf für die Klingel aus dem Blech. Er tastete ihn und drückte. Es klingelte wieder. Inspektor Boys hob den Kopf aus dem Kissen und registrierte wie das Telefon auf seinem Nachtischchen einen unangenehmen Ton von sich gab. Er nahm den Hörer von der Gabel und klemmte ihn zwischen Kissen und Ohr.

»Sind Sie dieser Inspektor Boys von Europol?« Es klang als spräche jemand in eine Blechdose.

»Wer will das wissen?«, fragte Inspektor Boys zurück.

»Ich bin Pathologe hier, Gitter, Ernest Gitter. Könnten Sie jetzt vorbeikommen?«

Inspektor Boys wurde hellwach. Es war bereits nach elf Uhr. Seinen Wecker hatte er gleich auf acht Uhr gestellt, als er sich am Morgen ein Zimmer im Moat House Hotel nahm. Es lag in der Northam Road und war somit nicht allzu weit von der Gerichtsmedizin von

Southampton entfernt. Er hatte aber mal wieder vergessen, dass bei seinem neuen Wecker nicht die Uhrzeit, sondern die Anzahl der Stunden bis zum Klingeln eingestellt werden musste. So wäre er gegen 14 Uhr statt um 8 Uhr geweckt worden.

Das Haus des gerichtlich bestellten Pathologen lag in der Graham Road und nur drei Straßen weiter als das Hotel. Es war ein rotes Backsteinhaus mit einem angemauerten Kamin an der Außenseite, der in zwei Tonröhren hoch über dem Dach endete. Davor eine verrottete Wildnis, aus der zwei Lebensbäume wie grüne Riesen herauswuchsen. Einen Weg mit grauen Ornamentsteinen führt zu einer ebenfalls grauen Holztür. Inspektor Boys wollte gerade klingeln, als sich die Tür öffnete.

»Sie müssen Inspektor Boys sein!«, stellte der Pathologe fest und erwartete keine Antwort. »Ja - und Sie waren schon bei der Arbeit?«, fragte Inspektor Boys eher rhetorisch.

»Selbstverständlich, ich habe gleich nach dem Anruf des Constable aus Dover einen Leichenwagen geordert und mir einen der Chinesen bringen lassen. Arme Teufel. Ich hoffe nicht, dass Europol von mir verlangt alle vierundfünfzig Chinesen zu untersuchen. Ich wüsste nicht wohin mit ihnen.«

Der Pathologe Ernest Gitter war Ende Vierzig. Er dachte nicht mehr über Heirat nach oder ob er sich wieder der Allgemeinmedizin zuwenden sollte. Gitter wollte nur seine Ruhe. Die Leichen quengelten nicht herum. Geschichten erzählten sie ihm, aber er musste sie suchen, sie ausgraben, sie in einem Labyrinth von Organen, Blut und Knochen freilegen. Das war ruhig, sehr ruhig. Er trug einen weißen Kittel, der erstaunlich sauber war, stellte Inspektor Boys fest. Sie gingen durch einen langen Flur, der in ein Nebengebäude führte, das von der Vorderseite des Hauses nicht zu sehen war. Als der Pathologe Gitter die Türe am Ende des Flures öffnete, spürte Inspektor Boys einen kalten Lufthauch an den Beinen.

»Ich habe hier natürlich keine Heizung«, sagte Gitter und führte Inspektor Boys bis zu einem Tisch aus grauem Edelstahl. Der tote Körper lag auf dem Rücken, die Hände an den Seiten angelehnt. Zwischen den Füßen der Leiche war ein Abfluss. Gitter stellte sich neben den Tisch. Auf einem Beistelltisch an der Seite der Sezierfläche, lag das Werkzeug aufgereiht. Es hätte auch das Handwerkszeug eines Gärtners sein können, bis auf das Skalpell. Inspektor Boys betrachtete das Handwerkszeug. Die gebogene Schere, der Wundhaken und die Knochenzange würden sich sicher auch im Garten bewähren.

»Ihr Arbeitsplatz sieht vermutlich gemütlicher aus«, sagte der Pathologe und verzog keine Miene.

»Vor allem liegt zwischen Computer und Telefon keine Leiche. Das macht schon einen enormen Unterschied«, erwiderte Inspektor Boys. Gitter sah nur kurz hoch und setzte anschließend seine Brille auf. Für Humor hatte er noch nie Verständnis gehabt. Er nahm einen Notizblock, der auf zwei Behältern mit unsterilen

Kompressen lag. Der Raum musste vor zwanzig Jahren einmal ein Operationssaal gewesen sein. Inspektor Boys fragte sich, was wohl passiert war.

»Es ist mir natürlich sofort aufgefallen«, sagte Gitter, »der Chinese ist für einen jungen Mann von 25 Jahren gesund - sozusagen - bis auf den jetzigen Zustand. Rechts und links sind vor allem im Schulterbereich Schürfwunden, die aber älteren Datums sind. »Sehen Sie hier... gut verheilt aber...«

Inspektor Boys fiel ihm ins Wort: »...die Muskulatur?«

»Richtig. Alles ist soweit normal bis auf die Muskulatur. Das ist ja selbst für eine Laien einfach festzustellen.«

Dabei blickte Gitter über seine Brille hinweg Inspektor Boys an. Er wirkte wie ein Arzt in Pension, der aus Hobby noch ein wenig forensische Pathologie betrieb, um nicht ganz aus der Übung zu kommen. Möglich, dass seine chirurgischen Fähigkeiten doch noch einmal gebraucht würden.

»Während Bizeps und Trizeps zwar schwach ausgebildet sind - unser junger Freund war offensichtlich kein Bodybuilder - sind die Unterschenkelstrecker, Schienbeinmuskel, Unterschenkelbeuger und Schneidermuskel und Zwillingswadenmuskel praktisch nur noch angedeutet. Ich frage mich, wie hat er sich überhaupt aufrecht halten können?«

»Haben Sie denn feststellen können, ob er vielleicht durch eine Krankheit an Muskelschwund litt?«

»Sie meinen Muskelatrophie? Da käme eigentlich nur die Duchenne-Aranschen Muskelatrophie in Frage. Sie tritt vor allem bei Männern im mittleren Alter auf. Sie beginnt bei den Handmuskeln und erreicht sie schließlich die Atemmuskulatur... führt sie zum Tod. So könnte es hier auch aussehen. Schließlich ist dieser Chinese, soweit ich das jetzt schon feststellen kann, qualvoll erstickt. Das war die Todesursache. Der Muskelschwund war hauptsächlich in den Beinen.«

Inspektor Boys sah sich eine Apparatur mit Schläuchen und mit einer Art Blasebalg an. Die Maschinen war lange nicht mehr benutzt oder gereinigt worden. Überall erkannte er eine dicke Staubschicht. Für einen kurzen Moment dachte Inspektor Boys darüber nach, was eine Beatmungsmaschine bei einem Leichenbeschauer zu suchen hatte.

»Als ich in Dover mir die anderen Leichen ansehen konnte, habe ich festgestellt, dass sie alle so gut wie keine Muskulatur an den Beinen hatten. Ich möchte, dass sie auf jeden Fall die anderen ebenfalls untersuchen. Sie können sie ja einzeln von Dover hierher bringen und dann wieder zurückfahren lassen.«

»Das wird ein Chinesenleichen-Linienverkehr....«

War das jetzt ein Anflug von Humor? Oder ein sprachliches Versehen? Inspektor Boys entschied sich für ein Versehen.

»Ich möchte auch, dass Sie damit keine Zeit verlieren und sofort beginnen. Ihren abschließenden Bericht erwarte ich spätestens in einer Woche. Geht das? Geben Sie mir im Hotel Bescheid. Die Nummer haben sie ja.« Inspektor Boys wollte den Befehlston eigentlich nicht. Er wollte die Sache hier nur abschließen und so schnell wie möglich aus der kalten Halle raus.

»Mir wäre es ganz recht, wenn ich noch eine Computertomografie machen könnte. Dann hätte ich ein komplettes Bild. Vor allem auch im Computer, so dass ich jederzeit noch einmal Untersuchungen anstellen kann, ohne mir gleich wieder die Chinesen kommen zu lassen. So lange werden die ja auch nicht auf Eis liegen.«

»Von mir aus. Wenn Sie das für nötig halten, machen Sie noch einen Computertomografie. Trotzdem brauche ich Ihren Bericht so schnell es geht. Meinetwegen zunächst noch ohne die abschließenden Ergebnisse der Tomografie.«

Gitter grummelte vor sich hin, sagte aber nichts zu Inspektor Boys, der sich verabschieden wollte und in Richtung Tür ging.

»Ach ...«, sagte Gitter, »eines ist mir noch aufgefallen. Der junge Chinese auf meinem Tisch hat eine Tätowierung am rechten Oberarm. Kannte ich aber nicht. Chinesische Schriftzeichen..«

»Das ist bei einem Chinesen, glaube ich, nicht ungewöhnlich oder?«

»Schon - aber erstens sind die tätowierten Schriftzeichen eingerahmt, sie sind in einer Kartusche und zweitens habe ich das Schriftzeichen abgezeichnet und heute Morgen zu einem Sinologen in London gefaxt und er rief mich an, kurz bevor Sie kamen...«

»Ja und? Was bedeutet das Schriftzeichen? Hähnchen süßsauer ja wohl nicht.« Er fand seine Bemerkung unpassend, gleich als er sie aussprach. Aber der Pathologe hatte sie sowieso offensichtlich überhört.

»...er war direkt aufgeregt und fand es sehr ungewöhnlich. So etwas habe er noch nie gesehen und er habe auch in verschieden Fachliteraturen wieder und wieder nachgesehen, bis er sich schließlich sicher war und es keinen Zweifel mehr geben konnte. Es ist zwar ein chinesisches Schriftzeichen, aber es ist quasi auch die chinesische Übersetzung eines alten ägyptischen Wortes aus den Zeiten der großen Pharaonen. Es ist das Wort Ankh.«

5. Bristol, Watershed

Kein Bindfädenregen. Kein Nebel. Kein grauer Himmel. Wo waren die ganzen Klischees geblieben? Am nächsten Morgen herrschte kein typisch englisches Wetter in Bristol als Mark in der Stadt am Fluss Avon ankam, der sich mitten im Zentrum der City versucht, gegen die Gezeitenkräfte zu wehren. Er reiste nach Bristol wegen des Festivals der Tierfilmer. Eine Woche lang würde sich alles um unsere Mitgeschöpfe in der Welt drehen, außer um Menschen. Wer die Menschen kennenlernt, liebt die Tiere, war zu Marks Lebensweisheit geworden, die er sich angeeignet hatte. Er buchte ein Einzelzimmer in einem schlichten Hotel. Das Holiday Inn Express Hotel erwies sich für Mark dabei in jeder Hinsicht günstig. Es lag am Temple Gate und war preiswert. Kollegen hatten Mark zwar gewarnt und verschwörerisch vorausgesagt, dass das Reinigungspersonal in dem Hotel eher die Eigenschaft von Elstern habe und alles was blinkt plötzlich verschwinde. Aber Mark hatte sowieso nichts wirklich Wertvolles dabei, außer seiner Canon Spiegelreflex. Die Kamera packte er gleich in seine neue Tasche, die er bei der Registrierung in Delegiertenbüro bekommen hatte.

Alle zwei Jahre gab es eine Tasche vom Festival. Mark sammelte sie, obwohl er die Taschen nach dem Festival nie mehr benutzte. Während des Festivals war es ein weithin sichtbares Zeichen, das man dazugehörte: I'm a delegate. Das erste was er aus der prallgefüllten Tasche herausnahm, war die Bibel. So nannten alle Delegierten des Festivals den dicken Ordner indem alle Teilnehmer standen, alle eingereichten Filme beschrieben waren. Zudem fand sich in der Bibel auch das Programm der Festivaltage inklusive der verschiedenen Partys. Wichtig für alle, die Wichtig sind und sich dafür halten. An diesen Rumstehgesellschaften hatte Mark noch nie Interesse gehabt. Er wusste, dass es besser für ihn gewesen wäre, an den Partys teilzunehmen, um Kontakte zu knüpfen. Er konnte es dennoch nicht.

Mark spazierte zum Watershed. Das war früher mal ein Stapelhaus für Waren aller Art und nun befanden sich darin der Treffpunkt der Delegierten, aber auch die beiden kleinen Kinos, in denen die nominierten Dokumentarfilme gezeigt wurden. Mark schlenderte im Zeitlupentempo. Das Wetter war einfach zu schön. Auf seinem Weg lag St. Mary Redcliff, die alte Kirche, die auf rote Klippen gebaut worden war. Sie sah an diesem Tag besonders festlich aus. Erinnerungen an kleine St. Martinslaternen stiegen Mark ins Gedächtnis, als er die Fenster der Kirche sah, durch die sich Strahlen der Sonne ihren Weg bahnten. Er dachte plötzlich an ein Fenster mit dem Motiv eines Drachentöters. Irgendwo in irgendeiner Kirche dieser Welt hatte er dieses Motiv schon einmal gesehen. Mit einem Schlag erinnerte es ihn an den gestrigen Tag! Er sah dieses Zeichen auf dem Altarstein von Stonehenge jetzt wieder ganz deutlich vor sich.

Es war eine Schlange. Sie bildete mit ihrem schuppigen Körper einen Kreis, wie eine große Schlinge und biss sich dabei selbst den Schwanz, um die Rundung zu vollenden. Dieses Symbol, dieses Zeichen war keineswegs vor hunderten von Jahren auf den Stein geritzt worden. Es musste ganz frisch auf den Altarstein gemalt worden sein. Es glitzerte golden und als Mark mit dem Zeigefinger ganz vorsichtig über das Auge der Schlange strich, verwischte sich das Rund des Auges und zog goldene Strahlen in Richtung seines Zeigefingers.

Was hatte dieses Symbol zu bedeuten? Und wer hatte es dorthin gemalt?

Vor allem war es an einer Stelle, an der sonst kein Tourist hinkommt, da er normalerweise gar nicht von dem vorgeschriebenen Weg rund um Stonehenge gehen darf. Also konnte dieses Zeichen eigentlich nur für jemanden bestimmt sein, der in den inneren Kreis durfte. Mit einer Restaurierung konnte es nichts zutun haben.

»Excuse me! Sir.... Sir?«

Mark versperrte einem älteren Herrn den Weg, der an ihm vorbei auf die Redcliff-Bridge wollte. Mark taxierte ihn nur kurz und fand ihn etwas merkwürdig gekleidet. Hier war mal wieder ein Klischee bedient. Es stimmte, dass Engländer oft die vergessene Avantgarde der traditionellen Herrenoberbekleidung sind. So mancher Sir und manche Lady pflegten den Spleen. Ein am Kragen und an den Ärmeln abgeschabtes Hemd galt nicht als Makel der Armut, sondern als Zeichen des

Traditionsbewusstseins. Möglicherweise hatte dieses Hemd schon der Großvater bei seinen Ausritten durch die Grafschaft mit Stolz und gestärktem Kragen getragen. Mark gewöhnte sich bei seinem Aufenthalt auf der Insel daran, er fand es sympathisch und suchte förmlich nach den bunten Tupfern in dem internationalen Uniformismus der Welt, der sich vor allem in den großen Städten breit machte.

»Verzeihung«, sagte Mark und ließ den Herren an sich vorbei. Unwillkürlich ertappte er sich, wie er versuchte das Rasierwasser des Herren zu riechen. Aber es war offensichtlich sehr dezent und obwohl Mark kurz am Ärmel gestriffen worden war und dadurch eine erzwungene Nähe entstand, konnte er keinen Duft wahrnehmen. Mark ging ebenfalls weiter über den schmalen Fußgängerweg der Brücke. Bis zum Hafen war es nicht weit. Kleine Hausboote lagen vertäut mit armdicken Leinen an der Kaimauer. Bei Sturm hätten die Leinen gehalten, die Boote nicht. Einige von ihnen sahen wie schlanke antiquarische Raritäten aus. Sie waren sehr schmal, außen reich mit Ornamenten verziert. Oft mit Schlangenlinien. Die aufgemalten Striche bildeten gerade Schlangenlinien, sie drehten sich nicht im Kreis und bissen sich selbst ins andere Ende. Dabei wären schließlich große Punkte entstanden, die ausgesehen hätten wie überdimensionale Knöpfe auf der Bordwand.

Er musste unbedingt herausfinden, was das Schlangen-Symbol von Stonehenge bedeutete.

Mark kam beim Watershed, der kleinen Speicherstadt in der Nähe des quirligen Stadtzentrums von Bristol, an und ging vorbei an einem jungen Bettler in seinem verschlissenen blauen Windbreaker, den jeder schon kannte. Der Weg entlang der alten Speicher am Watershed war schmal. An der linken Seite war die Kai-Mauer und rechts ein Pub. Daneben der Eingang zur Festivaltagungsstätte. Mark nahm sich an diesem Tag Attenborough vor. Klar, dass der Naturfilm-Dinosaurier schon wieder einmal nominiert war. Sir Attenborough hatte so etwas wie ein Dauerabonnement auf Preise. Es machte schon keinen Spaß mehr gegen diese BBC-Ikone anzutreten. Wie alt war er eigentlich mittlerweile? dachte Mark und ertappte sich dabei wie er ausrechnete, dass der gute David es ja wohl nicht mehr lange in dem Naturfilmgeschäft machen werde und er, Mark, es dann vielleicht zu etwas bringen könne. Marks Gewissen meldete sich: Mit dem Tod eines anderen Menschen spekuliert man nicht, um damit selber einen Vorteil zu haben. »Stimmt«, sagte Mark leise zu sich und setzte sich in den roten Plüschkinosessel des Kino ‚One'. Die Dokumentation »Birds - to fly or not to fly« startete in dem Augenblick als Mark den Sitz herunterklappte. Natürlich war es eine BBC-Produktion und mal wieder der Bestandteil einer Serie, die ein Hollywood-Budget von mehreren Millionen Pfund verschlungen hatte. Allerdings sah man den Aufwand auch, der bei der Produktion betrieben worden war, stellte Mark fest.

Merkwürdigerweise saß Attenborough plötzlich in einer Grube im süddeutschen Raum. Er hatte eine Steintafel in der Hand und blätterte sie auf. Computeranimiert. Der Abdruck eines Reptils oder eines Vogels kam zum Vorschein. Der Archaeopteryx. Er war noch mehr Reptil als Vogel, flatterte aber bereits hervorragend in der Luft herum, wie dem staunenden Kinopublikum erläutert wurde. Ebenso war Sir Attenborough begeistert und der Vogel wurde gleich aus der Steintafel in den erlauchten Händen des Sirs durch eine Computeranimation zum Leben erweckt.

In den Augenwinkeln nahm Mark ein kurzes Aufblitzen wahr. Die Eingangstür des kleinen Kinos ging auf und der Schattenriss einer jungen Frau wurde für Bruchteile einer Sekunde sichtbar. Es war wie eine Erscheinung aus der Twilightzone. Sie hatte die Türe sofort wieder hinter sich geschlossen. Mark kniff seine Augen zusammen und versuchte sie aus der Dunkelheit herauszufiltern. Aber es gelang ihm nicht.

Die Musik wurde leiser und Sir Attenborough setzte sich wieder auf einen Schutthaufen aus zerbrochenen grauen und braunen Steinen, der dem Rest eines Marmorkuchens glich, der unweigerlich zerbröselt auf der Kuchenplatte zurückbleibt.

»Gleich kratzt er wieder Steinplatten aus der Erde...«, flüsterte Mark seinem Nachbarn zu. Aber der ignorierte die Bemerkung. Vielleicht verstand er aber auch kein Englisch und war Filmproduzent aus Hokkaido. Als Mark sich zur anderen Seite umdrehte, bemerkte er auf dem letzten Platz seiner Sitzreihe die junge Frau. Die Kamera im Film gab den Blick auf die hellen Wolken des Himmels frei und erhellte für einen kurzen Augenblick die Gesichter des Kinopublikums. Er war sich sicher, dass sie ihn ebenfalls ansah. Aber die Himmelssequenz war zu kurz. Mark wartete jetzt sehnsüchtig darauf, dass Sir Attenborough eine helle Steinplatte hochhob. Am liebsten wäre Mark eine Kalksteinplatte gewesen. Noch besser: die Metamorphose des Kalksteins in weißen Carrara-Marmor. Die hätte das Kino in diffuses helleres Licht getaucht. Attenborough tat ihm den kleinen Gefallen nicht und redete wieder vor einem dunklen Hintergrund über dicke schwere Vögel, die eine enorme Größe erreichten. Er nahm einen schmutziggraubraunen dunklen Knochen in die Hand, ließ ihn los und um diesen Knochen herum bildetet sich der prähistorische Vogel. Einer dieser Computeranimationen, die das hohe Budget des Films rechtfertigten. Als der Vogel komplett zusammengesetzt war, drehte er sich kurz um und sah Mark an. Glaubte er jedenfalls. Der Vogel hatte pechschwarze Federn.

Keine Chance die junge Frau zu sehen.

Irgendwann flatterten alle Vögel herum, Attenborough gab noch seinen Schlusssatz, legte den Kopf schräg und verabschiedete sich. Der Abspann folgte und die Schrift war auf einem hellen Hintergrund. Mark drehte sich nach links. Die junge Frau war nicht mehr da. Enttäuscht wendete Mark sich um. Der 'Filmproduzent aus Hokkaido' sah ihn merkwürdig an und Mark richtete seinen Blick wieder zur Leinwand, um den Abspann bis in die Tiefen der Interpunktion zu studieren. Alle applaudierten. Etwas, das es bei Filmvorführungen zumeist nur auf einem Festival gibt: Die Zuschauer bleiben beim Abspann sitzen und applaudieren. Im Halbdunkel des Kinosaals wirkten die Schattenrisse der Zuschauer wie Seehunde, die mit den Flossen schlagen.

Mark wollte sich zwar noch eine weitere Vorführung ansehen, diesmal in dem neu eingerichteten IMAX-Kino ‚@t Bristol', das tagsüber nur für die Delegierten des Festivals zugänglich war. Aber er hatte keine Lust mehr. Zumal er sich beim IMAX-Kino jedes Mal ärgerte, wenn er Großaufnahmen sah. Wer sieht schon gerne die Nase eine Wolfes in der Größe ein Meter mal zwei Meter. Ein optischer Geruchsverstärker der ganz besonderen Art.

Als er aus der Tür des Kino ‚One' herauskam, sah er sie. Sie stand mit dem Rücken zu ihm aber er erkannte die Silhouette sofort. Die schwarzen Locken hingen bis zu den Schulterblättern. Sie telefonierte mit ihrem Handy. Mark blieb fasziniert stehen. Er fühlte, dass er zum ersten Mal eine Frau mit dem Handy telefonieren sah. So eine Frau. Mark verstopfte fast den Ausgang des Kinos. Als sie sich schließlich umdrehte, sah er ihren Vollbart. Mark fiel für einen Bruchteil einer Sekunde in eine Schockstarre und sagte kurz »Hi«. Der Kanadier nickte und telefonierte weiter. Wie hatte sich nur so irren können. Er hatte seinen Pullover genau wie sie um die Hüften zusammengebunden und Männer mit solchen extrem langen vollen Haaren sind in Europa eher selten. In Kalifornien und Florida hätte er das erwarten können, aber nicht im konservativen Bristol. In Marks Hirn blitzte ein Gedanke hell auf und setzte sich aus dem verschwommenen Weiß in bunte Erinnerungsfarben zusammen. Er sah wieder die Situation vom Morgen vor sich. Als er mit dem älteren Engländer zusammenstieß, auf der Brücke. Jetzt wurde ihm schlagartig klar, warum ihm der Engländer so ungewöhnlich vorkam. Er hatte ebenfalls extrem lange Haare, die allerdings schon ergraut waren. Außerdem - trug er nicht einen Umhang? Unmöglich. Kein Mensch trägt heute mehr auf der Straße einen Umhang. Höchstens im Rheinland zu Karneval. Die süßen Funkemariechen, wenn sie im Zug durch die Straßen marschieren und es kälter ist, als es der Kölner gerne hat. Vielleicht würde der Rheinländer auch lieber unter Palmen Samba tanzen, als auf der Stelle zu hüpfen. Seine einzige Sorge wäre dann, dass ihm eine Kokosnuss auf den Kopf fällt und nicht eine schlecht verpackte Miniflasche, die vom Prinzenwagen geschmissen wird.

Mark ging den schmalen Gang entlang in Richtung Versammlungssaal. Links konnte er durch die großen Fenster immer wieder auf den schmalen Hafen vor dem Watershed-Stapelhaus sehen. Eine Möwe flog in seiner Höhe vorbei und schrie. Mark war sich sicher, dass die Möwe den Kopf in seine Richtung gewendet hatte, um für einen kurzen Moment abzuschätzen, ob er eine Gefahr darstelle. Er kam an dem Wachposten vorbei.

Ein freundlicher Herr im blauen Anzug. Er saß auf einem Hocker und warf einen unauffälligen Blick auf die Ausweise, die allen Delegierten vor der Brust baumelten. 'Don't forget your badge' stand in der Festival-Bibel 'always'. Der Saal, den er betrat, konnte man nicht gerade als gemütlich einstufen. Er bemühte sich noch nicht einmal den Charme einer Betriebskantine zu entwickeln. Die Tische mit den glänzenden Metallbeinen standen verloren auf dem Boden. Weiße zerfranste Papiertischdecken verrutschten auf den Resopaloberflächen. An der rechten Seite stand eine Theke mit einer Glasfront, hinter der Brötchenhälften mit Wurst oder Käse aufgereiht lagen. Die Käsehälften waren zudem mit Salzstangen erdolcht. Mit weißen Schürzen standen Damen hinter der Theke.

»Sir?«, fragte die Lady, die Herrin des Kuchenbuffets.

»Geben Sie mir bitte ein Käsebrötchen und eine Tasse Kaffee«, sagte Mark und sah sie dabei nicht an. Seine Augen fokussierten das Käsebrötchen. Das Buffet erinnerte Mark an den jährlichen, unvermeidbaren Weihnachtsbasar in Schule und Kirche. Wer bringt das Waffeleisen mit? Wer kann etwas basteln? Wir im Kindergarten bekleben schon Grußkarten mit lustigen Federn.

»Federn können nicht lustig sein«, sagte Mark »und der Vogel, der sie gelassen hat, fand das bestimmt auch nicht lustig.«

Peng. Und schon wieder hatte sich Mark Freunde gemacht und seine Frau sagte: »Du schaffst es immer wieder mir und den Kindern alles zu versauen.« Zu dem Zeitpunkt stimmte es schon nicht mehr zwischen ihm und Rita. Der große Spaltpilz war eingezogen und verspann sein feines Myzel. Unsichtbar, verzehrend und giftig. Sie hatten drei Kinder großgezogen und sich dabei im Alltag verloren. Sie hätten sich suchen können, aber auch das vergaßen sie wie ihre Liebe. Sie versäumten es miteinander zu reden. Und irgendwann hatten sie sich nichts mehr zu sagen, selbst wenn sie versuchten den Mund aufzumachen.

»Ihr Kaffee, Sir. Vorsicht! Der ist heiß. Macht zusammen Neunzig Cent.« In Watershed war für die Tage europäisches Festland-Territorium und so konnte mit Euro statt mit Pfund gezahlt werden. Das Essen an dem Delegiertenbuffet war angenehm subventioniert. Mark zahlte, nahm Kaffee und Brötchen. Damit begann der Schlamassel.

»Verzeihung, das tut mir aber jetzt schrecklich leid. Haben sie sich verbrannt?«

Mark hatte sich zu schnell mit seinem Kaffee umgedreht und war in sie hineingelaufen. Er erschrak, trat einen Schritt zurück. Sie sah an sich hinunter und schüttelte die rechte Hand aus.

»Ich glaube es ist gut gegangen. Nur auf der Hand war es ein bisschen zu heiß«, sagte Mark und sah ihr in die Augen. »Warten Sie hier, nehmen Sie die Serviette.« Ihre Stimme zeigte kein Zeichen von Aufregung. Sie hatte einen warmen Klang. Mit einer anderen Serviette, die sie sich vom Tisch neben ihr nahm, wischte sie die Hand ab. »Kann ich das wieder gut machen?«, fragte Mark und bemerkte erst jetzt, dass es die junge Frau war, die er im Kino gesehen hatte.

Braune Augen. Sie waren riesig. So groß wie die japanischen Zeichner sie bei den Mangas malen. Mark hatte in einem Artikel gelesen, dass unser Unterbewusstsein große offene Augen als 'das-Gegenüber-ist-sympathisch' einstuft. Sie war ihm sympathisch. Sie war ihm sehr sympathisch. Mark tauchte ein in die großen Augen. Ganz tief. Sie lächelte. Nicht verlegen, sondern erwidernd.

»Ich denke nicht«, sagte sie.

»Vielleicht mit einer hervorragenden Kirschtorte?«, versuchte Mark das Gespräch in Gang zu halten.

»Im Allgemeinen esse ich um zehn Uhr morgens keine Kirschtorten. Höchstens ein Käsebrötchen.«

»Ich auch. Am Liebsten mit einer Amarena-Kirsche obendrauf. Nein – nicht wirklich. Sehen Sie, da haben wir schon etwas gemeinsam. Haben Sie denn Zeit für ein Wiedergutmachungskäsebrötchen?« Mark setzte einen übertriebenen Dackelblick auf.

»Eine halbe Stunde bis zu meinem nächsten Termin. Den habe ich auch hier in der Cafeteria ausgemacht.« Sie sah ihn mit einem Schmunzeln an und nickte.

»Heißt das ja?«

»Sieht so aus.«

Mark drehte sich noch einmal um und bestellte ein weiteres Käsebrötchen und Kaffee. Sie nahm ihm allerdings sofort den Kaffee ab. Sie setzten sich an einen kleinen runden Tisch. Hinter ihnen war der Stand einer Computersoftware-Firma, die ein Naturarchiv aufgebaut hatte, mit Videosequenzen und Tiergeräuschen. Sie setzten sich mit dem Rücken zu diesem Computerstand und hörten einem Zaunkönig zu. Mark hielt ihr kurz seinen Delegiertenausweis hin.

»Ich heiße Mark, Mark Bernsen.«

»Ruth .... Hat dir der Film mit Attenborough nicht gefallen?«, fragte sie und Mark gefiel es, dass sie gleich zum Du übergegangen war. So entstand erst gar nicht die peinliche Situation, dem anderen das Du anzubieten und man nicht weiß, ob das Gegenüber das tatsächlich will.

»Doch klar, aber ich könnte so etwas niemals produzieren. Dazu fehlt mir einfach das Budget.«

»Das stimmt, die Computeranimationen sind sehr teuer. Wir haben einen Film über Dinos gemacht. Wir haben ein Jahr lang bei fast 50 Wissenschaftlern recherchiert, um so authentisch wie möglich zu sein. Schließlich hat das Projekt umgerechnet neun Millionen Euro gekostet.«

»Neun Millionen Euro? Sicher? Woher weißt du das denn so genau?«

»Ich arbeite bei der NHU.«

Die NHU war die ‚Natural History Unit‘ der BBC. Sie erschuf TV-Produktionen, die weltweit den Standard bei den Naturfilmen setzte. Schon vor dem ersten Drehtag waren die Filme bereits in alle Welt verkauft. Die Fernsehsender griffen blind zu, wenn es den Stempel der NHU trug. Und diese altehrwürdige Fernsehabteilung hatte ihren Sitz nicht in London, sondern ebenfalls in Bristol, wusste Mark.

»Dann hast du es nicht weit bis zum Festival. Oder?« Sie schüttelte verneinend den Kopf.

»Ich bin hauptsächlich zur Marktbeobachtung hier. Was machen die Amerikaner oder die Schweden. Manchmal arbeiten die ja ganz anders. Langsamer, getragener. Jedenfalls die Schweden. Sie wollen immer die ganze Atmosphäre der Natur so authentisch wie möglich herüberbringen. Wenn der Eisbär durch die Arktis schleicht, dann ist minutenlang die Ruhe der großen Eisfläche zu hören, unterbrochen ab und zu vom Rauschen des Windes oder dem leisen Knacken des Eises. Aus dem Schnee bildet sich dann langsam eine Silhouette und die wird immer größer. Zum Schluss ist sie bedrohlich und steht direkt vor einem: ein Eisbär. Und alle fragen sich, was macht der in dieser Schneewüste? Wo kam er her? Wo geht er hin?«

»Hört sich an, als ob du das ganz toll findest«, antwortete Mark und war fasziniert von der Idee des riesigen Eisbären auf der Leinwand.

»Ja klar - weil es der Realität der Rauheit der Natur nahe kommt. Die rein poetisch erzählten Geschichten haben auch ihren Platz. Werden aber immer seltener, weil die Produzenten und die Redakteure in den Sendern auch leider immer Angst vor den Zappern haben. Zapp... und weg. « Dabei machte sie eine Bewegung, als drückte sie eine Fernbedienung in ihrer Hand. Und in der Richtung, in der sie die

Fernbedienungen hielt, erschien dieser spleenige Engländer, mit dem Mark am Morgen fast zusammengestoßen wäre.

»Ich muss jetzt gehen, mein Appointment, meine Verabredung, ist gerade angekommen. Vielleicht sehen wir uns ja noch einmal auf dem Festival.« Sie sah ihn wieder mit ihren offenen großen Augen an.

»Lässt sich wohl nicht vermeiden«, sagte Mark und versuchte ein ärgerliches Gesicht zu ziehen.

»Bitte dann aber nicht wieder mit einem heißen Kaffee, der mir aus der Tasse entgegengeflogen kommt.« Dabei versuchte sie ihn strafend anzusehen. Es entstand eine kleine Falte zwischen ihren Augenbrauen. Mark schmunzelte.

»Versprochen!«, sagte er.

Ruth ging auf den Engländer zu, der seinen Umhang bereits über einen Stuhl gelegt hatte. Sie begrüßte ihn mit einem Kuss auf die Wange und setzte sich zu ihm. Das Gespräch dauerte nicht lange und beide standen auf und verließen eilig den Meetingroom der Delegierten, wie die Kantine offiziell genannt wurde. Mark schlenderte mit der Kaffeetasse in der Hand ans Fenster und sah den beiden nach. Sie hasteten am Hafenbecken entlang, dem Floating Harbour am Fluss Avon, über die neue kleine Fußgängerbrücke, die sich über das schmale Hafenbecken spannte. Es sah so aus als wollten sie ins Arnolfini, früher einmal ein Teehandelshaus und jetzt eine Galerie, die zeitgenössische Kunst zeigte. Von dem Fenster des

Watershed konnte Mark gerade noch erkennen wie der flatternde Mantel zwischen den Bäumen vor dem Arnolfini verschwand.

Mark dachte einen Augenblick nach. Sah auf die Uhr. Es war kurz vor Mittag. Er konnte jetzt sowieso nicht mehr in die nächste Vorstellung oder zu einem Vortrag, weil die bereits vor einer halben Stunde begonnen hatten und mittags endeten. Er entschloss sich Ruth und dem Engländer mit Umhang hinterher zugehen. Mark nahm an, dass es ein Engländer war, denn bei der Begrüßung von Ruth sprach er in einem akzentfreien Englisch, das sich so sehr von dem breiten amerikanischen Akzent unterscheidet. Was Mark dazu trieb hinterher zu gehen, war ihm nicht klar. Es war gar nicht so sehr Ruth. Dieser spleenige Engländer, dieses schnelle Verschwinden war es, für das er keine Erklärung fand. Er musste einfach hinterher.

Die junge Empfangsdame drückte die Glastüre fest zu, als Mark auf sie zuging. Sie sah ihn an und drückte noch fester gegen die Türe. Das Arnolfini war eine offizielle Ausstellungshalle. In ihm war ebenfalls ein Vortragssaal untergebracht und Mark verstand überhaupt nicht, warum die junge Frau die Tür zudrückte. Mark zeigte ihr, dass er gerne hinein möchte. Sie wiegte den Kopf von links nach rechts und stemmte sich gegen das Glas. Ließ aber dann langsam nach und die Glastüre öffnete sich für einen Spalt. Mark zwängte sich hindurch.

»Es tut mir wirklich sehr leid, Sir, aber der Wind ist heute so stark, dass wir immer die Türe festhalten müssen. Sie schlägt sonst auf und das war es dann.« Sie hob entschuldigend die Schultern.

»Kein Problem«, sagte Mark.

»Ich glaube wir werden die Türe jetzt sowieso schließen. Wenn Sie nachher bitte durch das Café hinausgehen würden?«

Mark versprach es. Es schien bei dem Wind die beste Lösung zu sein. Im Gebäude des Arnolfini war ebenfalls ein Café und Mark ging an der Empfangstheke, mit dem dahinter liegenden Verkaufsraum für Kunstdrucke und Postkarten, den Gang entlang zum Café. Er nahm an, dass Ruth und der spleenige Engländer sich hierher zurückgezogen hatten. Das System ‘Theke und Bestellung‘ schien sich in Stadtgebiet von Bristol durchgesetzt zu haben. An der langen Theke, die eine genaue Kopie der Theke im Watershed war, nahm die Bedienung die Bestellungen auf und mit einem Tablett voll Kaffee und Tee schwang sie mit ihren Hüften an den eng gestellten Tischen vorbei.

Sie waren nicht zu entdeckten. Ruth und der Engländer wären in dem kleinen Café sofort aufgefallen. Mark drehte sich enttäuscht um und ging zum Ausstellungsraum. Auf einem Plakat am Eingang bemerkte er, dass es sich um einen Ausstellung handeln musste, die sich mit ägyptischen Motiven befasste. Am anderen Ende des Ganges war der Eingang zur Kunsthalle. Die großen ägyptischen Kartuschen fielen sofort auf. Inmitten des Raumes stand ein Paravent, der überhaupt nicht zu der Ausstellung passte. Er bestand aus bonbonfarbenen Karrees in den verschiedensten Nuancen. Mark hörte Stimmen und blinzelte unter den Paravent durch, der nicht ganz den Boden erreichte. Er erkannte sofort die merkwürdig, altertümliche Hose des Engländers, daneben eine jungen Frau in Jeans und Blundstones. Schuhe, die bis über die Knöchel reichten und keine Schnürsenkel brauchen. Mark kannte sie aus Australien. Jeder Aussie, der irgendwie im Outback zutun hat, trug Blundstones. Oder auch einfach, weil er Australier war.

»Das können sie nicht machen«, hörte er Ruth leise sagen.

»Warum nicht? Sie haben doch alles an Technik was sie brauchen.« Der Engländer sprach hastig. Die Sätze waren im Wettstreit miteinander und versuchten sich gegenseitig zu überholen. Nicht so gelassen wie Ruth, in deren Stimme eher ein Unterton der Entrüstung herauszuhören war.

»Das stimmt nicht. Sie würden dich doch jetzt nicht zwingen, das zu tun, wenn sie wirklich alles haben. Sie brauchen dich, das ist doch ganz offensichtlich.«

»Schon...«, antwortete der Engländer zögerlich.

»Mach' da auf keinen Fall mit. Du hast mir selbst gesagt, bei den Versuchen sind schon Menschen umgekommen. Das scheint die Firma doch überhaupt nicht zu interessieren. Hauptsache sie können die Technik entwickeln und Milliarden verdienen!« Einige Sekunden sagten beide keinen Ton. Der Engländer

55

scharrte mit seinen Füßen. Ein unangenehmes Geräusch. Mark wollte sich langsam unbemerkt aus dem Raum zurückziehen. Eigentlich war es überhaupt nicht seine Art andere Menschen zu belauschen. Es war ihm plötzlich sehr unangenehm und er wollte nur weg, raus aus dieser Situation. Zudem konnte er sich keinen Reim aus den Satzfetzen machen. Trotzdem hielt es ihn. Er musste weiter zuhören. Es war das Interesse an Ruth, die gerade wieder eindringlich auf den Engländer einsprach und sich immer wiederholte. »Sie brauchen dich. Das können sie nicht machen!«

»Sie wollen dich entführen und dir etwas antun, wenn ich nicht mitmache«, sagte leise der Engländer und klang resigniert.

»Dann gehen wir zu Polizei. Das sind Mafiamethoden.«

»Das ist doch völlig sinnlos. Wie solltest du denn geschützt werden. Sie brauchen nur abzuwarten. Die haben Zeit und irgendwann stehst du nicht mehr unter Polizeischutz und es passiert. Das kann ich nicht riskieren. Ich muss mitmachen.«

»Was ist mit der Schlange auf dem Altarstein. Hat das nichts genutzt?«, flüsterte Ruth.

»Nein - bis jetzt jedenfalls noch nicht.« Der Engländer sah vor sich auf den Tisch und drehte langsam das Glas in seinen Händen hin und her. Er schien verlegen oder ratlos. Vermutlich beides. Er blickte an dem Glas vorbei nach rechts und links. Er hoffte offenbar, dass irgendwo hinter der Tischkante eine Lösung für sein Problem auftauchen würde. Aber das einzige was zu sehen war, war ein alter Wasserfleck auf dem Holzfußboden, der bei der Verdunstung auf dem Boden einen dunklen Kranz hinterlassen hatte.

»Wenn Gravitec S.à.r.l. alles in die Hand bekommt, was du weißt, dann .... Was war das!?...« Ruth stocke, hielt die Luft an. Sie drehte schnell den Kopf nach rechts aus der Richtung, aus der sich dachte, dass sie ein Geräusch gehört hätte.

Mark wollte so tun, als ob er sich die Schuhe zuband, damit es nicht auffiel, dass er die beiden belauschte. Dabei war ihm sein Handy aus der Jackentasche gerutscht und mit einem dumpfen Scheppern auf den Holzfußboden gefallen. Ein Geräusch, so kam es ihm vor, das wahrscheinlich bis London zu hören war. Er nahm sein Handy schnell auf und flüchtete aus dem Ausstellungsraum.

Mark setzte sich in das Ausstellungs-Café an einem der vier langen Tische und bestellt einen Cappuccino. Am Ende seines Tisches saß ein junges Pärchen. Sie hielten sich auf dem Tisch an den Händen fest. Keiner der beiden traute sich an der Limonade zu trinken, die vor ihnen stand, denn dann hättcn sie ihre Hände loslassen müssen. Die Welt um sie herum war versunken. Mark platzierte sich so am anderen Ende des Tisches, dass er in den Gang sah, um nicht zu verpassen, wenn Ruth und der Engländer aus dem Ausstellungsraum herauskommen würden. Ein paar Minuten waren bereits vergangen. Mark hatte seinen Cappuccino noch nicht bekommen, als Ruth und der

Engländer am anderen Ende des Ganges auftauchten. Ruth redete auf den Engländer ein und gestikulierte mal mit beiden Händen und dann wieder nur mit einer. Aber immer sehr kraftvoll und nachdrücklich. Über die Hälfte des Ganges hatten sie hinter sich. Sie kamen an der Eingangstür vorbei, die mittlerweile wegen des starken Windes geschlossen worden war. Gleich mussten sie an Mark vorbei. Er konnte beobachten, wie sie an der Türe umkehrten und den Gang entlang auf ihn zuschritten.

Plötzlich trafen sich ihre Blicke. Ruth sah ihn fest an und es schien ihr keinesfalls unangenehm zu sein, ihn hier zu treffen. Sie lächelte und kam mit dem Engländer auf ihn zu.

»Na - wieder mal bei Kaffeetrinken?«, sagte sie immer noch lächelnd.

»Falsch. Diesmal ist es ein Cappuccino!«, antwortete Mark. Er tat so, als sei er ein wenig beleidigt. In dem Augenblick kam die Kellnerin und stellte den Cappuccino vor Mark auf den Tisch. Es war fast so, als hätte sie auf das Stichwort ‚Cappuccino' gewartet.

»Das ist mein Onkel mütterlicherseits, Richard - Richard Maryborough«, stellte Ruth den Engländer vor.

Mark und der Engländer nickten einander zu. Maryborough drehte sich wieder zu Ruth.

»Ruth - ich muss jetzt wieder zurück. Pass bitte auf und ich denke noch einmal über alles nach. Ich glaube es bleiben nicht viele Möglichkeiten.« Sein Gesicht zeigte keinerlei Regung.

»Vielleicht können wir uns ja heute Abend noch einmal sehen. Im Swallow-Hotel? Ist das in Ordnung? Wir müssen noch einmal miteinander reden. Das geht jetzt nicht.«

»Gut - ich bin um acht Uhr da«, antwortete er zu Ruth gerichtet.

Maryborough nickte Mark noch einmal kurz zu und ging zum Ausgang des Cafés. Erst jetzt fiel Mark auf, dass der Engländer unglaublich abstehende Ohren hatte. Er trug die Haare zwar lang und über die Ohren, aber das schien nicht so richtig zu funktionieren. Die Absicht war klar aber mit der Ausführung haperte es. Die Ohren standen aus den Haaren heraus. Mark glaubte sogar einen kleinen Sonnenbrand an den Ohren erkennen zu können. Winzige helle Überbleibsel der obersten Hautschicht hingen an der gebräunten Ohrmuschel. Die Ohren kann er sich unmöglich um diese Jahreszeit in England verbrannt haben, dachte Mark unwillkürlich.

»Ich mag ihn«, sagte Ruth, die dem Engländer nachsah. »Vor allem, weil er so schön britisch ist.«

»Was ist schön britisch? Seine längeren Haare? Die hat man in dem Alter doch wohl eher in einem ultrakurzen Façon-Schnitt. Die meistens sind doch mit einem militärischen Schnitt groß geworden.«

»Als Brite darf man schon mal ein wenig Individualität zeigen. Muss man vielleicht sogar. Was ich meine ist nicht seine Frisur, sondern seine altmodische Kleidung«, sie lachte »er würde sagen: ‚sie ist traditionell.'«

»Wahrscheinlich hatte die Hose und die Jacke schon sein Vater in allen Ehren getragen.«

»Das ist jetzt gemein«, sagte Ruth, schien aber nicht verärgert zu sein.

Ruth setzte sich zu Mark und bestellt einen Tee. Mark hatte sich gewünscht, dass sie noch bei ihm blieb und manchmal gehen Wünsche auch in Erfüllung. Er wollte ihre Nähe. Ihre körperliche Nähe. Für eine kleine Ewigkeit entstand ein Schweigen zwischen ihnen. Bevor es unangenehm werden konnte, gewann Marks Neugier die Oberhand. Eigentlich wollte er nicht so direkt sein, aber er konnte die Frage, die ihn beschäftigte nicht mehr zurückhalten.

»Ihr habt euch doch vorhin im Watershed getroffen, warum seit ihr dann hierher zum Arnolfini?«

»Mein Onkel Richard ist Bibliothekar und spezialisiert auf mystische Zeichen in der Kunst und Literatur und deshalb hat ihn vor allem die ägyptische Ausstellung hier im Arnolfini interessiert.«

»Darüber gibt es doch genug Literatur. Angefangen bei Götter, Gräber und Gelehrte vom Ceram. Ein Buch, das ich als Junge regelrecht gefressen habe. So...quasi.«

»Habe ich auch gelesen. Aber ich konnte überhaupt nicht einschlafen, als ich das Bild vom Tutenchamun gesehen hatte.« Dabei zog sie die Mundwinkel herunter und verdrehte die Augen nach oben.

»Das sah doch toll aus. Die goldene Maske mit dem tiefblauen Lapislazuli, dem grünen Feldspat, Karneol und Alabaster und Obsidian. Wunderbar!«

Mark rührte im Cappuccino und schien für einen Augenblick ganz weit weg zu sein.

»Das Bild meine ich nicht.«

»Welches denn?«

»Erinnerst du dich nicht mehr daran - dieses Bild mit der platten Nase?«

»Platten Nase? Ach - jetzt weiß ich's. Die Mumie!« Dabei machte sie ein ernstes Gesicht, drückte sich mit der rechten Hand ihre eigene Nase platt und versuchte zu schielen. Mark war in seinen Vorstellungen gefangen und konnte nicht auf Ruths Darstellung der Mumie eingehen. Er sah sie zwar, nahm sie aber dennoch nicht wahr. Zu stark war die Vorstellung der grauen Mumie, die ihn als Kind zunächst erschreckt und dann fasziniert hatte. Er konnte sich noch genau daran erinnern, wie er das Buch zuklappte, um das Bild nicht mehr zu sehen. Angst stieg in ihm hoch, das Bild könnte in seinen Träumen lebendig werden. Das Buch hatte er in die klaffende bedrohliche Lücke zurückgestellt, in der es im Regal gestanden hatte. Selbst die Lücke schien eine Kraft auszuüben. Es fehlte ihr das Buch. Sie musste es mit aller mystischen Kraft wieder in Besitz nehmen. Aber es hatte nicht lange gedauert, da nahm er das Buch wieder heraus und öffnete es langsam. Die Seite mit der Mumie schlug sich von alleine auf und Mark betrachtet jetzt die Risse und die ausgetrockneten Augenhöhlen. Auch Ruth erinnerte sich jetzt an das Bild. »Ja - genau, die ausgewickelte Mumie, der Kopf. Überall waren Risse in der Haut. Seine Zähne waren zu sehen, da die Oberlippe zurückgezogen war und vor allem die leeren Augenhöhlen. Es wirkte trotzdem, als würde die Mumie einen ansehen. Gruselig.«

Dabei rümpfte Ruth die Nase und kniff die ein wenig Augen zusammen. Es sollte Ekel ausdrücken. Eine Sekunde tauchte Mark in die dunklen Augen von Ruth ein. Schemenhaft nahm er im Blinkwinkel die Welt um ihn herum war. Die Bewegungen der Welt verlangsamten sich. Er war mit Ruth herausgelöst aus dem Bild der Gegenwart. Wie ein Puzzleteil, das man für einen kurzen Moment aus dem Bild herausnimmt, um es sich genauer anzusehen. Er versuchte jedes Quäntchen Leben aus diesem Augenblick zu fühlen.

»Mark? - Mark!«

Sie hatte seinen Blick erwidert. Puzzelte sich jetzt aber wieder in das Bild zurück.

»Mark ...«

»Ja - ja was ist?«

»Du hattest gerade einen richtigen Kaninchenblick drauf.«

»Tschuldigung, ich war nur so in Gedanken.«

»Das habe ich gemerkt und...«, sie schmunzelte, »ich fand es schön.«

Blut sollte eigentlich im Kreis fließen, deshalb heißt es Blutkreislauf. Bei Mark hielt sich das Blut nicht daran. Es floss nur in eine Richtung: in den Kopf. Er konnte sich nicht daran erinnern, wann ihm das zum letzten Mal passiert war. Gleich würden verdammt noch mal seine Ohren rot. Zumindest das rechte, da war er sich sicher.

Ruth bemerkte es. Übersah es aber. Sie griff an ihre Umhängetasche, die sie neben sich auf der Bank abgelegt hatte und holte den Festivalkalender heraus.

»Ich muss gleich noch zu einem Screening. Ein Film über Delfine. Wusstest du, dass Delfine wahrscheinlich zumindest die Intelligenz eines kleinen Kindes haben? Ich finde das phantastisch«, sagte Ruth.

»Ja. Ich finde es schade, dass wir uns nicht mit ihnen unterhalten können. Übrigens sollen Dohlen auch ganz schon intelligent sein. Hab ich zuletzt in einem Forschungsbericht gelesen. Von den Delfinen weiß man ja schon länger, dass sie nicht zu den Dümmsten der Schöpfung gehören«, ergänzte Mark. Ruth nickte. »Es gibt zahlreiche Versuche dazu wie wir vielleicht mit einigen Tieren kommunizieren könnten, wie beispielsweise auch mit den Affen. Natürlich sprechen die Delfine in ihrer Sprache. Wir versuchen die Laute zu interpretieren. Unglaublich spannend. Ich muss jetzt los, wenn ich den Film noch sehen will. Kommst du heute Abend zum Swallow-Hotel?«

Damit hatte Mark nicht gerechnet. Er stimmte zu, ohne in seinen Festival-Terminkalender zu sehen und sie verabredeten sich um 19.00 Uhr. Mark bezahlte. Er verspürte noch keine Lust in die laute Außenwelt zurückzukehren und schlenderte in Richtung Ausstellungsräume des Arnolfini. Wobei er bei jedem Schritt kaum den Boden berührte.

Es war das Symbol Ankh zusammen mit einer Schlange. Unter der Kartusche stand:

Er lebe ewig.

Daneben gab es noch eine Kartusche in der ein kleiner Tisch abgebildet war. Ein flacher kleiner Tisch wie ihn die Japaner benutzen, wenn sie auf ihrem Tatami sitzen. Unter diesem kleinen Tisch fand sich nur ein Wort:

Himmel.

Es war ein Ölbild mit einem sandfarbenen Malgrund über dem sich eine lang gezogene Kartusche beinahe plastisch hervorhob. Mark bemerkte, dass auf diesem Ölbild die Kartusche nicht, wie bei den Ägyptern üblich, von oben nach unten gemalt war. Sie also in der senkrechten stand. Diese Kartusche in dem Bild war waagerecht. Mark blickte wie aus der Vogelperspektive auf die Symbole. Eine Schlange - ein Tisch. Er hatte dieses Bild schon einmal gesehen! Das war noch gar nicht so lange her.

Er macht Ägypten grünen mehr als der große Nil,
er hat die Himmel mit Stärke und Leichtigkeit gefüllt,
er ist Leben in der Höhe, das die Nasengänge kühlt.
Die Schätze, die er gibt, sind Speisen denen, die ihm folgen.
Er nährt die, welche seinen hohen Pfad betreten.
Der König ist Nahrung und sein Mund ist Überfluss.

Mark konnte mit dem Vers unter dem Bild nichts anfangen. Aber mit der Schlange in der Kartusche... Stonehenge! Es war der kurze Moment, den er auf den Stein gesehen hatte: von dem Altarstein verschwand blitzartig eine Schlange.

6. Bristol, Radiologisches Institut

Das Lichtkreuz wanderte langsam vom Haaransatz über die Augenbrauen, die Augen und über die Nase. Der senkrechte dünne Lichtstrahl teilte die Leiche genau in eine linke und in eine rechte Körperhälfte. Der waagerechte Strahl erreichte die Oberschenkel und durchschnitt den senkrechten Strahl im rechten Winkel. Als die beiden Strahlen die Nasenspitze erreichten, war das Gesicht geviertelt. Der weißgekachelte Raum strahlte Kälte aus. Die Leiche auf dem Tisch machte den Eindruck einer älteren Wachspuppe mit dunklen Flecken, die zur Restauration hierher gebracht worden war.

Die Leichen aus Dover konnten nur im Radiologischen Institut in Bristol einer solchen Untersuchung unterzogen werden. Alle technischen Voraussetzungen, die für eine solche ungewöhnliche Analyse in einem solchen ungewöhnlichen Fall erforderlich waren, konnten in dem Institut durchgeführt werden. Für den Pathologen Ernest Gitter keine leichte Aufgabe. Er musste das Institut davon überzeugen, dass es für die Auflösung des Chinesen-Falles aus Dover von ungeheurer Wichtigkeit wäre, diese Leichen einer Computertomographie zu unterziehen. Und das vor allem in ihrem Institut. Im Normalfall liegen keine Leichen auf dem Untersuchungstisch. Eigentlich nie. Gitter konnte sich nicht erinnern, dass das jemals vorgekommen war. Nicht so lange er an diesem Institut arbeitete. Trotzdem hatte er sich gegenüber der Institutsleitung dafür stark gemacht, einmal eine Ausnahme zuzulassen.

Gitter war begeistert von der Software 'Voxel Man'. Sie war ganz neu entwickelt worden und machte die Arbeit an den Leichen für ihn zu einem ungestraften morbiden Erlebnis. Gitter setzte sich eine Spezial-Brille auf und sah auf die beiden Computerbildschirme vor ihm. Die Leiche des jungen Chinesen wurde immer weiter abgetastet und in Bruchteilen von Sekunden auf einem der beiden Computerbildschirme wieder digital zusammengesetzt. Der andere diente der Steuerung der Apparatur. Durch die Brille und das Computerprogramm 'Voxel Man' war Gitter in der Lage, das Bild vom Innenleben der Leiche dreidimensional zu sehen. Es erinnerte ihn an einen Spielfilm, den ihn fasziniert hatte. Dabei wurde ein Wissenschaftler miniaturisiert und in ein ebenfalls mikroskopisch kleines Tauchboot gesetzt. Anschließend wurden beide, Wissenschaftler und Tauchboot, in die Aorta injiziert. Das Boot schlingerte um die roten Blutkörperchen in den Adern herum und versuchte sich den Weg zu einem Tumor zu bahnen. Eine der größten Gefahren waren dabei die Herzklappen. Es musste der richtige Zeitpunkt abgewartet werden, um mit dem Tauchboot die Herzkammern zu passieren. Der Mini-Wissenschaftler setze sein eigenes Leben bei dieser Reise durch den Körper des Patienten aufs Spiel und der merkte davon nichts. Nicht einmal wenn das Boot mitsamt Inhalt von weißen Blutkörperchen getötet und als kleiner Eiterpickel auf der Haut des Patienten ausgedrückt worden wäre.

Für Gitter bestand beim Computerprogramm ‚Voxel Man' keine Gefahr. Seine Patienten waren tot. Die Sache mit dem Blutkreislauf erledigte sich somit.

»Jetzt - jetzt müsste es eigentlich gleich zu sehen sein...«

Gitter atmete schwer. Mit Hilfe der Maus öffnete er verschiedene Fenster auf dem Bildschirm. Camera 1 stand links oben auf dem geöffneten Computerfenster. Es war der Schädel des Chinesen zu sehen. Er glänzte silberfarben als ob er aus Quecksilber bestehen würde. Der Schädel schien zu grinsen. Ein Effekt, der dadurch entstand, dass das Computerprogramm Licht und Schatten zu dem Bild hinzumogelte. Auf diese Weise entstand der dreidimensionale Eindruck. Unterhalb des Schädels waren bereits die Schultern und die Schlüsselbeine zu erkennen. Gitter schloss das Fenster mit einem Klick auf dem kleinen Strich am oberen Fensterrand. Darunter wurde ein blassblaues Fenster sichtbar. Zwei weiße Kreise bildeten sich ab und drumherum eine ganz dünne blaue Schicht, wie ein Schleier, der sich um die beiden weißen Kreise legte.

»Da müsste doch eigentlich...«

»Haben sie schon etwas Ungewöhnliches entdeckt?« Inspektor Boys kam in das Labor und stellte sich hinter Gitter, der seine 3D-Brille auf die Nasenwurzel schob und Inspektor Boys ungläubig ansah.

»Was machen Sie denn hier?«

»Ich konnte es einfach nicht abwarten und da dachte ich, ich komme mal auf einen kurzem Besuch vorbei.« Inspektor Boys gab sich Mühe besonders freundlich zu klingen. Er wusste, dass Gitter immer alleine arbeitete und vor allem keinen Neugierigen dabei ertragen konnte. Die Antwort von Gitter kam schroff: »Ich bin gerade mit der Untersuchung beschäftigt. Sie können wohl kaum von mir jetzt ein Ergebnis erwarten.«

Inspektor Boys beugte sich weiter vor und sah auf den Bildschirm. Das Blau veränderte sich kaum. Die weißen Kreise dagegen wurden mal kleiner und dann wieder größer.

»Sieht aus wie ein Zuckerkringel im Windkanal.«

»Was sie als Zuckerkringel bezeichnen, sind die Querschnitte der Oberschenkelknochen des bedauernswerten Chinesen.«

»Ist das denn jetzt besonders interessant was sie sehen oder würde ich genauso aussehen, wenn mich die Strahlen abtasten?«

Noch einmal drückte Gitter die 3D-Brille auf die Nasenwurzel und sah darüber hinaus. Er starrte mit erhobenen Augenbrauen auf die Oberschenkel von Inspektor Boys.

»Soll ich die Hosenbeine hochkrempeln?«, fragte Inspektor Boys scherzhaft.

»Danke - nein. Und um ihre Frage zu beantworten: ihre Beine sähen bedeutend anders aus und genau das ist es, was mich beunruhigt.«

»Was denn jetzt? Machen Sie es doch nicht so spannend.«

»Die Leiche zu ihrer Linken hat praktisch keine Oberschenkelmuskulatur mehr. Die Muskulatur ist aber nicht durch eine Krankheit geschrumpft, sondern auf natürlichem Wege. Soweit ich das jetzt feststellen kann. Was ich damit sagen will, ist, dass der Muskel einfach nicht mehr gebraucht wurde und sich daher abbaute.«

Inspektor Boys versuchte das Bild auf dem Computer zu erkennen. »Was sind denn auf dem Bild die Muskeln?« Gitter spreizte die Finger beider Hände und legte sie mit den Fingerspitzen aneinander, um zu dozieren. »Die blaue Faserstruktur rund um die weißen Oberschenkelknochen. Und wie Sie sehen, ist die praktisch nicht vorhanden und bestätigt das, was wir bereits getastet und vermutet haben. Allerdings haben wir jetzt auch die Gewissheit, dass hierbei keine Krankheit der Auslöser für den Muskelschwund war.«

»Was für eine Ursache kann es denn haben?«

»Ist das nicht eher ihr Job?«

Die Leiche des jungen Chinesen war jetzt komplett als digitales Abbild auf der Festplatte gespeichert. Gitter suchte in verschiedenen Abschnitten nach dem Muskelfasergewebe. Konnte aber auch in anderen Partien, wo eigentlich selbst bei einem unsportlichen Menschen Muskeln vorhanden sein müssten, nur sehr wenig erkennen. Nach drei Stunden nahm Gitter die Brille ab und rieb sich die Augen. Er lehnte sich zurück und legte seine Füße über eine Ecke des Schreibtisches neben dem Computer. Ein legeres Verhalten, das eigentlich überhaupt nicht zu Gitter passte. »Das verhindert Thrombosen«, sagte er. Er machte sich

Notizen auf einem Schreibblock den er auf seinen Oberschenkeln legte. Von Zeit zu Zeit beugte er sich vor und blätterte in einem dicken Buch, das nicht gerade frisch aus einer Buchhandlung zu sein schien. Er sah zu den Bildschirmen. Alle waren abgeschaltet. Gitter erinnerte sich aber offenbar an ein Bild.

»Sind Sie zu einem abschließenden Ergebnis gekommen?«, fragte Inspektor Boys nach einer Weile. Er hatte Gitter in Ruhe gelassen, weil er auf Antworten hoffte. Aber auf die Frage blickte er noch nicht mal von seinem Schreibblock auf.

»Im Prinzip schon, aber ich werden Ihnen das Gutachten nächste Woche vorlegen.«

»Ich brauche das Ergebnis jetzt und wenn Sie etwas haben, möchte ich es auch jetzt erfahren - mündlich - und zwar so, dass es der Laie verstehen kann!« Inspektor Boys sprach in einem Ton, der keinen Widerspruch duldete. Er hatte einfach keine Lust irgendwelchen bürokratischen Regeln zu folgen. Das brachte ihn nicht weiter und er brauchte Ergebnisse und das so schnell wie möglich. Gitter schien nicht beeindruckt, ließ sich aber zu einer Antwort herab.

»Um es laienhaft auszudrücken«, begann Gitter und sah dabei auf die schwarzen Bildschirme »der junge Chinese hat sich in den letzten Monaten nicht besonders viel bewegt. Damit meine ich nicht nur, dass er keinen Sport betrieben hat, sondern dass er sich überhaupt nicht bewegte. Aber er hat auch nicht in einem Bett oder ähnlichem gelegen, denn dazu müsste das Gewebe beispielsweise am Rücken Druckstellen aufweisen. Um es in einem Satz zu sagen: infolge der nicht vorgenommenen Bewegung dieses Körpers, haben sich seine Muskeln zurückgebildet.«

Inspektor Boys dachte einen Augenblick nach.

»Wie soll das denn gehen, wenn er nicht gelegen hat?«

»Es gibt nur eine Erklärung...«

»Welche?«

»Die völlig unlogisch ist...«

»Raus mit der Sprache!«

»Der Chinese muss... er muss in der Luft gehangen haben...«

Inspektor Boys zog die Augenbrauen hoch. »Wie meinen Sie das 'in der Luft gehangen haben'?«

»Na ja - es scheint der gleiche Effekt zu sein, den die NASA schon seit langem kennt. Wenn sich die Astronauten über einen längeren Zweitraum in der Schwerelosigkeit aufhalten, also im Orbit kreisen, dann brauchen sie ihre Muskulatur nicht, um sich gegen die Schwerkraft durchzusetzen. Und deshalb wird im Orbit Sport betrieben. Es wurde sogar eine eigene Sportart erfunden: das isometrische Training. Sie kennen das sicher auch...«

Gitter nahm die Füße vom Tisch, stand auf und ging zur Tür. Er stellte sich in den Türrahmen, ließ die Arme hängen und drücke anschließend mit den flachen Handrücken gegen den Türrahmen. Sein Kopf wurde langsam rosa und dann rot.

»Sie drücken mit aller Kraft gegen den Rahmen und beanspruchen so ihre Muskulatur. Das ist eine Übung, die die Astronauten auch im Raumschiff ausführen. Sie können schließlich nicht zum Joggen vor die Tür.«

Inspektor Boys war sich nicht ganz sicher, ob Gitter nun tatsächlich einen Scherz versucht hatte oder ob er das nur so empfand. »Sehr komisch«, sagte er sicherheitshalber, legte den Kopf zur Seite und machte ein Gesicht als hätte er gerade einen in Salz gewälzten sauren Drop in den Mund gesteckt. Gitter verließ den Türrahmen und rieb sich die Handrücken.

»Unser Chinese hat also offensichtlich auch diese Übung nicht gekannt. Aber wie kann er in der Luft gehangen haben? In der Schwerelosigkeit? Die asiatische NASA wird wohl kaum chinesische Astronauten auf diese Weise nach England transportiert haben.«

Inspektor Boys sah in ungläubig an. War das jetzt noch ein Scherz? fragte er sich, stand auf und schritt durch den Raum, blieb unvermittelt stehen und sah auf den Boden. Er konnte sich das nicht erklären. Aber es musste eine Lösung geben. Es gab immer eine Lösung. Welche Fakten gab es? Er hatte vierundfünfzig Leichen. Alle waren Chinesen. Alle hatten kaum noch Muskulatur und cs war klar, dass sie vorher nicht bettlägerig gewesen waren. Sie schienen außer dieser Auffälligkeit gesund gewesen zu sein. Inspektor Boys spürte, dass die Lösung irgendwo zwischen der Schwerelosigkeit und China lag. Das war völliger Blödsinn. Aber es musste so sein.

»Vergessen Sie nicht die Tätowierung«, sagte Gitter, also ob er die Gedanken von Inspektor Boys erriet.

»Das Zeichen Ankh. Das Zeichen für Leben, ewiges Leben.«

»Hatten denn noch mehr Chinesen als unser Patient auf dem Tisch hier dieses Zeichen?«

»Alle!« sagte Gitter.

7. Die Bibliothek

Du kannst die Welt kennen,
ohne je dein Zimmer zu verlassen.
Du kannst der Gestirne Bahnen kennen,
ohne je aus dem Fenster zu sehn.
Je weiter du rennst,
je weniger du kennst.
Lao-tse

Auf einem Rappen saß der Reiter in roter Kleidung. In seiner rechten Hand hielt er etwas, das einer Kurbel sehr ähnlich sah und um die ein Seil gewickelt war. Am anderen Ende des Seils schwebte hoch über Pferd und Reiter ein grüner Drache mit einem äußerst grimmigen Gesicht und heraushängender roter Zunge. Es war ein kleines Bild. Das Licht der Jahrhunderte hatte die Farben verblassen lassen. Inspektor Boys sah sich das Bild unter einer schwachen Leselampe an. »Sie können diese Bild leider nur unter dieser Lampe betrachten«, entschuldigte sich der Bibliothekar »das Licht würde sonst die Farben komplett zerstören.«

»Aus welcher Zeit stammt denn dieses Bild?«, fragte Inspektor Boys. Der Bibliothekar richtete sich auf und sein Gesicht nahm einen feierlichen Ausdruck an.

»Es ist aus dem Jahre 1405. Eine absolute Rarität! Aber Flugdrachen wurden in China viel früher – sagen wir - entwickelt. So etwa 1000 vor Christus. Sie haben damit auch schon kleine Lasten gehoben. Das Ganze war also keine Spielerei für kleine Jungs; es hatte durchaus einen praktischen Nutzen.«

Der Bibliothekar passte in seinem Brioni-Anzug nicht zwischen die Regale der alten Bibliothek von Bristol. Hinter einem gläsernen Schreibtisch einer Werbeagentur wäre er besser geeignet, fand Inspektor Boys. Die Bibliothek lag in der Deanery Road, gleich neben der Kirche des alten Agustinerklosters, die heute als Dreifaltigkeits-Kathedrale Touristen anlockt. Inspektor Boys wollte wissen, was die Chinesen mit der Fliegerei und der Raumfahrt zu tun hatten. Eigentlich suchte er aber nicht nach etwas ganz Bestimmten. Er wusste, dass alleine die Beschäftigung mit dem Thema ihn der Lösung seines Falles näher bringen konnte. Manchmal war ein Text für ihn eine Initialzündung. Seine Augen wanderten über die Buchstaben des Abschnittes, aber seine Gedanken wanderten plötzlich ganz woanders hin, wie Wolken, die sich gegen den Wind wehren können, der sie über die Erde treibt. Inspektor Boys ließ es geschehen. Er versuchte nicht, sich wieder zu konzentrieren und die Gedanken auf den Text zurück zu führen. Er liebte diese alten Bibliotheken. Für ihn rochen die Bücher nach dem Parfum des Wissens, der Gedanken, die sich nicht auflösen. Sie wollten bleiben und wandelten sich in den duftenden Hauch des Wissens. Es war nicht nur das Erlebnis Wissen in der Hand zu halten. Bücher fühlten sich auch an. Und je älter die Bücher waren, umso mehr Eigencharakter bekamen sie. Inspektor Boys verglich sie mit einem guten alten Wein. Obwohl sich natürlich der Inhalt der Bücher nicht veränderte. Aber - sie waren in der Lage ihren Besitzer zu ändern. Manchmal wurden die Ideen im Laufe der Jahre offenbar auch immer besser, was man beim Erscheinen des Buches zunächst nicht vermutete.

»Wenn sie noch mehr darüber wissen wollen, bringe ich sie zu meinem Kollegen. Der ist selbst zu einem Buch geworden«, sagte der verlaufene Werbestratege und ging mit Inspektor Boys entlang des Regals weiter, bis zu einer alten Steinwand, an der ein kleiner Tisch stand. Ein Bibliothekar mit schulterlangen Haaren beugte sich über vergilbtes Pergament.

»Wie heißen Sie?«, fragte Inspektor Boys. Der junge Kollege hatte ihn nicht bis zum Ende des Regals gebracht.

»Richard Maryborough, Sir.«

Er blickte hoch und sah Inspektor Boys interessiert an.

»Inspektor Boys, Stephen Boys. Haben Sie hier noch mehr Literatur über Chinesen, Luft- und Raumfahrt?«

»Selbstverständlich, Sir, vor allem was das Rückstoßprinzip anbelangt.«

»Das Rückstoßprinzip?« fragte Inspektor Boys und klappte das Buch mit der Zeichnung zu, das er aufgeschlagen die ganze Zeit vor sich her getragen hatte. Er gab das Buch Maryborough. Der verschwand damit irgendwo zwischen den Regalen. »Ich komme gleich wieder. Sie können solange warten und sich vielleicht an eine andere Leselampe setzten.«

Es dauerte eine Weile und Maryborough jonglierte einen Stapel Bücher vor seiner Brust, die er mit dem Kinn festhielt. Vorsichtig stellte er den Bücherturm auf dem Lesetisch ab.

»Vor allem Kaiser T'ung-kian-kang-mu ist in dem Zusammenhang interessant.«

»Bitte wer?«, fragte Inspektor Boys. »Kaiser T'ung-kian-kang-mu! Er hat die erste Bombe werfen lassen und berichtete ebenfalls von Pfeilen des fliegenden Feuers. Das Rückstoßprinzip. Es waren die ersten Raketen«, betonte Maryborough. Etwas zu belehrend fand Inspektor Boys. Er fühlte sich an seinen alten Englischlehrer erinnert. Bei ihm stand er regelmäßig mit einer Note zwischen vier und fünf. Erst als der Lehrer pensioniert wurde, da war Inspektor Boys in der achten Klasse, besserte sich seine Note schon fast dramatisch in Richtung einer stabilen Drei. Bis zum Abschlusszeugnis steigerte er sich sogar noch auf eine schwache Zwei.

»Und wann hat sich das Ganze abgespielt?«, fragte Inspektor Boys nach, weil es ihn in dem Augenblick sogar geschichtlich interessierte.

»Bei der Belagerung der chinesischen Hauptstadt Pien-king, um 1232. Jedenfalls wird dort zum ersten Mal das Rückstoßprinzip erwähnt, ohne die keine Rakete fliegen würde. Natürlich war das Schießpulver schon seit dem 8. Jahrhundert bekannt, aber es wurde nur als Brandsatz zur Vertreibung von Dämonen verwendet. Erst bei der Schlacht um die Hauptstadt Pien-king nehmen wir an, dass das Rückstoßprinzip erkannt wurde. Und damit können wir uns auch heute noch von der Schwerkraft lösen.«

»Nun gut - damit waren die Chinesen ganz weit vorne in der Technologie. Aber den Vorsprung haben sie ja nicht halten können.«

Maryborough schnaufte leise. Er kniff die Lippen zusammen. Er kämpfte mit sich. Inspektor Boys tat so, als würde er die Veränderung nicht bemerken.

»Gibt es noch etwas, dass Sie wissen und mir vielleicht verraten könnten. Für mich ist jeder Hinweis wichtig. Gut, das sagt jeder Kriminaler. Stimmt aber auch.«

Maryborough fragte nicht danach, warum Inspektor Boys die Dinge wissen wollte. Es war ihm wichtig, dass sich jemand damit beschäftigte wie er. Sie hielten ihn in der Bibliothek alle für extrem spleenig. Kaum jemand wollte sich mit ihm über die ganz alten Bücherschätze in den Regalen unterhalten. Maryborough hatte sie alle gelesen. Er hatte halbe Nächte damit verbracht, an dem kleinen Holztisch zu sitzen und vorsichtig die Buchdeckel zu heben, damit sie ihm die Geheimnisse der Vergangenheit preisgaben. Was interessierte ihn da, warum Inspektor Boys das alles wissen wollte. Es wird schon einen Grund haben.

»Ja...«, Maryborough zögerte, »es gibt noch ein paar Sagen und Legenden von Mystikern. Die ersten Wissenschaftler waren Alchimisten und suchten den Stein der Weisen. Ich denke das ist allgemein bekannt... sie wollten auch wissen woher wir kommen und wohin wir gehen. Es gibt eine Legende, die besagt, dass die

Chinesen nicht bei der Entdeckung des Rückstoßprinzips aufgehört haben. Und manchmal stellt sich später heraus, dass doch etwas dran ist an den alten Geschichten. Nicht war?«

8. Gravitec S.à.r.l., Paris

Sie hasste es. Sie konnte riechen wie die Herren am Tisch schwitzten. Sie sahen alle gleich aus in ihren dunkelgrauen Anzügen. Ein Bild aus Fritz Lang's Metropolis. Barbra Hussin hatte die Konferenz für zehn Uhr einberufen. Im zweiten Stock des Hauptgebäudes der Firma Gravitec S.à.r.l., im Pariser Vorort Rungis, lag die Galeere, wie die Angestellten den Saal nannten. Sie mussten rudern und sich abstrampeln, während die Geschäftsführung die Peitsche schwang. Die Paukenschläge gab die Tagesordnung der Konferenz vor. Den Vorort Rungis, in dem die Firma Gravitec S.à.r.l. ihren Sitz hatte oder besser gesagt ‚residierte', war Touristen mehr bekannt ist als der neue Bauch von Paris. Der Charme des alten Paris war irgendwo zwischen den neuen kühlen Fassaden erfroren.

Pünktlich saßen alle verantwortlichen Abteilungsleiter an dem schwarzen ovalen Tisch. Es herrschte eine fast sakrale Stimmung in dem Raum. Alle erwarteten eine Strafpredigt und sie wurden nicht enttäuscht, als Barbra Hussin in einem unangenehmen hohen Ton sagte: »Wir dürfen uns solche Fehler nicht leisten. Hätte unsere Sicherheitsabteilung nach dem Unfall nicht so hervorragende Arbeit geleistet, könnten wir unser Projekt einstellen. Der Druck durch die Öffentlichkeit wäre enorm. Die Politik würde vergessen, uns je unterstützt zu haben.«

Ihre Frisur wippte beim Sprechen nach vorne. Ihr Pagenschnitt war völlig herausgewachsen. Sie blickte die Abteilungsleiter von unten herauf an. Es sah aus, als würde sie sich wünschen, dass der Pagenschnitt irgendwann ihr Gesicht ganz verdecken möge. Ihre Knopfaugen strahlten keine Freundlichkeit aus. Sie war es, die die Firma aufgebaut hatte. Ihre Idee war es das Gebäude mit den großen Parabolspiegeln auf dem Dach zu tarnen, dass es so wirkte, als handele es sich bei der Firma Gravitec S.à.r.l. am Rande von Paris um einen Ort für Fernsehproduktionen. Selbst die großen Hallen innerhalb des Gebäudes waren getarnt als Fernsehstudios. Für Barbra Hussin war es einfach perfekt, es war schließlich ihre Idee, sie hatte es so bauen lassen und diese grauen, schwitzenden Dilettanten gefährdeten das geheime Projekt.

»Wie konnte es überhaupt zu den Unfällen kommen? Können Sie mir das vielleicht einmal erklären?«, insistierte sie weiter.

Thomas Gröner räusperte sich. Er war zuständig für die Halle eins, die alle nur den Dom nannten. Im Dom fanden die Hauptexperimente statt. »Es ist der Zeitdruck. Wir brauchen einfach mehr Zeit.«

Hussin neigte den Kopf und fixierte ihn knapp unter dem Pony des Pagenschnittes an. »Die Zeit haben wir aber nicht, Herr Gröner. Wir brauchen Ergebnisse!«

»Dabei gefährden wir aber immer wieder Menschenleben.«

»Die Chinesen haben sich freiwillig gemeldet.«

»Sie wussten aber nicht worauf sie sich einließen. Sie dachten doch, sie bekämen durch den Job Aufenthaltsgenehmigungen. Keiner hatte ihnen gesagt, dass die Experimente lebensgefährlich sind.« Gröner fand die Experimente im Dom, so wie sie jetzt abliefen, eine Riesenschweinerei. Er traute sich das aber nicht laut zu sagen, weil er Angst hatte, seine Job zu verlieren. Und für einen Wissenschaftler war das ein gutes Projekt. Es war Grundlagenforschung. Man kann sich einen Namen machen, dachte er immer wieder, wenn die Experimente gelingen und man mit den Ergebnissen an die Öffentlichkeit gehen kann. Er sah sich schon an der Seite von Hussin bei einer großen Pressekonferenz. Die Stimme Hussins brachte ihn wieder in die Gegenwart.

»Blödsinn - nichts im Leben ist ohne Risiko. Nächste Woche bekommen wir von der Organisation wieder fünfunddreißig Chinesen. Und ich möchte, dass sie dann endlich einmal dauerhafte Ergebnisse vorweisen können. Wir haben schon viel zu viel Geld in das Projekt hineingesteckt, ohne dass wir den Aktionären mitteilen konnten, dass wir erfolgreich sind. Was glauben Sie denn wie lange das noch funktioniert?.«

Jeder drehte Hussin den Kopf in Richtung Gröner. Sein Kopf sollte rollen, dass war allen klar und sie saßen wie die Geier auf cincm Ast und beobachteten wie sich das Opfer nach dem ersten Hieb des Raubtieres noch wand. Gröner klappte einen Ordner auf und holte die Kopie eines Artikels heraus.

»Washington setzt jetzt auf psychologische Kriegführung, um die Organisation zu zerschlagen. Die Amerikaner wollen Filmmaterial über den Menschenschmuggel veröffentlichen«, sagte Gröner. Er war viel ruhiger, als er das vorher erwartet hatte. Sein Gegenüber nippte am Wasserglas und räusperte sich.

»Was soll denn das für ein Material sein?«, fragte der Leiter der Pressestelle der Gravitec S.à.r.l. Ole Kranz.

»Offenbar hat jemand auf der Yu Xing gedreht, ein verrosteter Frachter, der im Pazifik in Seenot geraten war. Trotzdem funkte er kein SOS. Er hatte neunzig Chinesen an Bord. Die US-Küstenwache entdeckte den Frachter und schickte die Chinesen per Charterflugzeug zurück. Sie sollen nun den anderen berichten, wie skrupellos die Organisation ist. Sie hätte die Chinesen auf dem Frachter regelrecht verrecken lassen.«

»Von wann ist der Artikel, den Sie da haben, Gröner?«, fragte Hussin. In ihrer Stimme war nichts herauszuhören. Keine Wut, keine Empörung. Sie war sachlich als sei der Tod ein Posten auf ihrer Rechnung, die sie zu kalkulieren habe. Gröner suchte auf dem Artikel nach dem Datum »Von... Augenblick... von Mittwoch voriger Woche.«

»Da waren unsere neuen Chinesen dabei. Und wenn die zurückgeschickt worden sind, dann verzögert sich unser Projekt schon wieder.«

Hussin stand auf, der Stuhl rutschte mit einem schnarrenden Ton zurück.

»Ich muss sofort mit der Organisation Kontakt aufnehmen.« Sie verließ den Konferenzsaal. Die Herren in Grau waren ratlos. Kranz wandte sich an Gröner.

»Kann ich den Artikel einmal sehen?«

Gröner schob ihn über den Tisch und Kranz überflog ihn.

»Wir müssten an das Filmmaterial kommen«, sagte Kranz leise, »denn die neunzig zurückgeschickten Chinesen können nicht viel ausrichten. Ihnen wird man sowieso kaum glauben. Ihre Flucht in den gelobten Westen ist gescheitert und man wird glauben, dass sie jetzt andere für ihr Versagen verantwortlich machen wollen. Was wir aber finden müssen ist der Film. Denn der dokumentiert zweifelsfrei die Vorgehensweise der Organisation und das darf die Öffentlichkeit nicht zusehen bekommen. Das würde unser Projekte auf Monate hinaus verzögern. Die Zeit haben wir einfach nicht.«

»Ich verstehe Sie nicht, Kranz«, sagte Gröner.

»Das ist doch ganz klar. Die Chinesen sind ideal für uns. Wenn sie bei unseren Versuchen draufgehen, ist die Ursache praktisch nicht zu entdeckten. Die Symptome, die die Körper aufweisen... es sieht es immer so aus, als sei die Todesursache ein... sagen wir Transportschaden.«

»Ein Transportschaden? Sie sprechen von Menschen! Menschen mit Hoffnungen, die grausam ums Leben kamen.«

»Stellen sie sich nicht so an, Gröner. Das hört sich ja richtig pathetisch an. Wer hat denn die Verantwortung bei den Experimenten?«

Gröner stand so heftig auf, dass er den Stuhl, auf dem er saß, umkippte. Er packte seinen Aktenordner und stürzte aus dem Konferenzsaal. Er verschwand gerade im Türrahmen, als er langsam rückwärts wieder hereinkam. Barbra Hussin schob ihn vor sich her.

»Sie warten noch!« sagte sie befehlend.

Gröner hob den Stuhl auf und setzte sich wieder auf seinen Platz. Seinem Gesicht war nicht anzusehen, was er in diesem Augenblick fühlte. Aber seine Hände, die den Aktenordner wieder zurück auf den Tisch gelegt hatten, zitterten.

»Wir müssen den alten Druiden beseitigen!«, sagte Barbra Hussin. »Ich habe mit der Organisation gesprochen und es gibt nur eine weitere Zusammenarbeit, wenn wir alle Spuren zu uns verwischen. Keiner darf überhaupt nur den leisesten Verdacht haben, was mit den Chinesen passiert ist und passiert. Wir wollen doch schließlich nicht auf halber Strecke aufgeben, oder? Der Druide hat für uns die Grundlagen geschaffen. Er weiß alles.«

»Aber wir wissen doch auch alles!«, bemerkte jemand aus der Runde.

»Das stimmt. Aber keiner von Ihnen ist ein Sicherheitsrisiko. Oder doch?« Die berühmte Stecknadel hätte man hören können. Niemand sagte mehr einen Ton in der Runde. Barbra Hussin sah den Sicherheitschef der Gravitec S.à.r.l. an. »Sie sorgen mir dafür, dass der Druide Bruno Verba einen Unfall hat. Leider wird er sich dann von diesem Unfall nicht wieder erholen.« Der Sicherheitschef nickte. »Es sollte jeder hier daran denken, dass es immer wieder zu schlimmen Unfällen kommt.« Es war nicht zu erkennen, ob Ramig, der Sicherheitschef, einen vergnüglichen oder einen unangenehmen Job zu erledigen gedachte. Er sah mit seiner nichtvorhandenen Frisur aus wie Meister Propper und das war wohl auch seine Aufgabe: den Dreck für die Firma beseitigen. Für Gröner kam der Sicherheitschef auf der nach unten offenen Negativ-Rangliste gleich hinter seiner Chefin. Vor allem, seit dem er sein Vertrauen missbrauchte und mit Gröners hübschen Assistentin geschlafen hatte. Ramig hatte gewusst, dass Gröner sie mochte, sie sehr mochte.

»Damit ist die Konferenz für heute beendet. Wir sehen uns übermorgen wieder um die gleiche Zeit.«

Hussin verließ als erste den Konferenzsaal. Ihr folgten die restlichen grauen Schafe. Keiner schien mehr nachzudenken. Bei jedem verformten sich die Pupillen zu einem doppelt durchgestrichenen Epsilon. Die Zeiten der Dollar-Zeichen waren in Europa vorbei. Der Euro war zu einer stabilen Größe gereift. »Ein Scheißspiel«, sagte Gröner. Er sagte es so leise, dass keiner ihn hören konnte. Als der Konferenzsaal leer war, ging Gröner an das Fenster, steckte die Hände in die Hosentaschen seines Anzuges und sah auf den Bauch von Paris. Diese modernen funktionalen Markthallen hatten nichts mehr mit Les Halles zutun. Früher waren sie Umschlagplatz für Geschichten, die mit dem frischen Fisch für die Bouillabaisse verpackt wurde. Es gab Leidenschaften auf Mehlsäcken und Abfall für Straßenköter. Die Dinge änderten sich manchmal so rasant, dass man von den Ereignissen überfahren wurde. Jeder will auf der Überholspur sein und keiner sieht mehr in den Rückspiegel, ob vielleicht jemand zurückgeblieben ist. Dankbarkeit wurde wie eine lästige Fliege erschlagen.

Gröner hatte den Alchimisten und Druiden Bruno Verba oft in seinem Labor besucht. Es schien in der heutigen Zeit ein Anachronismus zu sein, dass sich jemand mit Alchimie befasste. Bruno Verba hatte ordentlich Chemie an der Kölner Universität studiert. Er wollte aber danach nicht einer von vielen Chemikern bei Bayer werden und die Acetylsalicylsäure in neue profitable Formen bringen. Er hatte sich schon in den ersten Semestern zu sehr mit den Alchimisten befasst. Er wollte den Stein der Weisen finden, den er nicht im eigentlichen Sinne als Stein sah, sondern als die Erkenntnis über die Welt.

Gröner dagegen war Mathematiker und für ihn war die Zahl so etwas wie das Göttliche in der Welt. Der Alchimist und der Mathematiker saßen oft in der Studentenkneipe Tenne am Kölner Hohenzollernring zusammen. Meistens spielte aber nur die Anzahl der Kölsch-Gläser und die der Kommilitoninnen eine Rolle. Ein ganz besonderes Zahlenverhältnis ließ sich daraus berechnen. Je mehr Kölsch-Gläser desto weniger Kommilitoninnen. Interessant war allerdings, dass die dann in der Gleichung immer hübscher wurden. Gröner versank in der Vergangenheit, stand immer noch am Fenster und lächelte. Nur ein leises Murmeln drang vom Flur in den Konferenzraum.

Den Stein der Weisen wollte Verba in einer alten Jugendstilvilla finden. Er richtete sich ein komplettes Labor ein, mit allem was ein Chemiker braucht: Filtrierflaschen, Claisenkolben, einen Kippschen Apparat für die Gasentwicklung und es fehlte auch der klassische Bunsenbrenner nicht. Das Labor machte einen ziemlich kompletten Eindruck. Aber was er genau damit wollte, verriet er nicht. Auch nicht, woher er das Geld für die Villa und das Labor gleich nach dem Studium hatte.

»Es fehlt eigentlich nur noch, dass Mephisto als Pudel zur Tür hereingelaufen kommt«, sagte Gröner einmal. Verba musste lachen.

»Vielleicht ...«, sagte er, »vielleicht hast du recht. Mach mal die Tür auf.«

Gröner ließ die Tür zu.

9. Chymische Hochzeit – aber wo?

Irgendwann einmal erzählte Verba von der Chymischen Hochzeit. Ein Mann namens Christian Rosenkreutz habe die Geschichte geschrieben. Verba ging zu einem alten süddeutschen Dielenschränkchen und öffnete die rechte Tür. Sie knarrte, weil die Arretierung an der Unterseite etwas herausgebrochen war. Sie war im Laufe der Jahrzehnte zu oft geöffnet und geschlossen worden. Gröner konnte eine Reihe von Büchern erkennen, denen man das Alter ansah. Verba griff ein Exemplar heraus, das einen dunkelroten dicken Einband hatte. Er zeigte es Gröner und schlug vorsichtig den Buchdeckel auf. Auf dem Deckblatt war ein Holzschnitt mit einem merkwürdigen ballonartigen Gefäß zu sehen und in dem Gefäß wuchs eine Rose. Sie schien aber gleichsam in dem runden Gefäß zu schweben. Sie berührte den Boden des Glaskolbens nicht. Daneben stand eine Jahreszahl: 1459.

»Willst du mir sagen, dass das eine Originalausgabe aus dem Jahre 1459 ist? Warte mal, wann hat...«

»Du meinst Johannes Gensfleisch zur Laden, genannt Gutenberg? Das war so um 1450. Die Gutenbergbibel wurde 1456 gedruckt und davon gibt es heute nur noch 48 Exemplare weltweit.«

»Und du hast ein gedrucktes Buch von 1459? Das ist echt?«

»Und ob das echt ist. Keiner weiß übrigens wie viel Exemplare es davon überhaupt gegeben hat und heute noch gibt. Ich vermute, dass ich das einzige noch erhaltene Exemplar habe.« Verba strich mit seiner rechten Hand ganz vorsichtig über das Buch. »Der Wert des Buches ist unermesslich«, sagte Verba ganz langsam, als ob Gröner plötzlich an Tinnitus erkrankt wäre und das Fiepen in seinem Gehörgang jeden sprachlichen Laut übertöne. Gröner nickte.

»Ja sicher. Du könntest dir dafür bequem einen Vorort von Köln kaufen.«

»Das halte ich jetzt für etwas übertrieben. Einen Straßenzug vielleicht, wenn Japaner das Buch ersteigern. Aber das Buch ist noch viel wertvoller als du denkst und das hat nichts mit dem materiellen Wert zu tun.«

Verba erzählte Gröner die »Chymische Hochzeit«. Er las sie nicht gerade vor. Eine Zusammenfassung reichte. Das Buch ist in sieben Kapitel eingeteilt, für jeden Tag der Hochzeit einen:

Ein alter Mann ist zur Hochzeit bei einem König eingeladen. Gleich in der ersten Nacht hat er einen Traum. Er ist mit anderen in ein Turmverlies eingesperrt. Durch eine Luke wird plötzlich ein Seil heruntergelassen und obwohl alle schwere Eisenkugeln und Ketten an den Beinen haben, gelingt einigen die Flucht. Unter ihnen ist auch der alte Mann.

»Erst viel später habe ich begriffen«, schob Verba in seine Erzählung ein, »dass die Kugeln ein Symbol für die Gravitation sind. Viel, viel später...« Dann erzählte er die Geschichte weiter:

Am nächsten Tag macht sich der alte Mann auf den Weg zum Schloss des Königs. Er kommt an eine

Kreuzung und eine Tafel an dieser Stelle besagt, dass es nur drei Wege für Sterbliche sind. Der alte Mann setzt sich erst einmal und füttert eine Taube. Als ein dicker Rabe auftaucht, versucht er ihn zu verscheuchen, läuft hinter ihm her in einem der Wege. Zurück kann er jetzt nicht mehr. Also geht er weiter und kommt tatsächlich zum Schloss des Königs. Als er durch das Tor geht, verliert er seinen Mantel. Er bleibt damit am Torpfosten hängen.

»Das war vollkommen klar«, Verbas Augen leuchteten, »der alte Mann hatte den göttlichen Weg eingeschlagen und die Dunkelheit des Alls symbolisiert durch den Raben hat ihm die Richtung gezeigt. Natürlich braucht er andere Kleidung, um in den göttlichen Raum einzutreten.«

»Kommen wir jetzt nicht ganz schnell in Richtung Glauben. Das hat doch wenig mit Wissenschaft zu tun«, wand Gröner ein.

»Wart' es ab!« Und Verba fuhr in der Geschichte weiter:

Eine Zeremonienmeisterin teilte den künftigen Hochzeitsgästen mit: Wer dabei sein will, muss eine Probe bestehen. Unser alter Mann hatte darauf keine Lust und blieb im Speisesaal.

Am nächsten Morgen...

»Wir sind jetzt beim dritten Tag«, sagte Verba, weil er das Gefühl hatte, Gröner verliere die Orientierung:

Am nächsten Morgen also, fand die Prüfung statt. Alle Teilnehmer müssen auf eine Waage und werden gegen sieben Gewichte aufgewogen.

»Warum gerade sieben, habe ich auch erst viel später herausbekommen«, kommentierte Verba, »bei dieser Probe kommt es darauf an schwerer zu sein, als alle Gewichte zusammen.«

»Was...?«, platzte Gröner raus. Das wollte er eigentlich nicht aber er war zu sehr Mathematiker, um nicht sofort Protest einzulegen.

»Ich weiß, ich weiß«, sagte Verba mit einem Schmunzeln, »das geht nicht so einfach. Man muss versuchen die Schwerkraft zu beherrschen.«

Gröner nickte, weil es die einzig plausible Erklärung sein konnte. Etwas Ähnliches hatte er schon einmal erlebt und auch nicht verstanden. Gröner war vom Japan des 13. Jahrhunderts fasziniert. Es war die Kamakura-Zeit, in der die Künste in Japan ihre Blütezeit hatten. Ein Dichter ist ein Kämpfer mit Worten - ein Kämpfer schreibt seine Kunst mit dem Körper. ‚Bumbu fuki' sagten die Japaner dazu: Die literarischen und die kriegerischen Künste kann man nicht trennen. Gröner hatte in Deutschland den Japaner Katsuaki Asai kennengelernt. Er unterwies Aikido und bei einer Demonstration in seinem Dojo, seiner Lehrhalle, zeigte er wie die Schwerkraft bchcrrscht werden kann. Er forderte zwei seiner Schüler auf, ihn an den Armen, die er nach unten streckte, hochzuheben. Auf »eins, zwei, drei« hoben sie den kleinen Japaner, er wog höchstens 60 Kilogramm, in die Höhe. Er löste sich mit Leichtigkeit von der Matte, auf der er stand. Danach konzentrierte er sich und die beiden Schüler sollten ihn wieder hochheben.

»Eins, zwei, drei...«

Nichts.

Ihre Köpfe liefen vor lauter Anstrengung rot an. Sie verzerrten ihre Gesichter. Stöhnten. Versuchten es noch einmal. »Eins, zwei drei...« Keinen Millimeter! Katsuaki Asai war nicht von der Matte zu lösen. Wie mit Sekundenkleber waren seine nackten Fußsohlen fixiert. Die beiden Schüler gaben auf, verbeugten sich vor Asai. Er verbeugte sich mit einem Lächeln vor den Schülern.

Bei Gröner hinterließ diese Demonstration einen starken Eindruck. Er konnte sich die plötzliche Gewichtszunahme des kleinen Japaners nicht erklären. Und zum ersten Mal dachte er darüber nach, dass die Gravitation wohl doch nicht eine solche Konstante in der Welt ist, wie er bis zu diesem Tag angenommen hatte. Gröner hatte sich getraut Katsuaki Asai nach dem Unterricht zu fragen. Wie konnte es anders sein: er lächelte. Gab aber auch eine Antwort: »Die Kraft meines Körpers, meiner Mitte, richtet sich zur Erdmitte. Mein Körper verankert sich mit der Erde.« Das war jetzt keine Antwort, die Gröner befriedigte. Aber mehr war von Asai nicht zu bekommen. Interessant wäre es zu wissen, dachte Gröner damals, ob das auch in der anderen Richtung funktionieren könnte. Also die Kraft von der Erdmitte zum Körper strömen zu lassen. Gröner musste damals bei diesem Gedanken lachen. Heute würde er das nicht mehr tun.

»…. die Schwerkraft beherrschen«, hörte Gröner Verba sagen und brachte ihn wieder zurück in die Gegenwart. Verba erzählt weiter: Nur wenige der Hochzeitsgäste waren schwerer als alle Gewichte zusammen. Der alte Mann wird schließlich aufgefordert sich auch auf die Waage zu stellen, und er ist tatsächlich schwerer. Er wird daraufhin eingeladen, die Gräber der Könige zu besichtigen. Wo er mehr lernt als in allen Büchern der Welt.

»Es waren natürlich die Gräber der ägyptischen Könige, warum erkläre ich dir später. Du kennst doch das alte ägyptische Symbol Ankh?«, fragte Verba, erwartete aber keine Antwort und berichtete weiter von der seltsamen Geschichte:

Am vierten Tag sah sich der alte Mann zusammen mit dem Brautpaar, König und Königin ein Theaterstück an. Anschließend wird es unappetitlich, denn die Königin und der König werden hingerichtet. So beginnt der nächste Tag, der fünfte, zunächst einmal mit einem Begräbnis. Es ist ein Scheinbegräbnis, aber das weiß zu diesem Zeitpunkt noch keiner der Hochzeitsgäste oder besser Trauergäste. Nach der Bestattung gehen alle auf Schiffe, die sie zu einer viereckigen Insel bringen.

»Gemeint sind natürlich Raumschiffe und die viereckige Insel ist eine Raumstation in den Weiten des Kosmos«, schob Verba ein. Auf dieser viereckigen Insel beginnt die Wiederbelebung der Könige und Königinnen.

Verba lachte. »Kennst du doch oder? Beam me up, Scotty! Und dann setzten sie sich wieder langsam aus ganz kleinen bunten Punkten zusammen.«

Nun kommt der sechste Tag. Da gibt es eine ganze Menge durcheinander. Die Hochzeitsalchemisten produzieren ein großes weißes Ei aus dem ein großer Vogel schlüpft. Der Vogel wird gekocht, was ihm aber nichts ausmacht, ihm fallen lediglich die Federn aus.

»Ist ja auch kein Wunder«, lachte Verba, »uns würden nicht nur die Federn ausfallen.«

Gröner fand das nicht komisch. »Ich weiß nicht, was das soll. Brutaler geht es doch wohl nicht.« Verba reagierte nicht auf die Bemerkung und erzählte weiter. Dabei lief er immer um seinen Labortisch herum. Gröner hatte sich mittlerweile auf einen Stuhl gesetzt, die Beine übereinander geschlagen und hörte weiter zu.

Der sechste Tag war noch nicht zu Ende. Und die Grausamkeit an diesem Tag auch noch nicht. Der Vogel wurde getötet und zu Asche verbrannt. Aus der Asche stellten die Alchimisten eine Paste her, aus der sie zwei Homunkuli formten.

»Also quasi Bonsai-Menschen... könnte man sagen«, versuchte Verba ,Homunkuli' zu vereinfachen. Nicht im Topf, sondern im Glaskolben. Es wurde ein gutaussehendes Paar herangezüchtet. Was daraus wird, erfahren wir nicht.

Der siebte Tag bringt den alten Mann in eine peinliche Situation. Er muss zugeben, dass er nachts herumgelaufen war und in einem der zahlreichen Kammern des Schlosses eine hinreißend schöne Frau sah. Sie lag auf dem Bett. Das weiße Bettlaken floss über die Knie. Sie war nackt und der alte Mann konnte sich nicht von dem Anblick losreißen. Die Frau atmete ruhig und gleichmäßig und ihre Brüste hoben sich ganz sanft im Rhythmus des Atems.

Schließlich schloss der alte Mann doch ganz vorsichtig die Tür. Kein Geräusch war zu hören und nun musste er dem König wegen dieses Ausfluges Rede und Antwort stehen. Denn jeder, der die Venus in ihrer Kammer gesehen hatte, musste strafversetzt werden. Er sollte bis zur nächsten Hochzeit als Pförtner seinen Dienst im Schloss verrichten. Wie die Geschichte schließlich ausgeht bleibt offen. Die Chymische Hochzeit hat kein Ende.

»Kein Happy-End. Kein Sonnenuntergang und keine Geigen zum Schluss«, schloss Verba schließlich die Geschichte ab.

Es entstand eine greifbare Stille. Beide waren sich bewusst, dass etwas Unglaubliches in der Chymischen Hochzeit lag. Verba fühlte das schon lange, für Gröner war es an diesem Tag völlig neu, weil er die Geschichte zuvor nie gehört hatte. Es musste ein Geheimnis in dieser merkwürdigen Geschichte verborgen sein, das war klar. Sie musste übersetzt oder entziffert werden. Verba hatte schon mit der Arbeit begonnen. Er gestand Gröner seine Experimente aufgrund der Chymischen Hochzeit.

»Du hast doch hoffentlich keine kleinen Homunkuli gebacken?«, fragte Gröner.

»Das nicht ...«

Er habe einfach irgendwo angefangen. Er formte aus Ton kleine Kugeln. Rein intuitiv. Er habe darüber nachgedacht wie er diese Kugeln zum Schweben bringen konnte. Er formte größere Kugel und rollte sie neben die kleinen.

»Das Große bewegt das Kleine«, murmelte er, »das Leben, die Unendlichkeit, der Kreislauf des Lebens, der Kreis... der Kreis!«

Aus einem Bücherregal holte er ein Buch über die Zeit des Pharao Echnatons heraus. Den Ketzer, der glaubte, dass das Leben von der Sonne gespendet würde. Wie Recht er hatte. Aber keiner wollte ihm in diesem Gedanken folgen. Nach seiner Amtszeit wurde sogar sein Sohn Tut-ench-aton umbenannt in Tut-ench-amun, weil die Ägypter wieder die alten Götter wie Amun verehren wollten.

Verba fand die Seite mit dem Zeichen Ankh. Das Zeichen, das unendliches Leben bedeutet und die Verbindung vom Weiblichen mit dem Männlichen, die Einheit allen Seins. Nichts ist mehr ein Gegensatz, weil es immer ein Bestandteil des anderen ist.

Verba klappte das Buch mit einem lauten Knall zu und schlug sich mit der rechten Hand an die Stirn. Er hatte die Lösung. Sie lag so nah.

Das war jetzt genau ein Jahr her.

Und nun stand Gröner in diesem Konferenzzimmer. Blickte hinaus und hörte immer noch den dumpfen Nachklang der Worte von Barbra Hussin. »Wir müssen den alten Druiden beseitigen...« Die Worte hallten nach, sie wollten nicht aufhören zu existieren. Sie wollte den Mann beseitigen, der mit seiner Genialität erst alles möglich gemacht hatte. Ohne Verba gäbe es die Firma Gravitec S.à.r.l. nicht. Ohne Verba hätte er den Dom niemals bauen können. Er musste eine Lösung finden. Er konnte doch nicht zusehen, wie Barbra Hussin Verba töten ließ. Auch die so genannten Unfälle an den Chinesen mussten aufhören. Er wollte sich nicht länger die Finger im Namen der Wissenschaft schmutzig machen, in der es letztendlich doch nur um Profit ging.

»Ach - hier sind Sie«, sagte sein Assistent Fritz Lange und steckte den Kopf in die Türe des Konferenzzimmers. Gröner drehte sich nicht um, blickte weiter aus dem Fenster. »Was gibt es denn?«

»Sie müssen sofort hinunter in den Dom, wir haben Probleme«, sagte Lange.

»Was für Probleme?«

»Die gleichen wie vor ein paar Tagen, Sie wissen schon, mit den Chinesen, die ...«

»Ja, ja ich weiß. Ich komme sofort mit. Haben sie den Transmitter schon abgeschaltet?«

Lange konnte kaum mehr Schritt halten mit Gröner, der schnell den Flur in Richtung Aufzug hastete. Sie mussten in das Erdgeschoss. Nur von dort konnte man in den Dom, obwohl der ganze Dom sich bis hinauf zum Dach der Hauptzentrale von Gravitec S.à.r.l. wölbte. Selbst oberhalb des Gebäudedaches war die blauschimmernde Kuppel zu erkennen. »Was ist jetzt mit dem Transmitter?«

»Wir ... wir haben ihn noch nicht abgeschaltet. Wir wollten ihrer Entscheidung nicht vorgreifen.«

»Meiner Entscheidung nicht vorgreifen? Mann – Lange! Es geht um Menschenleben!«

»Ja - aber Frau Hussin sagte, dass das Experiment keinesfalls gefährdet werden dürfe, da wir unseren Terminplan bereits überzogen hätten.«

Sie standen im Aufzug, der langsam, viel zu langsam die zehn Etagen hinunterfuhr. Gröner sah Lange fassungslos an. Wusste er überhaupt, was er da sagte?

»Haben Sie schon einmal darüber nachgedacht, was Sie sagen? Was ist wichtiger: das Leben der Chinesen oder der Terminplan?« Das musste Gröner loswerden. Aber erleichtert fühlte er sich nicht. Der Ärger blieb. Sie kamen im Erdgeschoß an. Gröner rannte durch die Empfangshalle, die er durchqueren musste, wenn er zum Eingang der Halle Eins, des Domes, wollte. Die beiden Pförtner verstanden die Welt nicht mehr. In ihrer Halle, war eigentlich noch nie jemand gelaufen. Wissenschaftler schon gar nicht. Gröner steckte seine Sicherheitskarte in den Leseschlitz neben der Eingangstüre des Domes. Die LED-Lämpchen wechselten von Rot auf Grün und mit einem klackenden Geräusch öffnete sich die Tür. Er war in dem dunklen, grauen Flur, der rund um den Dom herumführte. Ob Lange noch hinter ihm herlief, war ihm völlig egal. Er erreichte die schwere Stahltüre und zog sie auf.

Blaues flackerndes Licht durchzuckte den Dom. Die dünnen Blitzlinien verursachten ein gefährliches

Summen, das die Luft erfüllte. Kein Mensch wollte den Raum betreten, der jeden nur Lebensgefahr spüren ließ. In der Steuerzentrale, am Rand des unteren Abschnittes, riefen die Techniker wirr durcheinander. Kommandos, Fragen, Rufe. Panik. Sie sahen auf die Monitore, liefen zu den großen Schränken mit den Computereinheiten.

Wieder bildete sich ein gleißend blauer Strahl am Boden des Domes, der sich zu drehen begann. Mit einem Zischen schoss er schneidend, gezackt nach oben zum Gewölbe des Domes. Er erfasste fünf Menschen, die unterhalb der Kuppel schwebten. Sie hingen in der Luft, nach hinten geneigt, die Köpfe in den Nacken und als der blauweiße Blitz sie erfasste, bewegten sie sich nicht. Die Blitze zuckten von einem leblosen Körper zum anderen. Ein tiefes Brummen, das immer lauter wurde, war zu hören. Die Techniker schrieen durcheinander. Befehle und Erklärungen wurde vom dumpfen Brummen der Generatoren und dem Surren der Blitze übertönt.

Und mit einem plötzlichen Schlag peitschte der blaue Blitz an den schwebenden Körpern vorbei in die Kuppel.

»Den Transmitter abschalten! Sofort abschaltcn!«, schrie Gröner in die apokalyptische Szene. Er rannte auf die Steuerzentrale zu und spürte, dass er kaum noch Luft bekam. Die Techniker an den Schaltpulten atmeten ebenfalls schwer. Die Luft im Dom veränderte sich. Der Sauerstoff wurde verbrannt.

»Abschalten!«, hauchte Gröner heiser und erreichte den roten Not-Schalter. Er drehte ihn nach rechts.

Augenblicklich verschwand der Blitz. Es war so als hätte es ihn nie gegeben. Die Luft roch wieder satter und Gröner atmete durch.

»Holt sie da oben herunter!«, befahl Gröner. »Wie lange sind sie jetzt schon im Schwebezustand?«

»Zwei Monate«, sagte einer der Techniker am Schaltpult. »aber bis vor einer Viertelstunde waren sie noch ansprechbar«, bemerkte er entschuldigend.

»Ich verringere das Feld mit einer Geschwindigkeit von 0 Punkt 2«, sagte der Techniker.

Die fünf Menschen schwebten langsam aus der Kuppel herunter. Sie trugen graue Overalls, wie sie Piloten tragen und an jedem linken Arm war ein Emblem zu erkennen. Das Emblem von Gravitec S.à.r.l.: das ägyptische Zeichen Ankh in Rot auf einem tiefblauen Grund. Um das Zeichen waren zwei Sternenbahnen, mit jeweils einem großen und einem kleinen Stern auf der Umlaufbahn. Die fünf Körper sanken zu Boden. Die Mediziner, die ebenfalls als Wissenschaftler für Gravitec S.à.r.l. arbeiteten, hasteten sofort zu den Chinesen. Die Körper in ihren grauen Overalls rührten sich nicht. Die beiden Mediziner fühlten die Halsschlagadern und sahen sich an. Sie schüttelten langsam den Kopf.

»Es hat keiner überlebt«, sagte einer der Beiden in Richtung Steuerpult. Gröner ließ sich auf einen Drehstuhl sinken. Der Assistent beugte sich langsam in sein Gesichtsfeld, hob die Schultern und sagte leise: »Was hätten wir denn tun sollen?«

10. Bristol

Das Swallow-Hotel war nicht weit von Watershed entfernt. Es war einer jener ehrwürdigen Hotels, deren die Last der Geschichte anzumerken war. Alle Menschen in dem Hotel bewegten sich vorsichtig und bedächtig. Als ob sie Angst hätten, dass sie mit einem festen Auftreten auch gleich die Vergangenheit lostreten könnten. Die dicken Teppiche im Eingangsbereich dämpften jeden Schritt. Mark Bernsen dachte unwillkürlich, als er die braune Holztüre im Eingang des Swallow-Hotels aufdrückte, dass er froh war, den Teppich nicht sauber machen zu müssen. Er war mal wieder zu früh. Aber das machte er immer so, denn er mochte es überhaupt nicht, wenn alle auf ihn warteten. Dann schon lieber andersherum. Links und rechts von der Rezeption, an dem ein Empfangsherr stand, den man auch gut und gerne für den Besitzer des hochherrschaftlichen Etablissements hätte halten können, waren kleinere Räume mit Sofas und Sessel an Kaminen. Wäre das ein hypermodernes Hotel, hätte an den Räumen vermutlich ein großes Schild mit der Aufschrift 'Meetingpoint' gestanden. Und so wunderte sich Mark nur, dass nicht 'Clubraum - nur für Gentleman!' angeschlagen war.

Mark entschloss sich für den linken Raum und versank in einem der bereitgestellten viktorianischen Sessel. Er versank so tief, dass er glaubte ohne Hilfe des Hotelpersonals nicht mehr aus der Möblierung entfernt werden zu können. Neben ihm knisterte der

Kamin und strahlte eine wohlige Wärme ab, die Mark immer noch der Klimaanlage vorzog. Obwohl man oft very british vorne geröstet und hinten eingefroren wurde. Mark sah auf die Uhr. Es war kurz vor acht.

»Guten Abend Sir«.

Maryborough stand so plötzlich vor ihm, als sei er wie ein Pilz aus dem dicken Teppich geschossen. Mark hatte nur kurz auf die Armbanduhr gesehen. Es gab nur eine Erklärung für das plötzliche Erscheinen von Maryborough: Er musste im Schutz des dicken Teppichs bis an seinen viktorianischen Sessel herangerobbt sein.

»Guten Abend«, sagte Mark, »setzen sie sich.«

Maryborough nahm umständlich auf der gegenüberliegenden genoppten Couch Platz und Mark wunderte sich, dass Maryborough nicht in dem Möbel einsank. Engländer müssen einen Trick kennen, um das zu verhindern, dachte Mark. Sie bestellten zwei Tee und saßen eine Zeit lang schweigend und im Tee rührend vor dem Kamin.

»Wollte ihre Nichte nicht auch kommen?«, fragte Mark

»Ruth?«

»Hat jemand nach mir gerufen?«, fragte Ruth.

Mark sah zum Eingang und im Gegensatz zu ihrem Onkel schien sie über die Tiefen des Teppichs zu schweben. Ihr dunkles Haar hing schwer auf ihren Schultern. Sie trug jetzt eine helle, khakifarbene Jeans und darüber eine tiefblaue Bluse. Bei Mark tauchte unwillkürlich die Geburt der Venus von Botticelli in

Gedanken auf. Hätte Botticelli diesen Teppich des Swallow Hotels gekannt, er hätte statt der Muschel sicher den Teppich als Untergrund für die Venus genommen. Ruth lächelte ihn an und setzte sich gleich neben ihrem Onkel. »Nun fang schon an«, sagte sie zu ihm, »mein Onkel wollte mit ihnen reden, weil Sie doch Journalist sind und er das Gefühl hat, dass darüber berichtet werden muss.«

»Aber ich kümmere mich nicht um Politik oder ähnliches. Ich befasse mich in erster Linie um wissenschaftliche Themen«, sagte Mark. Maryborough blickte ihn an.

»Genau darum geht es.«

»Dafür brauchen wir aber keine geheimnisvolle Zusammenkunft in einem alten ehrwürdigen Hotel oder?«, schmunzelte Mark. Maryborough wurde noch ernster als er ohnehin schon war.

»Es geht um mein Leben!«

Jetzt war es Mark, der einen eher versteinerten Gesichtsausdruck abgab. Er wollte Maryborough nicht verletzen, dennoch musste er die Bemerkung die auf seiner Zunge lag, loswerden. »Ist das jetzt nicht ein wenig theatralisch. Kommt mir vor wie in einem schlechten Film. Außerdem - wenn sie tatsächlich bedroht werden, gibt es immer noch die Polizei. Schließlich leben wir in dem eher zivilisierten Teil der Welt. Meistens jedenfalls.« Maryborough ignorierte die Bemerkung wie John Steed bei ‚Schirm, Charme und Melone', wenn er mit dem Verlust seines Lebens bedroht wird.

»Haben Sie sich schon einmal mit Druiden und Alchimisten beschäftigt?«, setzte Maryborough mit weiterhin ernster Mine fort.

»Nicht wirklich. Ich glaube auch nicht an irgendwelchen Zauber.«

»Ich spreche nicht von Zauber. Ich spreche von der wissenschaftlichen Arbeit der Alchimisten mit Hilfe der Druiden.«

»Wissenschaftlichen Arbeit...? Druiden ...?«

»Ja - wissenschaftliche Arbeit!« Maryborough sagte das sehr bestimmt. Maryborough berichtete von dem geheimen Roman der Chymischen Hochzeit. Er sei schon lange Bibliothekar und vor allem, das sehr, sehr wichtig, in der Bibliothek von Bristol. Da sie so alt sei, wäre es ihm bisher einfach nicht möglich gewesen, in alle Winkel der Bibliothek vorzudringen. Gesehen habe er natürlich schon alles. Allerdings war tatsächlich nicht alles, was an alten Abschriften in den Regalen stand, auch im Bibliotheksverzeichnis erfasst.

Von vielen Büchern wusste man eigentlich nur per mündliche Überlieferung. Besonders die ganz alten Bücher sollten zunächst fotografiert und später in den Computer eingescannt werden. Auf diese Weise war es möglich Forschung zu betreiben, ohne die Bücher weiter zu beschädigen. Irgendwann einmal war Maryborough auf dieses geheime Buch gestoßen und er konnte sich keinen Reim auf diese Geschichte machen. Sie war einfach unerklärlich. Da sie aber sehr viel von und über Alchimie handelte, machte er sich auf die Suche nach einem Alchimisten. Es war nicht ganz einfach im modernen 21. Jahrhundert einen Alchimisten ausfindig zu machen. Die stehen nun nicht gerade im Telefonbuch. So suchte er den Kontakt zu den Rosenkreuzern, jenem Geheimbund, den es immer noch gibt. Maryborough berichtete weiter.

»Die Verbindung zwischen Chymischer Hochzeit und dem Geheimbund ist ganz einfach. Die Rosenkreuzer beanspruchen die Chymische Hochzeit als ihr geheimes Ritualbuch.« Und Maryborough sei sich sicher gewesen, dass er über diese Verbindung auch zu einem Alchimisten kommen könne. Die Rosenkreuzer hätten ihn natürlich nicht in alles eingeweiht. Aber sie seien immerhin so freundlich gewesen, ihm die Adresse eines Alchimisten zu geben. Bruno Verba hieß er und lebe in Köln, der Stadt des großen Alchimisten Albertus Magnus. Maryborough habe kein Problem gehabt, Bruno Verba in Köln zu finden, da er als bekannter Chemiker und nicht als Alchimist im Telefonbuch stehe.

Maryborough und Verba hätten tagelang über dem Buch gesessen, das Maryborough zunächst nicht aus der Hand geben wollte. Aber Verba überzeugte ihn, dass er das Buch auch auf chemischen Weg konservieren und somit der Nachwelt erhalten könne. Er fasste Vertrauen und überließ das Buch Verba, damit er die Geschichte erforsche und gleichzeitig das Buch konserviere. Sie besuchten sich regelmäßig und Verba berichtete immer wieder von der weiteren Entschlüsselung des Buches. Irgendwann sprach er von einem offensichtlich ägyptischen Kern. Das habe vor allem mit einem Symbol für die Alchimie zutun. Es ist die Ouroboros-Schlange. Die Schlange, die sich selbst in den Schwanz beißt. In einer Handschrift über die Goldmacherkunst der Kleopatra steht zu der Schlange die Inschrift 'Eins ist Alles'.

»Halt! Halt! Moment!«, unterbrach ihn Mark. Wie ein Blitz kam ihm das Bild von Stonehenge in den Sinn. Die Schlange, die sich in den Schwanz beißt.

»Ich habe das schon einmal gesehen.«

Maryborough nickte.

»Ja - in Stonehenge.«

»Woher wissen sie das?«

»Ich war dort. Ich bin Druide und Sie haben meine Zeremonie gestört. Eigentlich sollten zu dem Zeitpunkt als ich mit meiner Zeremonie beginnen wollte, keine Touristen mehr da sein. Aber Sie haben sich nicht an die Öffnungszeiten von Stonehenge gehalten.«

»Das stimmt. Aber ich habe keine Menschenseele gesehen.«

»Ich Sie dagegen fast zu spät. Als ich gerade die Schlange auf den Altarstein legte, kamen Sie in den inneren Kreis der Megalithen. Ich konnte das Ritual nicht mehr vollenden.«

»Das war es also, was ich auf dem großen flachen Stein gesehen hatte. Eine einigermaßen große Schlange. Aber was machen sie mit einer Schlange in Stonehenge und was bedeutet das überhaupt, dass sie Druide sind?«

»Sie kennen Druiden?« Maryboroughs Gesicht hellte sich auf. Es nahm einen freundlichen, fast sanftmütigen

Gesichtsausdruck an. Mark begann sich in Gegenwart des älteren Herrn nun deutlich wohler zu fühlen. Er fand ihn insgeheim ziemlich interessant. Mark antwortete zögernd.

»Nicht persönlich. Höchstens den Druiden bei Asterix und Obelix, der den Zaubertrank mischte und immer mit einem Sichelmesser unterwegs war.« In dem Augenblick, als er die Bemerkung machte, fand er sie unpassend. Aber zurücknehmen ging nicht.

»Da liegen Sie nicht so verkehrt«, antwortete Maryborough, »und wie mit den Alchimisten, bei denen auch keiner mehr glaubt, dass es sie gibt, gibt es auch immer noch Druiden. Hier in Großbritannien werden wir für spleenig gehalten. Es gibt sogar einige Organisationen und Geheimlogen der Druiden wie der AOD, der Ancient Order of Druids. Sie werden es nicht glauben, aber Winston Churchill war dort Mitglied, soviel ich weiß. Man lässt uns zufrieden und von einigen Menschen werden wir auch ernst genommen.«

Ruth hatte die ganze Zeit ruhig zugehört und jetzt nickte sie zustimmend.

»Ich habe meinem Onkel schon immer geglaubt, schon als kleines Mädchen. Aber wie das so ist bei Kindern, die glauben irgendwann nicht mehr an den Weihnachtsmann oder das Christkind. Bei Onkel Richard ist das anders. Er hat mich immer wieder davon überzeugen können, dass er viele Dinge kann und weiß, von denen im modernen Schulstoff nichts zu finden ist.«

»Gut«, sagte Mark, »ich will Ihnen zunächst einmal glauben, dass Sie Druide sind, obwohl ich nicht mehr an den Weihnachtsmann glaube. Womit vertreibt sich denn ein moderner Druide so den Tag und was haben Sie vor allem in Stonehenge für eine Zeremonie durchgeführt?« Mark war jetzt neugierig geworden. Wieso die Beschäftigung mit diesem Thema lebensgefährlich sein konnte, verstand er zwar immer noch nicht. Vielleicht würde sich das später aufklären. »Druiden sind in Großbritannien und Frankreich so etwas wie die Brahmanen in Indien«, führte Maryborough geduldig seine Erklärungen fort. »Viele Druiden gehören auch dem Druidenorden an, der die Mitglieder in drei Grade einführt. Der erste Grad ist das Wissen und die Erkenntnis, der zweite die künstlerische Tätigkeit und schließlich der Grad des Wollens, Beschließen und Handelns, die alle etwas mit der Ethik zutun haben. Es geht uns also in erster Linie um Menschlichkeit, die ja völlig abhanden gekommen ist.«

»Sind Sie auch Mitglied eines Druidenordens?«, fragte Mark nach und rutschte in seinem Sessel unwillkürlich nach vorne, wobei er das Geheimnis entdeckt zu haben schien, wie man in diesen viktorianischen Sesseln nicht versinkt.

»Selbstverständlich! Ich bin Mitglied im AOD!«, sagte Maryborough.

»Und was hat das jetzt alles mit den Alchimisten und den Zeremonien in Stonehenge auf sich?«

Es gäbe keine reinen, rationalen Wissenschaftler, alle glaubten an irgendetwas. Leibnitz, Newton, Descartes und Galilei glaubten an Gott und sie hätten bestimmt einige Zeremonien durchgeführt, um in Zwiesprache mit Gott zu treten. Maryborough rutschte weiter auf die Kante der genoppten Couch auf Mark zu: »Denn was ist es anderes, wenn ich in die Kirche gehe und im Gang niederknie, mir aus dem Weihwasserbecken die Finger befeuchte und anschließend das Kreuz schlage. Ich mache das nicht, um mich zu waschen. Es ist eine Zeremonie. Menschen brauchen Rituale, um sich in einen bestimmten Geisteszustand zu bringen. Und es ist nichts anderes als die Suche nach der Erkenntnis. Egal wie wir sie nun nennen. So fand Isaac Newton das Gravitationsgesetz. Eine im Raum verteilte Masse musste durch Selbstanziehung schließlich in sich zusammenfallen. Trotzdem stürzt das Universum nicht zusammen. Es musste also noch eine Kraft geben, die der Gravitation entgegenwirkt oder sie aufhebt.« Es entstand eine Pause. Das Feuer im Kamin spaltete ein Stück rotglühende Rinde vom Scheit. Es gab einen Peitschenknall, der die Stille in dem Raum durchbrach.

»Versuche mit der Schwerkraft wurden schon weit vor Newton gemacht«, sagte Mark.

»Was glauben Sie wohl, wie die Megalithen nach Stonehenge kamen?«, fragte Maryborough und Mark wusste nicht so recht, ob die Frage in diesem Moment ernst gemeint war. Jedenfalls sei Stonehenge Laboratorium und Kultstätte zugleich. Das sei für die früheren Zeiten der Menschheit nichts Ungewöhnliches. Es gab diese strikte Trennung zwischen Religion und Wissenschaft nicht und

Maryborough glaube, dass es sie auch heute nicht gibt. Sie werde künstlich hergestellt.

»Stonehenge entstand vermutlich 3.000 Jahre vor Christi Geburt und die Menschen benutzten es als Observatorium.«

»Klar, die wollten schon damals ihr Horoskop kennen, wenn sie morgens vor der Hütte standen«, sagte Mark.

Maryborough schüttelte den Kopf.

»Das hatte nichts mit Sternendeuterei zu tun, wenn beispielsweise ein Jahreshoroskop erstellt wurde. Es ging erst einmal um ganz praktische Dinge: Wann beginnt der Frühling? Wann der Winter? Wann müssen wir ernten? Wann säen? Sie schlossen auch auf das Leben. Getreu dem Grundsatz: Wie oben - so unten.«

Ruth lächelte. »Mein Onkel hat mir auch schon ein Horoskop erstellt. Aber das bleibt mein Geheimnis...« Maryborough ging darauf nicht ein. Er sah Mark fest in die Augen.

»Die Ägypter entwickelten die Gedanken weiter. Vor allem Amenophis IV., der sich später in Echnaton umbenannte. Der Grund für den Namenwechsel war ganz einfach. Er hatte erkannt, dass das Leben auf unsere Welt nur durch die Sonne möglich war und so nannte er sich um in Echnaton: der, der Sonne wohlgefällig ist. Echnaton wurde 1364 Jahre vor Christus geboren! So alt sind diese Wissenschaften bereits.« Maryboroughs Augen begannen zu leuchten. Mark konnte deutlich das Flackern der Flammen im Kamin in seinen Augenwinkeln sehen.

»Und was haben jetzt die Ägypter mit Stonehenge zutun?«, fragte Mark.

»Es gab in dieser Zeit schon Kontakte zwischen Ägypten und England. Es gab sogar in der Zeit regelrechte Einwanderungswellen und Handel mit Zinn. Das setzte sich im Mittelalter fort.« Maryborough rutschte auf der Kante der Couch noch etwas nach vorne und sprach gedämpfter weiter.

»Wissen Sie wem Bristol seinen frühen Reichtum als Handelsstadt verdankt?«

»Vielleicht den vielen Filmfestivals. Tschuldigung, früher gab es wohl eher Puppenspieler«, witzelte Mark und spürte gleich wie unpassend mal wieder die Bemerkung war. Als er sah, dass Maryborough das überhaupt nicht komisch fand, wiederholte Mark mit einem interessierten Gesichtsausdruck. »Wem verdankt denn Bristol seinen Reichtum?«

»Dem Sklavenhandel!«

Eine Bedeutungs-Pause entstand. Maryborough wollte diese Bemerkung einpflanzen. Sie wirken lassen.

»Die englischen Schiffe fuhren mit Glas und Perlen nach Westafrika. Die Engländer trieben Handel mit den großen Berberstämmen, die durch die Sahara zogen - von Ägypten bis an die Westküste. Mit den Berbern zogen manchmal weise Männer aus dem Land am Nil. An Weisheit waren zu der Zeit allerdings nicht allzu viele Engländer interessiert. Es ging bei dem Handel hauptsächlich um Geld, um viel Geld und die brachten die Sklaven, die nach Westindien geschafft wurden. Ende des 18. Jahrhunderts waren es mehr als 70.000

Sklaven jährlich. Über die Jahrtausende blieben die Engländer in Kontakt mit der afrikanischen Kultur. Aber nur wenige Eingeweihte bekamen die Geheimnisse des Pharaos Echnaton überbracht.«

»Und diese Eingeweihten waren vermutlich die Druiden.«

»Das waren die Druiden! Sie bewahrten die geheimen Zeremonien und die Erkenntnisse über die Jahrtausende. Nur sie wissen heute noch wie die Zeremonien zu lesen sind, denn sie selbst sind die Textbücher der Überlieferung.«

Der Kellner kam und wollte noch etwas Tee einschenken. Er spürte sofort, dass er unerwünscht war. Keiner redete mehr. Er beeilte sich und furchte beim Hinausgehen eine Schneise in den Teppich in Richtung Rezeption.

»Jetzt kommen wir zu Verba und der Chymischen Hochzeit«, sagte Maryborough und setzte sich in der Couch wieder zurück. Ebenfalls ohne zu versinken.

»Sie kennen das Zeichen Ankh?«

»Ja - es ist praktisch ein Henkelkreuz. Es symbolisiert bei den Ägyptern das Eins, das Leben, die Verbindung von Männlich und Weiblich.«

»Sie haben in der Schule gut aufgepasst«, sagte Maryborough, »aber für Alchimisten und Druiden bedeutet das Zeichen noch etwas ganz anderes: Es bedeutet Schweben. Die Aufhebung der Gravitation durch Beherrschung der Magnetfelder.«

»Blödsinn!« protestierte Mark und es tat ihm im gleichen Augenblick leid. Er hatte es eigentlich so nicht gemeint. Er war einfach nur spontan entrüstet.

»Ich wollte eigentlich sagen, das gibt es doch nicht«, korrigierte sich Mark.

»Das Zeichen Ankh zeigt einen Körper, der schwebt getragen von einem horizontalen Magnetfeld, das die Kraft der Gravitation aufhebt.« Das saß! Das musste sich erst einmal gedanklich bei Mark als Bild manifestieren.

»Wie soll denn das funktionieren?« fragte Mark nach.

»Dazu führte ich die alten Zeremonien durch, die verschlüsselt im Buch der Chymischen Hochzeit aufgeschrieben waren. Dazu gehörte auch die Schlange Ouroboros, die sich selbst in den Schwanz beißt. Das alte Symbol der Alchimisten. Ich musste diese Schlange auf den Altarstein von Stonehenge legen. Zu einer bestimmten Stunde fällt das Licht zwischen die Megalithen genau auf den Altarstein und zusammen mit der Schlange bilden sie eine Kartusche, eine Ägyptische Hieroglyphe, die besagt...«

»Sind Sie Richard Maryborough, Bibliothekar an der Universität Bristol?«

Drei Männer standen vor der Sitzgruppe am Kamin. Mark, Ruth und Maryborough hatten sie nicht kommen hören. Der Mann in der Mitte trug einen normalen Straßenanzug, die beiden anderen Männer rechts und links von ihm schwarze Uniformen. Es waren

Polizisten. Der Mann in der Mitte wiederholte seine Frage.

»Sind Sie Richard Maryborough?«

»Ja - und Sie?«, antwortete Maryborough ganz ruhig.

Der Mann holte einen Ausweis aus seiner Jackentasche und hielt ihn den Dreien am Kamin vor die Nase. Sie konnten auf die Entfernung nur das Passbild und die Überschrift des Ausweises erkennen: Europol.

»Inspektor Boys, Europol«, sagte er. »Ich verhafte Sie hiermit wegen des dringenden Tatverdachtes einen Mord begangen zu haben. Folgen Sie mir und den Gentlemen aufs Revier!«

Maryborough war aufgestanden. Er sah in seinem alten Anzug nicht mehr spleenig, sondern hilflos aus. Seine Selbstsicherheit war verschwunden. Jetzt machte einen verwirrten Eindruck.

»Und wen soll ich ermordet haben?«

»Einen Chemiker namens Bruno Verba...«, sagte Inspektor Boys.

Maryborough sank wieder zurück auf die Couch.

»Aber das ist unmöglich. Bruno ist nicht ... das muss ein Irrtum sein.«

»Ich war die ganze Zeit mit meinem Onkel zusammen«, sagte Ruth, » das kann nicht stimmen.«

»Was Sie sagen vielleicht auch nicht«, antwortete Inspektor Boys, »wir werden ihre Aussage später zu Protokoll nehmen. Ich war bereits einmal in der Bibliothek und habe ihren Onkel dort gesehen. Ich kann mich nicht erinnern, Sie dort auch gesehen zu haben.«

»Ja - schon ...« antwortete Ruth. Es klang sehr kleinlaut und wenig überzeugend.

Inspektor Boys wurde bestimmt. Er sah Maryborough fest an.

»Folgen Sie mir, wir werden das auf dem Revier klären. Und Sie halten sich zur Verfügung.«

Er nickte zu dem Polizisten zu seiner rechten Seite.

»Constable nehmen Sie die Namen und die Adresse der beiden Herrschaften auf.«

Maryborough, Inspektor Boys und der andere Polizist verließen das Swallow-Hotel. Die Gäste des Hotels in der Empfangshalle steckten die Köpfe zusammen. Sie kannten Maryborough. Einen solchen spleenigen Engländer ist eben nicht nur liebenswert, da waren sie sich schon immer sicher.

Als der Constable die Namen und Adressen von Mark und Ruth auf einen kleinen Block notiert hatte, tippte er nur kurz an die Mütze und verließ das Hotel. Ruth sah Mark an. »Ich kann das nicht glauben. Das ist unmöglich.«

»Wenn es sich um einen Irrtum handelt, wird sich das schnell aufklären, glauben Sie mir.«

»Helfen Sie mir?« fragtc Ruth.

»Natürlich helfe ich ihnen«, sagte Mark »aber wobei?«

»Das mein Onkel unschuldig ist, daran besteht kein Zweifel. Aber hinter dem Tod des Alchimisten Verba muss etwas anderes stecken. Was war es? Wer hat Verba getötet und warum?«

11. Bristol, Police Station

Es war ein Prachtbau aus grauverwittertem Kalksandstein, mit vielen kleinen Türmen, die bis zum Dach reichten, Zinnen und Erkern. Davor eine Rampe, die hoch zum Haupteingang führte. Der steinerne Baldachin wurde gestützt von vier Säulen. Inspektor Boys konnte sich nicht vorstellen, warum sie jetzt eine Schlossbesichtigung vornahmen. Trotzdem chauffierte der Constable den Streifenwagen zu dem ehrfurchteinflößenden Gebäude. As Inspektor Boys an der Fassade hochblickte, erinnerte ihn das an den Film ‚Ghostbusters'. Er konnte Wasserspeier erkennen mit grimmigen Fratzen und raubvogelähnlichen Gesichtern. ‚Freund und Helfer' würde man auf Anhieb hier nicht vermuten.

Der Eingangstür gegenüber stand ein großer Tresen. Ein uniformierter Polizist mit korrekt sitzendem dunklem Jackett thronte dahinter. Erhöht. Wie der Schiedsrichter bei einem Tennismatch. Der Gesichtsausdruck des Uniformierten war nicht der einer gutgelaunten Empfangsdame oder korrekterweise in diesem Fall Herr. Der Polizist hinter dem Tresen erinnerte Inspektors Boys an einen verlassenen griesgrämigen Sattler aus der Muppet-Show, der ohne den meckernden Waldorf in der Loge saß. Der Tresenwächter grüßte kurz als sie vorbeigingen und Inspektor Boys schob seinen Gefangen vor sich her in die Richtung, die der Constable eingeschlagen hatte.

In dem langen gekachelten Flur hallten die Schritte. An der dritten dunkelgrünen Tür auf der rechten Seite, es war eher ein Racinggreen wie es für Jaguars üblicherweise reserviert war, hielten sie an und betraten das Zimmer. Es stellte sich als der übliche Interviewroom der Polizeistation heraus. Inspektor Boys fiel allerdings gleich auf, dass der Spiegel fehlte, von dem andere Beamte das Verhör verfolgen konnten. Stattdessen hing ein großes Ölgemälde an der Wand. Es zeigte stürmische See, die Schaumkronen kräuselten sich auf den dunklen Wellen. Inspektor Boys ging auf das Bild zu und blinzelte mit einem Auge von der Seite über die Wellen. Da der Künstler die Ölfarbe nicht glatt aufgetragen hatte, sah die See von der Seite ebenfalls gewellt aus. Inspektor Boys konnte aber kein Loch in der Ölfarbe ausmachen. Er drehte sich zu Maryborough um.

»Setzen Sie sich,« sagte er in einem leisen Ton zu dem Verhafteten.

Maryborough zog den Stuhl vom Tisch zurück und setzte sich langsam. Er sah Inspektor Boys herausfordernd an.

»Würden Sie mir jetzt sagen, wie sie darauf kommen, dass ich irgend etwas mit dem Tod von Verba zutun habe?« Es klang entrüstet und Inspektor Boys konnte den Klag noch nicht einordnen. War die Entrüstung gespielt oder echt?

»Sie kennen den Chemiker Bruno Verba?« fuhr Inspektor Boys das Verhör fort.

»Wollen Sie jetzt mit mir bei Adam und Eva anfangen? Ich habe doch nicht bestritten ihn zu kennen.«

Inspektor Boys ging um den Tisch herum und setzte sich gegenüber von Maryborough, während der Constable, der mit in den Raum gekommen war, an der Tür stehen blieb und den Ausgang sicherte.

»Wo haben Sie das Buch?«, hakte Inspektor Boys nach.

»Ich weiß nicht von welchem Buch sie reden. Sagen Sie mir, wie Verba ums Leben gekommen ist und was ich angeblich damit zutun haben soll.«

»Wie Sie ihre Tat durchgeführt haben...das werden wir ihnen noch nachweisen«, sagte Inspektor Boys und sah schnell auf das Bild mit den Wellen. Hatte sich der Wellengang verändert? War die See rauer geworden?

»Heißt das, Sie wissen nicht wie Verba ums Leben gekommen ist?« Maryborough zog die Augenbrauen hoch.

»Das will ich von Ihnen erfahren und zwar in allen Einzelheiten, jedes Detail.«

»Das kann ich nicht, weil ich ihn nicht umgebracht habe.«

»Ich will Ihnen einmal sagen, wie es war. Sie haben sich um das alte Buch gestritten, das offensichtlich einen hohen Wert hat. Einen so hohen, das Verba ihn mit dem Leben bezahlte. Und jetzt sagen Sie mir, wohin Sie die Leiche haben verschwinden lassen, nachdem Sie ihn bestialisch ermordeten.« Inspektors

Boys Stimme war jetzt lauter, druckvoller. Maryborough sah Inspektor Boys mit großen Augen an.

»Soll das heißen, dass Sie noch nicht einmal die Leiche haben? Sie beschuldigen mich Verba ermordet zu haben und haben nichts, noch nicht einmal eine Leiche? Ja - wie kommen Sie denn darauf, dass ich irgend etwas mit einem Gewaltverbrechen zutun haben könnte?«

»Wenn einer die Fragen stellt, dann bin ich das...«, sagte Inspektor Boys jetzt sichtlich gereizt. Er ärgerte sich auch über den Satz: Wenn einer die Fragen stellt, dann bin ich das... Und das aus seinem Mund. Den hatte er als Kind schon nicht ausstehen können, wenn seine Mutter ihn verhörte, weil er mal wieder zu spät aus der Schule kam. Stundenlang habe sie am Herd gestanden und das Essen vorbereitet und der Herr Sohn komme nicht. Wo hat er sich denn wieder rumgetrieben? Warum ist es nicht möglich sofort aus der Schule, auf dem direkten Weg nach Hause zu kommen. Das Essen sei jetzt sicher kalt. Dabei hatte er den kleinen Wald, der sich auf dem Schulweg fand, durchschlendert, auf der Suche nach Räubern und dabei den kleinen Bachlauf entdeckt. Daraus ließen sich sicherlich die Niagarafälle machen. Das hatten sie gerade in Erkunde durchgenommen. Er wusste genau wie sie auszusehen hatten und so staute er erst einmal den kleinen Bach. Wer denkt bei einer solchen Aufgabe noch ans Essen? Es gibt viel Höheres im Leben.

Maryborough sah ihn an, als erwarte er eine Antwort auf seine Frage. Und genau diese Frage ärgerte

Inspektor Boys, weil der alte Bibliothekar Recht hatte. Es fuchste ihn. Das war genau das Problem von Inspektor Boys. Er hatte in dem Fall keine Leiche. Er konnte sich nicht über Leichenmangel beklagen, was die Chinesen anging. Aber in diesem konkreten Fall fehlte die Leiche.

In dem Labor in Köln fanden sich nur Blutspuren, die offenbar eindeutig Bruno Verba zuzuordnen waren. Das berichteten Inspektor Boys jedenfalls die Kölner Kollegen nach einer ersten Untersuchung. Sie fanden den Hausarzt von Verba und im Patientenblatt war die Blutgruppe 'A positiv' vermerkt. Eine Allerweltsblutgruppe. Gut bei einem Unfall, wenn man eine Blutspende braucht. Schlecht aus kriminalistischer Sicht. Es käme sozusagen die Hälfte der Menschheit als mögliche Opfer in Frage. Als weiteres Indiz gab es noch den kleinen Möbeltresor in Verbas Wohnung in der Kölner Südstadt. Der Tresor war fest verankert im unteren Teil eines Schrankes, der einer Anrichte glich. Die Tür des Tresors war offen, der Inhalt fehlte. Natürlich schlossen die Kölner Kollegen auf einen Raub. Aber: die Tresortür war nicht aufgebrochen. Klara Hewig, die Freundin Verbas bestätigte, dass ein altes Buch in dem Tresor gelegen habe und noch ein paar andere Unterlagen, von denen sie nichts verstand. Das habe alles etwas mit seiner Arbeit zutun gehabt. Und vor allem bei dem alten Buch habe Verba keinen Spaß verstanden. Es war ein Heiligtum für ihn, was sie nie verstanden habe.

Bruno Verba und sie hatten einmal Streit bekommen, weil sie den alten Schinken in die Hand genommen und darin lesen wollte. Verba sei ihr fast an die Gurgel gesprungen. Sie habe das überhaupt nicht verstanden. Das ganze Theater wegen eines alten Buches. Jedenfalls sei es jetzt genauso weg wie Verba selbst.

Eine genaue Beschreibung des Buches konnte Verbas Freundin Klara nicht geben. Sie habe es eben nur kurz in der Hand gehabt. Es war braun, abgegriffen und auf dem Buchrücken befanden sich einige Wülste, halb so dick wie ein runder Bleistift. Vier, wenn sie sich recht erinnere. Ach ja, der Einband habe sich ein wenig angefühlt wie Verlourleder und es war ein Metallverschluss am Buchdeckel. Die Freundin berichtete den Kölner Kriminalbeamten von einem skurrilen Bibliothekar aus Bristol, der regelmäßig in Köln, in Verbas Wohnung, aufgetaucht sei. Sie habe sich auch ganz genau an den Namen erinnern können: Maryborough. Die deutschen Kollegen baten daraufhin die Polizei von Bristol um Amtshilfe. So landete das Amtshilfegesuch schließlich auf dem Schreibtisch von Inspektor Boys. In dem beigefügten Protokoll aus Köln, konnte sich Inspektor Boys ein Bild davon machen, wie es zu dem Zeitpunkt in Verbas Wohnung aussah, als er nicht ganz spurlos verschwand.

In einem etwas kleineren Zimmer der Wohnung, das wohl als Arbeitszimmer gedacht war, hatte sich Verba ein richtiges Labor eingerichtet. Es gab in dem Raum nur in kleines Fenster und das war mit einer blickdichten hellen Folie abgeklebt, die aber trotzdem ein schwaches Licht durchließ. Die Versuchsanordnungen auf dem Labortisch, waren noch intakt, soweit das die Kölner Kollegen von Inspektor Boys beurteilen konnten. Nur ein Glaskolben war auf dem Steinfußboden zerbrochen. Daneben eine dünne Blutspur. Blutgruppe A positiv. Das war alles. Die Leiche fehlte. Wenn es denn überhaupt eine gab. Vielleicht hatte sich Verba auch nur bei einem Experiment an dem zerbrochenen Glaskolben verletzt. Tatsache war zu dem Zeitpunkt allerdings, dass Verba seit einer Woche nicht mehr aufgetaucht war. Und eine solche Unordnung im Labor, so berichtete die Freundin Verbas weiter, habe es in dem Labor nie gegeben. Verba sei sehr pedantisch gewesen.

Die Freundin Klara sagte aus, dass dieser merkwürdige Engländer das alte, abgegriffene Buch mitgebracht habe. Sie sagte auch aus, dass er es später unbedingt wiederhaben wolle. Verba dagegen wollte dieses Buch solange wie möglich behalten. Er müsse es einfach haben, hatte er zu seiner Freundin gesagt. Der Engländer sei öfter gekommen und habe immer wieder nach dem Buch gefragt. Bei seinem letzten Besuch vor einer Woche sei er mit einem finsteren Gesicht aus dem Haus gegangen. Sie mochte diesen Engländer sowieso nicht. Für sie, so gab Klara gegenüber der Kölner Polizei an, gebe es keinen Zweifel: das Buch hat der Mörder ihres Freundes mitgenommen. Für sie gab es keinen Zweifel, dass ihr Freund Opfer eines Verbrechens geworden war. Und als Täter kam für sie nur einer in Frage: Maryborough.

»Das ist doch alles absurd«, sagte Maryborough, »es stimmt ... ich bin nicht besonders glücklich darüber gewesen, dass Verba das Buch solange behalten wollte.«

»Sie habe sich also gestritten, weil er das Buch nicht hergeben wollte?«, sagte Inspektor Boys.

»Nein - so war es nicht«, antwortete Maryborough.

»Wie war es denn? Was war das überhaupt für ein altes Buch?«

Maryborough sah auf seine Finger, die er gefaltete auf den Tisch gelegt hatte. Die Knöchel traten weiß hervor. Die Finger schienen sich gegenseitig festzuhalten, damit sie nicht flüchteten.

»Das kann ich Ihnen nicht sagen.«

Inspektor Boys stand auf und wandte sich an den Constable.

»Bringen Sie ihn in eine Zelle«, und in Maryboroughs Richtung, »...vielleicht fällt ihnen ja morgen mehr ein.«

Die beiden gingen gerade zur Tür als ein jüngerer Constable sich an den beiden vorbei ins Zimmer drängtc.

»Sir - Sir, verzeihen Sie. Sind Sie Inspektor Boys von Europol?«

»Ja - leibhaftig, was gibt es denn?«

»Sir, Sie untersuchen doch die Geschichte mit den Chinesen...«

»Ist das jetzt hier die Sendung Wer wird Millionär? oder die Versteckte Kamera? Nun sagen sie schon was los ist.«

Der Constable wirkte für einen Augenblick irritiert. Fasste sich dann aber wieder.

»Sir, wir haben doch zurzeit das Naturfilmfestival Wildscreen, hier in Bristol.«

»Ist mir bekannt. Ich hoffe immer noch, das ich Sir Attenborough in einem Pub begegne.«

»Sir?«

»Reden Sie weiter, Constable.«

»Es ist auf diesem Festival ein Film aufgetaucht, der nicht gerade etwas mit Tieren oder Naturschönheiten zutun hat. Es ist ein Film über einen Frachter auf hoher See auf dem Chinesen im unter Deck eingesperrt sind. Der verrostete Frachter ist offenbart in eine Notlage geraten, und der Kapitän hat es nicht für nötig gehalten SOS zu funken. Er hätte die Chinesen in dem Frachtraum krepieren lassen, wenn das Schiff nicht von einem US-Patrouillenboot aufgebracht worden wäre. Sah ziemlich dramatisch aus in dem Film. Erinnerte mich an Bilder, die ich schon mal von den Boatpeople in Vietnam gesehen habe. Schrecklich. Abgemagerte Gestalten. Wie Gespenster... und der Film zeigte außerdem an einer anderen Stelle, an Land...« In dem Augenblick machte er ein Pause, um die Bedeutung der folgenden Worte zu unterstreichen. Inspektor Boys sah ihn an, hob die Augenbrauen und das war für den Constable das richtige Zeichen, den Satz zu vollenden

»...wie eine andere Gruppe Chinesen in einen Laster gepfercht wurde.«

Der Constable machte eine Pause und sah Inspektor Boys triumphierend an.

»Es ist unser Laster, Sir!«

»Sie meinen den Lkw in Dover?«

»Ja, Sir, eindeutig. Auch das Kennzeichen ist zu sehen.«

»Wo ist der Film? Wer hat ihn gedreht?«

»Der Film ist noch im Kino Eins im Watershed«, sagte der Constable, der sich sicher war, dass er jetzt bei Inspektor Boys ‚ein Stein im Brett' hatte. Das kann seiner Karriere nicht schaden. Er wollte auch zur Kriminalpolizei. Bald.

»Die Festivalteilnehmer haben sich darüber ziemlich aufgeregt«, rief er noch Inspektor Boys hinterher, aber der war schon längst auf dem Flur in Richtung Ausgang.

»Und - Sir! Sir! ....bei Stonehenge gab es einen Mord...«

Aber das konnte Inspektor Boys nicht mehr hören. Die Schwingtüre schlug gerade hinter ihm zu.

12. Hotelwechsel, Bristol

Das Männliche
liebt das Weibliche
Yin umarmt Yang
und zehntausend Dinge
leben in Harmonie
durch die Verbindung dieser Kräfte.
Lao-tse

Nach der Verhaftung von Maryborough verließen Mark und Ruth sofort das Swallow-Hotel. Sie gingen rechts herum, den Berg hinunter bis zum Hafen. Dort stand das Watershed, das

ehemalige Stapelhaus. Die Delegierten des Festivals standen draußen, einige rauchten. Offenbar wechselte das Kino Eins gerade den Film. Aber sich jetzt einen Festivalfilm anzusehen, dazu hatten die beiden absolut keine Lust.

»Ich kann das nicht verstehen. Ich bin mir sicher, dass Onkel Richard keinem etwas antun könnte. Er liebt seine Bücher. Das ist seine Welt.« Ruth atmete in kurzen Abständen. Mark vermutete, dass es die Aufregung über die plötzliche Verhaftung ihres Onkels war.

»Er wäre aber sicher nicht der erste Bibliothekar«, sagte Mark, »der einen Mord begeht, da bin ich ziemlich sicher.« Das saß, obwohl Mark es eher als eine statistische Feststellung verstand. An ihren Onkel dachte er in dem kurzen Moment nicht. Ruth sah ihn wütend an. Mark gefiel es. Sie sah wunderschön aus, wenn sie ihr Haar wütend zurückwarf.

»Wie können Sie so etwas sagen?«

Ruth drehte sich um und ging. Mark wusste nicht was ihn in dem Moment ritt. Ein Blackout. Er machte einen Schritt nach vorne, über die Kaimauer hinaus und sprang ins Wasser. Einige Delegierten schrieen entsetzt auf und rannten an die Kaimauer. Unten im Wasser sahen sie im schwachen Licht der Hafenbeleuchtung wie Mark eine kleine Wasserfontäne aus dem Mund blies und zur Kaimauer schwamm.

Ruth hatte die Schreie gehört und sich umgedreht. Sie rannte ebenfalls zur Kaimauer und wäre fast über einen Poller gestolpert. Sie konnte aus der Distanz nur ausmachen, dass jemand im Wasser paddelte. Sie suchte in der Menge der Delegierten nach Mark, konnte ihn aber nirgends entdecken. Dann sah sie die Gestalt im Lichtkegel einer Laterne die Stufen der Kaimauertreppe hochkommen. Die Gestalt strich sich die Haare aus dem Gesicht.

»Mark?!« rief Ruth und lief zu der Menge. »Mark!« Die Delegierten standen um ihn herum. Einer wollte ihm seinen Mantel geben. »Danke«, sagte Mark, »das ist nicht nötig.« Ruth drängte sich durch.

»Mark? Was ist passiert?«

»Ich wollte nicht, dass Sie gehen.«

Es gab mal einen Film von Edgar Wallace, der hieß ‘Die toten Augen von London’. Genauso sah Ruth Mark in diesem Augenblick an. Es gab allerdings einen gravierenden Unterschied. Ihre Augen waren wunderschön, riesengroß und sehr lebendig.

»Sind Sie...«

Weiter kam Ruth nicht. Mark nahm ihren Kopf zwischen seine Hände und küsste sie ganz sanft auf ihre Lippen.

»Sie...«

Einige Delegierten applaudierten. Und wie sie so im Lichtkegel standen, neben dem alten Stapelhaus, sagte Mark unwillkürlich »Ich schau dir in die Augen Kleines.«

Und es stimmte. Aber kein Flugzeug würde die beiden in diesem Moment trennen. Sie musste jetzt lachen.

»Komm zieh dir was Trockenes an. Wenn du krank wirst, können wir unserem Onkel nicht helfen.«

»Unserem Onkel?«

Mark schmunzelte und sie gingen schnell in Richtung Holiday Inn Express.

Sie setzte sich auf dem einen der beiden Betten. Das Zimmer war nur sehr klein und die einzige andere Sitzgelegenheit wäre der Stuhl am Schreibtisch gewesen. Aber den hatten sie in den Eingangsbereich gestellt und die nassen Sachen von Mark darübergelegt, die sie zuvor über der kleinen Duschtasse ausgewrungen hatte. Mark gab die Hoffung auf, dass seine Jeans das eingearbeitete Spiralmuster jemals verlieren würden. Unter den Stuhl legten sie ein großes weißes Frotteehandtuch, das sich langsam vollsaugte und einen Wollsumpf entwickelte. Eine kleine Pfütze dehnte sich am rechten Zipfel des Handtuches aus. Vom Bett aus beobachtete Ruth das Naturschauspiel.

»Du kannst die Nacht hier bleiben, wenn du willst. Es ist schließlich schon spät,« sagte Mark durch die Duschraumtüre. Das Wasser rauschte und er sprach gegen das rasante Plätschern an. Sie rutschte auf dem Bett ein wenig herunter und schloss die Augen. Ruth legte den Kopf zur Seite und roch an der Bettwäsche. Sie war frisch und doch hatte sie etwas von Marks Geruch in sich aufgenommen. Es war ein angenehmer Geruch.

»Was für ein Rasierwasser nimmst du?«, fragte sie.

Mark steckte den Kopf aus der Duschtüre und über ihm quollen kleine Wasserdampfwölkchen heraus.

»Gehst du jetzt, wenn ich das falsche Rasierwasser benutze?«

»Nein...« Sie lachte.

»Danke - mehr wollte ich nicht wissen«, Mark schloss die Duschtüre wieder. Sie konnte ihn jetzt ungedämpft hören.

»Ich bin gleich da, ich sprüh mich nur noch mit Chanel ein - von Kopf bis Fuß.«

Sie schmunzelte, überlegte kurz und zog sich aus. Hose, Bluse und die anderen Sachen legte sie neben das Bett. Schnell schlüpfte sie wieder unter die Bettdecke.

»Da bin ich. Frisch wie der junge Morgen!« Mark stand in sauberen Jeans und einem frischen weißen Hemd vor ihrem Bett. »Kann das sein, dass ich nun ein wenig overdressed bin?«

Ruth schmunzelte und nickte, sagte aber nichts. Mark zog sich die frische Kleidung wieder aus und glitt unter ihre Bettdecke. Ruth schloss die Augen. Er streichelte über ihre Wangen, an denen ein ganz feiner heller Flaum zu erkennen war. Er konnte sich nicht mehr erinnern, wann er sich das letzte Mal so sehr zuhause gefühlt hatte. Außer Ruth nahm er nichts mehr um sich herum wahr.

Irgendwann schliefen sie nebeneinander ein. Sie lang in seinem Arm und schlief so fest wie schon lange nicht mehr. Und Mark fühlte, dass er Ruth schon seit Anbeginn aller Zeiten gekannt hatte. Alles an ihr war ihm vertraut. Auf jedes Pöttchen passt ein Deckel, erzählte seine Großmutter immer. Mark wollte das nie glauben. Er dachte, es gäbe nur zufällige Bekanntschaften, mit einer anfänglichen Sympathie, vielleicht ist es auch nur eine erotische Ausstrahlung und schließlich hätten sich beide aneinander gewöhnt. Das war es dann. Aber so war es bei Ruth nicht. Es war anders. Es gab so unendlich viele Männer und Frauen in dieser Welt, wie Sterne, die am klaren Himmel aufleuchten. Sie waren die beiden Sterne, die von nun an ihrer Bestimmung folgten, für den Rest ihres Lebens umeinander zu kreisen.

Das Männliche
liebt das Weibliche
Yin umarmt Yang
und zehntausend Dinge
leben in Harmonie
durch die Verbindung dieser Kräfte.

Laotse hat recht, dachte Mark. Es gibt Dinge, die jenseits dessen liegen, was man mit Worten beschreiben, mit dem Pinsel malen oder in der Musik komponieren kann. In seinem Traum schwebte er sanft über grüne Hügel Englands. Er sah den Kreis der Steine von Stonehenge unter sich und Blut auf dem Altarstein in der Mitte. Aber es beunruhigte ihn nicht. Nicht jetzt. Nicht in diesem Augenblick. Er fühlte Ruth. Sie atmete gleichmäßig. Mark erwachte und blinzelte kurz.

Sie war wirklich da. Das war kein Traum. Die Decke war ein wenig heruntergerutscht und auf ihrem Busen lag eine kleine Goldkette. Sie war Mark am Abend nicht aufgefallen. Es waren ganz dünne Kettenglieder, sie wirkten zerbrechlich und an ihrem Ende hing ein Kreuz. Dieses Kreuz hatte oberhalb des Querbalkens einen kreisrunden Ring. Es war ein Henkelkreuz.

Das ägyptische Zeichen Ankh.

13. Der Dom

»Das ist doch nun wirklich nicht so schwer zu verstehen!« Gröner kam um das Steuerpult der Kontrollzentrale herum. Er war verärgert. »Die Erdatmosphäre wird durch die Rotation der Erde festgehalten. Schließlich hat auch sie eine Masse.«

Der Techniker an der Kontrollsteuerung des Domes wusste nicht was geschehen war. Er hatte alles so gemacht wie bisher.

»Aber die Masse ist doch überhaupt nicht zu spüren«, sagte der Techniker.

»Nein ist sie nicht«, dozierte Gröner, »punktuell gesehen nicht, aber insgesamt hat sie schon Gewicht, um genau zu sein: sie wiegt $5{,}13$ mal 10 hoch 18 kg!« Der Techniker sah ihn unverständlich mit großen Augen an. »Kann ich mir nicht vorstellen.« Gröner holte tief Luft.

»Das ist ein Millionstel der Erdmasse!«

Die Chinesen, die bis vor einer halben Minute noch unter der Kuppel des Domes geschwebt hatten, lagen jetzt auf dem Fußboden des Domes und wurden durch ein Ärzteteam medizinisch versorgt. Alle bekamen Sauerstoff. Sie atmeten schwer. Einer der Ärzte wendete sich in Richtung Kontrollzentrale.

»Das war verdammt knapp. Das ging nur noch um Sekunden und dann wären die auch erstickt.«

Gröner nickte. »Ja - Sie haben recht.«

»Natürlich habe ich recht und Sie scheinen das in Kauf zu nehmen...«

Der Arzt griff nach dem Arm des Chinesen und fühlte den Puls. Gröner war innerlich zerrissen. Zum einen wollte er dieses wissenschaftliche Neuland betreten und zum anderen hasste er die Konsequenzen seiner Arbeit. Er musste sich entscheiden und zwar bald.

»Aber wie können wir denn verhindern, dass immer wieder die Probanden in einem... einem luftleeren Raum schweben?«, wandte sich der Techniker wieder an Gröner.

»Das können wir nicht«, sagte Gröner.

»Sollten wir auch nicht!« Barbra Hussin war in den Dom gekommen. »Was ist denn nun schon wieder passiert?«

»Es ist das Gleiche wie vor ein paar Tagen. Es reißt immer wieder ein Loch in die Atmosphäre.«

»Und wo ist das Problem? Dann sind wir doch schon weit.«

»Das Problem, wie Sie es sagen, sind die Menschen, die in dem Loch ersticken.«

In dem Gesicht von Barbra Hussin war keinerlei Emotion zu entdecken. Sie sah nach vorne mit ihren zusammengekniffenen kleinen Augen und ihrem kleinen Mund mit den schmalen Lippen.

»Die künftigen Käufer und die Aktionäre von Gravitec S.à.r.l. erwarten Ergebnisse. Wir haben sie schon viele zu lange warten lassen. Und ich erwarte von Ihnen, Herr Dr. Gröner, als Leiter dieses

Forschungsprojektes, dass Sie sich von Fehlschlägen nicht in ihrem Arbeitsfortschritt behindern lassen.«

»Fehlschläge? Sie sprechen von Fehlschlägen? Diese Fehlschläge wie Sie es nennen, sind Morde!«

»Fehlschläge, Herr Gröner und bedauerliche Unfälle. Die Menschen wussten worauf sie sich einlassen.«

»Das konnten sie nicht wissen«, entgegnete Gröner. Er war wütend.

»Sehen sie sich einmal die Verträge der Chinesen an. Da steht alles drin. Alles was sie erwartet.«

»Mir ist nicht bekannt, dass die Chinesen Deutsch können«, erwiderte Gröner.

»Ich habe keine Lust mit Ihnen darüber zu diskutieren. Machen Sie ihre Arbeit, wofür Sie auch von Gravitec S.à.r.l. fürstlich bezahlt werden.«

Barbra Hussin wartete die Antwort nicht ab. Sie drehte sich um und entfernte sich in ihrem unnachahmlichen Watschelgang. Gröner musste dabei unwillkürlich an ihre Erzählungen über ihre Reitkünste in der Jugend denken. Er stellte sich vor wie sie auf ein Pferd zuwatschelte, sich hinaufhievte und das Pferd zu Tode ritt. Anschließend hielt sie dem toten Pferd den Kaufvertrag vor die Nüstern. Selbst Schuld, schließlich stand alles in dem Papier Schwarz auf Weiß.

»Wie kann man nur so herzlich sein«, sagte der Techniker am Kontrollpult.

»Halten Sie sich da raus«, sagte Gröner »lassen sie uns überlegen, wie wir Unfälle in Zukunft ein für alle mal vermeiden können.«

Die Chinesen, die das Experiment noch einmal überlebt hatten, wurden mit Bahren abtransportiert und in gelbe Container untergebracht, die auf dem Parkplatz hinter dem Gebäude der Gravitec S.à.r.l. aufgestellt worden waren. Bereits nach den ersten Unfällen bei den Experimenten, hatte man überlegt, was mit dem Patienten geschehen soll. Sie in ein Krankenhaus zu bringen war unmöglich. Es hätte zu viele Fragen gegeben, wie es zu dem Unfall kommen konnte. So blieb eigentlich nur übrig, eine eigene Krankenstation auf dem Gelände einzurichten. In einem der aufgestellten grauen Container konnten zwei Chinesen gleichzeitig versorgt werden. Mehr war bis dahin nicht möglich. Aber schnell kamen noch weitere Container hinzu und heute waren es schon fünf. Ein eigenes Ärzteteam wurde rekrutiert, das sich um die verletzten Chinesen kümmerte. Das Telefon klingelte und der Techniker nahm den Hörer ab. Er nickte und legte wieder auf.

»Herr Gröner - Sie sollen zu Frau Hussin in den Konferenzraum kommen. Jetzt.«

Die letzte Bahre mit einem verletzten Chinesen wurde gerade heraus getragen. Gröner sah der Bahre nach, drehte sich kurz um und ging zum Ausgang des Domes.

Der Konferenzsaal war voll besetzt. Bis auf den letzten Platz und der war für Gröner reserviert. Der Dresscode funktionierte bei den Herrschaften. Alles in Grau mit einer deutlichen Tendenz zu Schwarz. Wie auch die Gesichter, fand Gröner. Selbst die beiden Frauen am Tisch trugen graue Kostüme. Er kam sich glatt wie ein Paradiesvogel vor, denn er trug seine alten Jeans, ein blaues Hemd und ein blaues Jackett darüber. Eigentlich hätte es zumindest ein Marine-Blazer mit goldenen Köpfen sein müssen, erinnerte er sich. Andy Warhol hatte diesen Stil eingeführt. Wie auch immer, er war der Tupfer, der der grauen Runde Farbe verlieh. Während Gröner sich setzte, begann Hussin mit der knappen Vorstellung.

»Das ist Dr. Thomas Gröner, unser Projektleiter. Er wird ihnen detailliert sagen können, dass wir bald die Versuche abgeschlossen haben werden und unser Projekt einsetzbar ist«, sagte Hussin »Setzen Sie sich!«

‚Aha, daher weht der Wind', dachte Gröner und nahm auf dem Stuhl neben Hussin Platz. Alle sahen in seine Richtung. Es war eine gespannte Atmosphäre, obwohl die Gesichter der grauen Herrschaften auf den ersten Eindruck eher gelangweilt wirkten.

»Wir sind in der Lage«, begann Gröner, »die Gravitation auf einer Fläche, die der Größe eines Fußballfeldes entspricht, aufzuheben. Durch ein starkes Magnetfeld, erzeugt durch unseren Gravimator, der eigentlich im Prinzip wie ein großer Transformator funktioniert.«

Gröner ließ für ein paar Sekunden die Stille in die Runde einziehen. Er wollte sichergehen, dass alle seiner Erläuterung folgen konnten.

»Allerdings benutzt der Gravimator das Magnetfeld der Erde und den Elektromagnetismus, um beides in eine enorme Stärke zu transformieren, die dann das natürliche Magnetfeld aufhebt. Das ist die eine Komponente. Aber der Gravimator kann noch mehr. Gleichzeitig simuliert er die Drehrichtung der Erde, allerdings in der entgegengesetzten Richtung für die anvisierte Fläche. Dadurch hebt er die Rotation der Erde sozusagen punktuell auf. Ein weiterer evolutionärer Entwicklungsschritt ist, dass der Gravimator für den Zielbereich eine Masse erzeugt, die der Massenanziehung in dem vorgesehenen Areal entspricht. Er schafft so einen neutralen Zustand in der Gravitation. Alle drei Komponenten schaffen zusammen die Aufhebung der Gravitation in diesem Bereich.«

Gröner machte eine Pause, weil er überzeugt war, dass sich seine Erklärung erst in den Köpfen der Runde setzen musste. Vor ihm auf dem Tisch stand eine Karaffe mit Wasser. Er goss sich ein Glas Wasser ein. An der gegenüberliegenden Tischseite saß ein älterer Grauer, der für Gröner nicht europäisch wirkte. Er hatte die Aura eines arabischen Mullahs. Er sprach Gröner in einem exzellenten Englisch an.

»Was ist mit der Atmosphäre in diesem Zielbereich.«

Gröner stellte das Glas ab. Er hatte den Nagel auf dem Kopf getroffen. Gröner hatte nicht damit gerechnet, dass jemand in der Runde so schnell die Achillesferse im System bemerkte. Kurz dachte er darüber nach, ob er eine politische Antwort geben sollte, alles herunterspielen, das Negative in positive Worthülsen verpacken wie Mülldeponie in

Entsorgungspark. Aber zum einen fiel ihm nichts ein und zum anderen musste man sich auch den ungelösten Problemen stellen, um einer Lösung näher zu kommen. So sah er seinem Gegenüber fest in die Augen und sagte mit betont ruhiger Stimme: »Das ist unser Problem. Es wird nicht nur die Gravitation aufgehoben. Die Atmosphäre wird offenbar in dem Zielbereich nicht mehr gehalten. Es entsteht regelrecht ein Loch in der Hülle um die Erde. Das beginnt in unserer Troposphäre und dann reißt das Loch in kürzester Zeit bis hinauf in die Ionosphäre.«

»Das ist doch wunderbar«, sagte der Graue, der die Frage gestellt hatte. Gröner hatte sich wohl nicht deutlich genug ausgedrückt, dachte er.

»Dieses Loch ist so verheerend, das die Röntgenstrahlung, die UV- und Infrarotstrahlung ungehindert durch geht. Abgesehen davon existiert in diesem Bereich natürlich keine Luft mehr. Es gibt also zwei Möglichkeiten ums Leben zu kommen: Entweder sie werden gegrillt und verstrahlt oder sie ersticken, wenn sie nicht schleunigst aus diesem Atmosphärenloch verschwinden. Selbst das Verschwinden wird schwierig. Ohne Gravitation fehlt ihnen die Bodenhaftung. Jede Bewegung, die sie machen, wird in die Unendlichkeit fortgesetzt. Ein kurzer Sprung katapultiert sie in ihrem grauen Anzug ins All.«

»Das ist doch wunderbar«, wiederholte der Graue. Und jetzt bemerkte Gröner, dass auch die anderen eher ein freundliches Gesicht machte. Das lag nur daran, dass sie die Mundwinkel hochzogen. Sie grinsten. Das war kein freundliches Lächeln, stellte Gröner fest.

»Ich glaube ihnen ist immer noch nicht die Dimension klar. Ich komme gerade aus dem Dom wie sie wissen und wir haben nur mit ungeheurer medizinischer Anstrengung die chinesischen Probanden retten können. Sie wären Sekunden später alle tot gewesen. Es wäre das gleiche passiert, wie vor ein paar Wochen, als...«

Hussin schaltete sich ein. »Das war ein bedauerlicher Unfall. So etwas ist in der Wissenschaft immer wieder vorgekommen. Ist nicht auch Otto Lilienthal bei seinen Flugversuchen ums Leben gekommen? Trotzdem reisen wir heute mit dem Jumbo-Jet durch die Welt.«

»Aber nicht gleich 54 Menschen!«, sagte Gröner. »Die zudem auch keine Wissenschaftler waren, sondern bedauerliche Versuchskaninchen. Es wurde einfach in Kauf genommen. Die Öffentlichkeit durfte nichts erfahren. Es wurde vertuscht.«

»Erfolgreich«, sagte der Sicherheitschef, der an der anderen Seite von Hussin saß.

»Ja – erfolgreich! Ihnen scheint das völlig egal zu sein, dass wir hier wie eine Geheimgesellschaft hocken und über Leben und Tod entscheiden.«

»Ich bitte sie meine Herren«, sagte Hussin. Sie sagte das zwar mit einem Lächeln, aber es war das eingefrorene Lächeln einer Eishexe.

»Wir wollen die Diskussion vielleicht zu einem späteren Zeitpunkt abschließen. Fakt ist doch, und nur das sollte uns heute interessieren, dass unser

Projektleiter Dr. Gröner eine erfolgreiche Arbeit abgeschlossen hat. Der Gravimator funktioniert«

»Da bin ich andere Meinung«, versuchte es Gröner noch einmal. Aber Hussin ließ ihn nicht mehr weiter zu Wort kommen.

»Der Gravimator funktioniert!« Sie sagte das so, als wollte sie die Guillotine als Wunderwerk und neueste Errungenschaft der Technik präsentieren, die auf humane Weise den Menschen vom Leben zum Tode befördert. Schließlich war der Erfinder des Fallbeils Arzt.

»Und wann können wir über den Kauf des Gravimators verhandeln?«, fragte jemand aus dem Kreis.

»Sofort - wir werden nun, nachdem die Versuchsphase abgeschlossen ist, an die erste Produktion der Gravimatoren gehen und ihre Regierungen können uns eine Offerte überreichen. Wir stellen uns ein Mindestgebot von 1,5 Milliarden Euro vor.«

Die Herrschaften am Tisch wurden noch blasser, als sie ohnehin schon waren.

»Ist das nicht ein wenig überzogen?«

Hussin schüttelte den Kopf.

»Bedenken Sie, dass sie damit eine Waffe in der Hand haben, mit der sie ihre Gegner völlig beherrschen können. Alles Leben wird vernichtet, aber nicht die Maschinen, die Häuser, Fabriken und Straßen. Nachdem das Atmosphärenloch wieder geschlossen ist, können sie alles wieder benutzen. Nichts ist kontaminiert wie vielleicht bei anderen Waffen auf atomarer Basis. Und kaufmännisch betrachtet, haben sich nach dem ersten Schlag mit dem Gravimator bereits seine Kosten amortisiert.«

Die feine Gesellschaft am runden Tisch nickte.

Gröner hielt es nicht mehr aus. Er stand auf und verließ die Konferenz. Er wurde sich auf einem Mal schlagartig bewusst, woran er die ganze Zeit arbeitete.

Wie naiv ist er gewesen!

Die ganze Zeit hatte ihn nur die Lösung des physikalischen Problems interessiert. Dabei hätte er schon viel früher merken müssen, dass die Firma Gravitec S.à.r.l. buchstäblich über Leichen geht. Er war schon viel zu weit gegangen. Wer wollte ihm jetzt noch glauben, dass er das alles nicht gewusst habe.

»Vorsicht, Herr Dr. Gröner!«

Fast wäre er in einen kleinen Rollwagen gelaufen, auf dem verschiedene Laborflüssigkeiten von einem Arbeitsbereich in den anderen geschoben wurden. Gröner achtete nicht weiter darauf. Er war sich klar, dass er unbedingt eine Möglichkeit finden musste, die Maschinerie aufzuhalten. Er musste es schaffen, die Technologie, die er selbst entwickelt hatte, unbrauchbar zu machen. »Schlimmeres kann einem Wissenschaftler wohl nicht passieren«, dachte er. Seine eigene Entdeckung muss er vernichten und zwar so gründlich, das niemand jemals erfährt, dass es diese Erfindung überhaupt gegeben hat. Gröner war in seinem Büro angekommen. Der Schreibtisch sah extrem ordentlich aus. Er war kein Pedant, aber es musste im Leben immer alles seinen Platz haben. Mein Platz, dachte er in diesem Augenblick, ist nicht bei der Firma Gravitec S.à.r.l. Das war ein Irrtum. Was er nun tun wollte, kam ihm lächerlich vor, aber er brauchte die Ordnung und das gehörte dazu. Er setzte sich hin, nahm ein DIN-A-4- Blatt und schrieb, ohne sich mit einer Anrede aufzuhalten:

Hiermit kündige ich mit sofortiger Wirkung.
Dr. Thomas Gröner

Das Blatt ließ er auf seinem Schreibtisch liegen. Er nahm die schwarze Aktentasche und suchte hastig die Konstruktionszeichnungen und Berechnungen zum Gravimator zusammen. Anschließend nahm er einen Memo-Stick und steckte ihn in den USB-Anschluss seines Laptops. Der Computer gehörte der Firma und außer seinen Berechnungen wollte er nichts mitnehmen. Sie waren schließlich sein geistiges Eigentum. Er zog alle Dateien, auch die mit den digitalen Sicherheitscodes, vom Bildschirm auf seinen Memo-Stick, der glücklicherweise eine genügend große Kapazität besaß, den gerade die Konstruktionszeichnungen brauchten enorm viel Speicherplatz. Nachdem er alle kleinen Aktenordnersymbole auf den Stick gezogen hatte, trennte er ihn von dem Laptop. Anschließend startete er das Formatierungsprogramm für die Festplatte. Den Stick steckte er in ein Seitenfach seiner Aktentasche. Er bekam sie kaum zu und klemmte sie sich unter den

Arm. Gröner öffnete die Tür zu seinem Büro und prallte fast gegen den Sicherheitschef der Gravitec S.à.r.l.. Zwei junge Wachleute in ihren blauen gebügelten Anzügen standen hinter ihm.

»Können wir Ihnen helfen?«, fragte der Sicherheitschef übertrieben höflich.

»Nein - geht schon«, sagte Gröner und schlug die Tür vor der Nase der Sicherheitsmannschaft wieder zu.

Er schloss ab, stellte einen Stuhl mit der Rückenlehne gegen die Türklinke.

»Was jetzt, Thomas?«, sagte er laut zu sich. Draußen klopfte der Sicherheitschef gegen die Türe.

»Herr Dr. Gröner, Frau Hussin würde Sie gerne sprechen.«

Einen Teufel werde ich tun, dachte Gröner. Er musste eine Lösung finden aus diesem Raum unbeschadet herauszukommen. Er sah sich um.

Nichts. Nichts. Nichts!

Es fiel ihm keine Lösung ein. Das Klopfen wurde lauter. Der Sicherheitschef schlug mit der Faust gegen die Türe.

»Kommen Sie raus! Sie haben keine andere Chance!«

Jetzt hörte er durch die Türe wie der Sicherheitschef einem der anderen Wachleute den Befehl gab, den Hauptschlüssel zu holen und so schnell wie möglich wieder aufzutauchen.

14. Die Ägypter und die Chymische Hochzeit

»Woher hast du das?«, fragte Mark und zeigte auf das Goldkettchen an ihrem Hals mit dem Kreuz als Anhänger.

»Von meinem Onkel. Er hat es mir zu meinem 16. Geburtstag geschenkt. Ich trage es seitdem immer. Mein Onkel sagt, es wird mich bis in alle Ewigkeit beschützen. Das stand auch in dem Gedicht.« Ruth sah ihn an, als habe sie gerade etwas sehr bedeutungsvolles gesagt.

»In welchem Gedicht?«

»Als ich das rote Samt-Schächtelchen mit der Goldkette aufgemacht habe, fiel ein kleines gefaltetes Zettelchen heraus...«

Ruth spielte mit den Fingern an dem Kreuz und sah auf das Buffet. Sie saßen im Frühstücksraum des Holiday Inn Express. Mark war schon dreimal beim Buffet gewesen, um neue frische Croissants zu holen. Er wusste, dass er eigentlich nur eines essen sollte. Der Figur zuliebe. Aber dafür, dass sie sich in England befanden, waren die Croissants erstaunlich lecker. Fast buttersaftig. Zwar etwas zu klein, wie Mark fand, aber gut. Schließlich konnte man ja mehr als einmal zum Buffet gehen und das glich das Problem der geschrumpften französischen Hörnchen wieder aus. Der Frühstücksraum war fast leer. Das lang aber nur daran, dass die beiden so spät aufgestanden waren. Sie mussten sich schließlich beeilen, um das Buffet nicht zu verpassen. »... und darauf war das Gedicht.«

»Du kennst es sicherlich noch. Dein Geburtstag war ja erst vor zwei Jahren.«

»Schmeichler...«

»Also kennst du es noch oder nicht?«

»Lass mich überlegen, so in etwa. Nicht wortwörtlich.«

»Warte, komme gleich wieder. Keine Angst ich raube nicht noch ein Croissant vom Buffet.« Mark holte noch einmal frischen Kaffee, den es allerdings nicht mit aufgeschäumter Milch gab, wie Mark es gerne mochte. Aber er war heiß und braun. Mark kam zu Tisch zurück und ehe er sich setzen konnte, erzählte Ruth von dem Gedicht. Sie schien es nicht abwarten zu können, die Reaktion in Marks Gesicht zu lesen.

»Also das Gedicht ging so: Der Sonnenscheibe wohlgefällig, die weiße Krone Oberägyptens wissend, die Strahlen der Sonne Ankh schützen.«

Mark hörte zu und versuchte sich gleichzeitig ein Bild zu machen. Es gelang ihm nicht. »Da scheint auch in der Wortwahl der Wurm drin zu sein. Überleg doch mal. Obwohl... mit der Sonne hat es auf jeden Fall etwas zutun und mit Ägypten.«

»Schlaumeier!«

»Wieso?«

»Na - das war nicht so schwer zu erraten, oder?«

»Hast du denn das Gedicht verstanden?«

»Nein - auch nicht. Aber mir war eigentlich nur wichtig, dass das Kreuz und das Gedicht zusammengehören und es von meinem Onkel ein Geschenk ist, das mich beschützen soll. Ist doch toll. Reicht das nicht?«

»Doch - doch schon.«

Mark saß mit dem Rücken zum Fenster und konnte in den Raum sehen. Die junge Frau an der Rezeption sah auf. Die Eingangstür des Hotels war aufgegangen. Die anderen Hotelgäste, die noch an den Frühstücktischen die letzten Krümel von den Tellern pickten, sahen wie auf Pfiff alle zum Eingang. Herein kam ein Engländer in einem sehr altmodischen Anzug.

»Das gibt's doch gar nicht«, sagte Mark und winkte.

Es war Richard Maryborough. Er sah sie und steuerte auf den Tisch zu. Er hatte den Tisch der beiden noch nicht erreicht, als er drauflosredete:

»Sie mussten mich wieder laufen lassen.«

Er setzte sich zwischen Ruth und Mark und blickte zum Buffet. Aber das wurde gerade abgeräumt.

»Vielleicht bekommen ich noch einen Kaffee für dich.« Ruth stand auf und beeilte sich zu der Bedienung zu kommen, die gerade das Buffet abräumte.

»Tee bitte mit Milch, keinen Kaffee«, sagte Maryborough.

»Oh - ja tschuldige, hatte ich vergessen.«

Sie war erfolgreich. Mit einer Tasse heißem Wasser und einem Teebeutel Breakfast-Tea kam sich gleich darauf wieder zurück.

»Warum hat man Sie wieder laufen lassen?«, fragte Mark.

»Das war eigentlich ganz einfach. Sie haben keine Leiche. Und ohne Leiche gibt es erst einmal kein Verbrechen, also auch keinen Verbrecher.«

Maryborough schilderte das Verhör mit Inspektor Boys und das er schließlich zugeben musste, nichts in der Hand zu haben, außer dass Maryborough und Verba sich oft besucht haben und das das Buch der Chymischen Hochzeit eine Rolle spielte, weil es verschwunden war. Das bedeutete lediglich Diebstahl und nicht gerade Mord.

»Aber das ist natürlich auch völliger Quatsch. Als das Labor von Verba verwüstet wurde, war ich in England. Ich bin in der Bibliothek von vielen gesehen worden.«

Inspektor Boys habe zwar gesagt, dass er das überprüfen werde, denn schließlich hätte ja auch ein anderer in der Bibliothek sein können, mit dem er verwechselt worden sei.

Mark lachte »Das glaube ich nicht.«

»Wie meinen Sie das?«

Mark räusperte sich. Er wurde verlegen.

»Na ja - wie ich sagte. Das glaube ich einfach nicht.«

Ruth musste ebenfalls schmunzeln.

»Der Inspektor wird durch die Befragung auch mein Alibi bestätigt sehen.«

Maryborough holte den Teebeutel aus der Tasse und wickelte ihn um den kleinen Löffel. Mit dem Faden quetschte er die letzten Tropfen des Tees heraus.

»Nur weil sie Blutstropfen gefunden haben, glaubt der Constable an Mord.« sagte Maryborough dabei und goss die Milch in die Tasse.

»Constable? Ich denke der Inspektor glaubt, dass Verba ermordet wurde.«

»Ich meine den Mord in Stonehenge! Auf dem Altarstein wurden Blutstropfen gefunden.«

Plötzlich lachte Maryborough wie ein Wahnsinniger. Ruth und Mark sahen sich erschreckt an. Es war ihnen unangenehm in dem Frühstückssaal, in dem die Bedienungen immer noch versuchten, möglichst geräuschlos das Buffet abzuräumen. Aber dazu hätte man Schaumstoffteller haben müssen. Maryborough gluckste und nahm einen Schluck heißen Tees. Die anderen Gäste sahen auf den Dreiertisch. Mark kam sich vor, als sei er auf der Bühne der Royal Albert Hall. Er wusste nicht, ob Applaus oder Buhrufe zu erwarten waren. Maryborough beruhigte sich und schüttelte den Kopf.

»Mord ...«, wiederholte er.

»Was ist das jetzt für einen Geschichte in Stonehenge«, drängte Ruth.

»Es war ein Ritual, nur ein Ritual«, begann Maryborough seine Erklärung und Mark erwartete schauerliche Schilderungen, dachte unwillkürlich an die Manson-Clique in den Vereinigten Staaten, die grausame Ritualmorde begangen hatten. Vor allem der Mord an der Schauspielerin Sharon Tate, den Charles Milles Manson angeordnet hatte, war Mark an die Nieren gegangen. Er war damals ein wenig verliebt in die Schauspielerin und es hatte Mark schon geärgert, dass sie Roman Polanski geheiratet hatte. Aber dieser grausame Mord an ihr, erschütterte Mark noch heute, wenn er daran denken musste. Manson war für ihn das Böse schlechthin. Die Kehrseite von Love-and-Peace. Maryborough holte mit seiner sonoren Stimme Mark wieder in die Gegenwart.

»Es ist das alte Geheimnis der Chymischen Hochzeit. Ich habe einen Vogel, in dem Fall ein Huhn, auf dem Altarstein geopfert. Anschließend habe ich das Huhn verbrannt und aus seiner Asche eine Paste hergestellt.«

»Das ist ja ekelhaft«, sagte Ruth.

»Warum denn das Ganze?«, fragte Mark »Das ist doch brutal ein Huhn zu opfern, wie bei den Voodoo-Ritualen....«

»Ach ja? Essen wir etwa keine Hühnchen? Werden die dafür nicht getötet? Das sind doch nur Gaumenfreuden und dafür wird ein Tier getötet. Zu unserem Vergnügen!«

»Gut - aber wir essen auch aus Hunger. Oder nicht?«

»Wir könnten uns auch von Pflanzen ernähren, dafür brauchen wir kein Tier zu töten. Ich habe für ein höheres Ziel das Huhn geopfert und es wird auch in einer anderen Form wieder auferstehen.«

Maryborough erzählte, dass er die Paste im Auftrag hergestellt hat. Bruno Verba wollte sie haben. Er hatte in dem Buch des Geheimbundes der Rosenkreuzer eine Passage gefunden, in der er exakt diese Paste brauchte, um Dinge schweben zu lassen.

»Ich wollte sie ihm jetzt bringen. Aber das ist wohl überflüssig. Kein Mensch weiß, wo Verba ist. Die Polizei glaubt ja an ein Verbrechen wie wir wissen.«

»Und Sie? Was glauben Sie?«

»Ich glaube, dass er auf der Suche nach den Geheimnissen des Grafen von Saint-Germain ist, der viel über die verloren ägyptischen Weisheiten wusste.«

Maryborough erklärte den beiden die Geschichte. Offenbar hatte der Graf von Saint-Germain Schriften gefunden, von deren Existenz die Wissenschaft nichts wusste. Diese ägyptischen Schriftzeugnisse sind von dem Ägypter Nesmeterachen. Er schrieb sie vor mehr als 1600 Jahren. Seine Inschriften sind das letzte Zeugnis der ältesten Schriftkultur der Menschheit.

»Wird die Schrift nicht gefunden, dann stirbt mit ihr das Wissen, das mit ihr beschrieben wird«, sagte Maryborough und senkte nachdenklich den Kopf. Versunken rührte er in seinem kalten Breakfast-Tea. »Und die Kulte der Ägypter hatten Macht. Über viele Generationen häuften die Ägypter Wissen an, bis sich die Grenze zwischen Göttern und Lebenden verwischte. Es gab mythische Hochzeiten wie die der Götter Amun-Ra und Mut in Luxor. Dieser Kult muss die Grundlage für die Chymische Hochzeit sein. Der Graf fand geheime Schriften über Rezepturen. Er probierte sie aus. Sie wirkten. So mussten die Leiden der alten Ägypter geheilt worden sein. Was also ist schlecht daran, wenn man versucht die alten Kulte zu verstehen, und sie dann heute nach Tausenden von Jahren wieder durchführt? .... Ich muss jetzt gehen, ich habe noch etwas zu tun bevor ich abreise...«, sagte Maryborough.

Er stand vom Tisch auf und ging ohne sich noch einmal umzudrehen in Richtung Eingangstür. Dabei rempelte er noch einen Frühstücksgast an, der gerade in eine letzte Brötchenhälfte mit bitterer Orangenmarmelade beißen wollte. Die Marmelade schlabberte auf seine Hose.

»Wo willst du denn hin?« fragte Ruth.

Ein wenig zu laut. Alle drehten sich nach ihr um, nur Maryborough nicht. Er war schon verschwunden in Richtung Tempelgate. Die Straße hatte in aufgesogen.

15. Der Kanal

Diesmal kräuselten sich die Wellen im Kanal. Wie eine Oberfläche an der sich Furcht zeigt. Furcht vor etwas Unbekanntem, Bedrohlichem, das nicht mehr weit entfernt wartete. Auf dem großen Fährschiff war nichts von einer Wellenbewegung wahrzunehmen. Die meisten Passagiere saßen am Fenster und spürten wie die Dämmerung sich wie ein sanfter Schleier über den furchtsamen Kanal legte. Das Fährschiff gehörte zur Luxusklasse. Es gab einen Clubbereich, ausgelegt mit einem blauen Teppich und an den Seitenwänden standen Ledergarnituren, in denen der Fahrgast sich bei der Überfahrt aufhalten konnte. Ein Restaurant für gehobene Ansprüche versuchte, mit gelangweilten Kellnern, zum Dinieren zu animieren und ein Selfservice-Restaurant, brandmarkte jeden Gast, dass er sich gerade mal das Ticket für die Überfahrt hatte leisten können. Das Schiff begnügte sich mit wenigen Passagieren, da die meisten die viel kürzere Überfahrt von Calais nach Dover bevorzugten. Aber sie ahnten nicht einmal, was sie verpassten. Mark schien es wie eine kleine Kreuzfahrt. Schließlich dauerte die Überfahrt sechs Stunden von Plymouth nach Caen.

Mark hatte das Finale des Festivals nicht mehr abgewartet. Er hatte genug gesehen und außerdem veränderten sich die erwarteten Ereignisse. Er hatte Ruth kennengelernt und war dank Maryborough in die Mystik der Druiden eingetaucht. Mark wollte mehr wissen. Und er wollte von den quälenden Bildern der erstickten Chinesen erlöst werden. Die Bilder, die auch auf dem Wildscreen-Festival gezeigt worden waren. Von wem auch immer. Jetzt waren die Momentaufnahmen des Schicksals öffentlich und Menschen regten sich über Menschenschmuggel auf. Mark war überzeugt, dass das nicht das langersehnte Ende des Menschenschmuggels des Human Right Watch markierte. Menschen würden wieder versuchen ihrer Not, aus welchen Gründen auch immer, zu entfliehen. Der reine Selbsterhaltungstrieb der Menschheit. Auch wenn sie dafür tausende von Kilometer unter unmenschlichen Bedingung reisten und ihre Freunde und Verwandten zurückließen. Aber keiner zielte darauf ab, für den Wunsch auf Wärme und Geborgenheit zu sterben. Das hatten sie in ihrer Not. Es war das einzige was sie hatten. Mark sah zum Horizont. Das dunkle Wasser verschmolz mit dem immer dunkler werdenden Himmel. Es wurde eins. Die ersten Sterne blinkten am wolkenfreien Himmel. Es musste jetzt kalt draußen sein.

»Ich glaube wir bleiben noch ein bisschen hier und trinken noch einen Schlummertrunk und anschließend können wir ja in den Liegebereich gehen. Was meinst du?«, fragte Mark. Ruth sah in sanft an. Sie lächelte und nickte. Sie war froh mit Mark zusammen zu sein. Die Aussicht bald in der südfranzösischen Sonne zu sitzen und einen Milchkaffe zu trinken, fand sie himmlisch. Für sie war es perfekt. Das ist das irdische Glück von dem Menschen immer reden und meistens nicht haben, dachte sie. Außerdem gab es ein gemeinsames Ziel. Sie wollten restlos die Unschuld ihres Onkels Maryborough beweisen. Der Schlüssel dazu war eben Verba zu finden. Da Maryborough glaubte, dass Verba in jedem Fall Zeugnisse des Grafen Saint-Germain suchte, mussten sie nach Südfrankreich.

»Wieso kommst du eigentlich darauf, dass der Graf ausgerechnet in Südfrankreich beerdigt ist?«, fragte Mark.

»Du meinst, weil es in Paris einen Boulevard Saint-Germain gibt?«

»Ja - beispielsweise...«

»Der ist doch nur nach ihm benannt, es gibt keinen Hinweis darauf, dass er in Paris gewirkt hat. Glaub mir: Südfrankreich ist die bessere Adresse.«

Ruth erklärte, dass der Graf eigentlich nicht gestorben sein könne. Deshalb sei sein Grab nur ein Ort, an dem man Hinweise finden kann. Der Alchimist Graf von Gabalis und der Graf von Saint Germain hätten ihren Tod nur vorgetäuscht, um später unter einer anderen Existenz wieder aufzutauchen. Voilà.

»Das glaubst du doch selber nicht«, sagte Mark.

»Es geht nicht darum, was wir glauben. Lass mich doch mal die Geschichte zu Ende erzählen«, sagte Ruth und knuffte Mark gegen den Arm. Dann erzählte sie.

»Es ist eine ganz merkwürdige Geschichte. Der Mann lebte eigentlich 1740 in London, machte aber erst später in Paris von sich reden. Durch Madame de Pompadour kam er an den Königshof. Das merkwürdige aber war, dass ihn niemand jemals essen oder trinken gesehen hatte und er sprach mehrere

Sprachen perfekt. König Ludwig der XV. war fasziniert von dem Mann, der zu diesem Zeitpunkt höchstens fünfzig Jahre gewesen sein soll. Die Lieblingslektüre dieses Grafen, sollen übrigens die Schriften Isaacs Newtons gewesen sein.«

»Der hat sich doch auch mit Gravitation beschäftigt oder?«, fragte Mark, obwohl er die Antwort schon kannte.

»Ja - er entdeckte doch das Gravitationsgesetz! Das weißt du doch. Willst du mich auf den Arm nehmen?«

Ruth sah für einen Augenblick nachdenklich aus. Sie war weit weg. Sie war an einem Ort, an dem Mark ihr nicht folgen konnte. Als sie ihm wieder in die Augen sah, kam sie langsam zurück.

»Der Graf muss existiert haben. Es gibt einen Beweis dafür. Und zwar gab es im Jahre 1785 einen Kongress der Freimaurer in Paris und da steht er auf der Anwesenheitsliste. Und dieser Graf muss seine Kenntnisse in direkter Linie von den Ägyptern haben. Er hat viel zuviel gewusst. Dinge, die zuvor vielleicht nur in der Bibliothek von Alexandria standen. Mehr als 400.000 Originalschriftstücke waren in dieser enormen Bibliothek. Es war das Wissen der damaligen Welt. So, als würden wir heute einen Großrechner mit dem Wissen der Welt füttern, dass dann jederzeit abrufbar ist.

»Und dann kommt jemand mit einem riesigen Elektromagneten und ... das war es dann«, sagte Mark.

»Etwas Ähnliches ist ja tatsächlich passiert wie du weist. Im dritten Jahrhundert zerstörten römische Truppen die Bibliothek.«

»Viele wissenschaftlich Erkenntnisse, die zur der damaligen Zeit immer auch mit Mystik umgeben waren, hätten in den Schriftrollen gestanden. Einiges davon habe der Graf von Saint Germain retten können. Davon bin ich überzeugt«, behauptete Ruth.

»Moment mal. Das ist ein ganz schön großer Bär, den du mir da aufbinden willst. Demnach müsste der Graf nämlich etwas älter gewesen sein, so etwa 1.400 Jahre. Kommt das ungefähr hin?«

»Lass das. Ich weiß ja auch nicht wie das funktioniert hat. Aber er hatte wohl Kenntnisse, die wir heute nicht haben. Noch nicht.«

Mark trank sein Glas leer und Ruth sprach noch weiter von der guten alten Zeit des 17. und 18. Jahrhunderts. Sie gingen aus dem Restaurant heraus und der Koch, der die ganze Zeit neben der Selfservice-Theke gestanden hatte, schien erleichtert aufzuatmen. Sie gingen die Treppe hinunter und bogen in einen schmalen Schiffsgang. Nach zehn Meter war auf der rechten Seite eine große Schiebetüre mit einem Guckfenster. Mark spähte vorsichtig hinein. Es war eines der Liegeabteile des Schiffes und fast leer. Sie setzten sich in die Sessel der ersten Reihe und drückten die Rückenlehnen zurück. Dadurch kamen die Sitzflächen nach vorne. Es war zwar nicht sehr bequem, aber immerhin besser als auf harten Restaurantstühlen die Nacht zu verbringen. Ruth nahm ihre Jacke und formte daraus eine Rolle, die sie gegen den Arm von Mark drückte. Sie fühlte sich trotz ihres provisorischen Kopfkissens angenehm geborgen.

»Ich muss dich gerade noch mal fragten«, flüsterte Mark »du sagtest doch der Graf von Saint Germain wäre identisch mit dem Grafen von Gabalis ... wer war das denn?«

Ruth knuddelte ihr Rollkissen noch fester und versuchte sich eine Schlafkuhle zu drücken, wie eine kleine Katze.

»Auch ein Alchimist«, sagte sie leise »sein Name leitet sich von der Kabbala ab, was wiederum hebräisch ist und Überlieferung bedeutet. Die erste Schrift der Kabbala ist das Buch Bahir und entstand im 12. Jahrhundert«,

»Lass mich raten wo? In Südfrankreich?«, fragte Mark.

»Ja - genau. Stimmt.«

Langsam fielen ihre Augen zu und Mark hörte das leise gleichmäßige Atmen. Trotz des monotonen Brummens des Schiffsdiesels, das bis hinauf zu dem Liegeabteil zu hören war. Sie an seiner Seite zu fühlen, ihr Haar zu riechen, war für ihn ein Zustand des Friedens, in das er sich fallen lassen konnte. Ein Gefühl der Wärme durchströmte seinen ganzen Körper. Er spürte den harten Sessel nicht mehr, als er immer tiefer in den Schlaf fiel. Drei Reihen hinter ihnen saß noch ein Schiffspassagier tief eingesunken in dem Liegesessel. Er hatte sich eine Decke über die Beine gelegt und die Jacke auf den Oberkörper. Seine Augen waren halb geöffnet. Er schlief nicht. Er sah hinaus aus dem Fenster in das Schwarz über dem Kanal. Auf der Decke lang ein Buch in einem dunkelroten dicken Einband. Das Buch war halb aufgeschlagen. Der Kupferstich bedeckte die ganze Buchseite. Abgebildet war ein ballonartiges Gefäß, in dem eine Rose zu schweben schien.

Seine verbundene Hand lag wie eine weiße Eisbär-Tatze auf dem Buch.

16. Der Strand von Pampelonne

Wenn man gleich nach St. Tropez hinein fuhr, hatte man die Abzweigung verpasst. Kurz vorher, an der rechten Seite war eine Total-Tankstelle, hinter der musste man nach rechts abbiegen. Auf der Abbiegespur war in großen lang gezogenen Lettern Plage geschrieben. Mark und Ruth hatten sich einen kleinen Peugeot 106 geliehen. Mark, der normalerweise in nichts anderes stieg, als in seinen großen Volvo, war überrascht, dass in dem kleinen Flitzer soviel Platz war. Der Wagen vermittelte ihm regelrecht ein Gefühl, dass er Innen größer als Außen sein wollte. Sie fuhren die Straße hoch durch Weinfelder, vorbei an einigen Restaurants, die wie kleine Trutzburgen in einem Meer von grünen Weinblättern lagen. Nach einigen Kilometern Berg und Talfahrt war das Schild und die Einfahrt zu erkennen: Kontiki. Eine ockerfarbene Mauer auf der australische Ornamente herumtanzten, die an dieser Stelle sich offenbar um ein par tausend Kilometer verlaufen hatten.

»Der Blick ist einfach genial, das verspreche ich dir«, sagte Mark und bog in die Einfahrt an, die etwas anstieg. Dann kamen sie auf den Scheitelpunkt des Hügels und die gesamte Bucht von Pampelonne flimmerte hinter einem Luftvorhang. Es sah unwirklich und zugleich wie auf einer Kitschpostkarte aus. Ruth staunte »Poah!« Mark sagte keinen Ton, um das

Panorama ungestört wirken zu lassen. Sie fuhren ganz langsam den Berg zum Strand hinunter bis sie vor einer Schranke einen Augenblick Halt machen mussten. Ein schwarzer Sheriff kontrollierte kurz die Windschutzscheibe. Mark tippte auf die kleine Plakette mit der stilisierten Sonne, die hinter der Scheibe klebte. Es war der Zufahrtsberechtigung für die Anlage. Der Sheriff drückte auf einen Knopf der Fernbedienung in seiner rechten Hand und die Schranke öffnete sich.

»Voilà - ce ça«, sagte Mark und schien augenblicklich hinter der Schranke zum Provençalen zu mutieren.

Im Schritttempo schlichen sie an den Wohnwagenreihen vorbei. Vor jedem Wohnwagen war ein Vorzelt gespannt. Die Farbe Orange war eindeutig im Vorteil gegenüber Ocker oder Weiß. Nach der dritten Abzweigung bogen sie ab und hielten sie vor Marks Wohnwagen.

»So, das ist mein Feriendomizil. Der Pool ist ganz in der Nähe und ziemlich groß, möchte ich mit aller Bescheidenheit sagen«, sagte Mark.

»Wo denn?«, fragte Ruth.

»In dieser Richtung! Siehst du das Blaue zwischen den beiden Wohnwagen da vorne, dass ist der Pool.«

»Quatsch, dass ist doch das Meer...«

»Ja eben! Für mich ist es der Pool.«

Ruth schüttelte gespielt verständnislos den Kopf. Gemeinsam, jeder an einem Henkel, schleppten sie die Kühltasche ins Vorzelt. Abgestandene Luft schlug ihnen entgegen. Es roch muffig und heiß.

»Darf ich?«, fragte Ruth und ging zu den eingenähten Fenstern des Vorzeltes.

»Na – klar. Ich hole schon mal die anderen Sachen aus dem Wagen.«

Sie rollte den Plastikschutz vor den Stoffnetzen hoch und befestigte die Klettbänder an der Plastikplane. Die Meeresluft nutzte nun die Chance, sich mit der Zeltluft auszutauschen. Außer den üblichen Sachen, wie Bettwäsche, Kleidung und Schwimmutensilien, griff Mark nach einer großen Zargesbox aus Aluminium. Sie war schwer, als sei sie mit einer Restauflage von Lew Nikolajewitsch Graf Tolstois Krieg und Frieden gefüllt worden. Mark wuchtete die Box nur mit Mühe in das Vorzelt.

»Ich stell' sie lieber gleich in den Caravan«, keuchte Mark.

»Wenn du das schaffst? Die scheint ja echt schwer zu sein. Hast du heimlich darin noch jemand versteckt?«

Mark lachte und hätte fast den Griff losgelassen. Er hievte die Box drei Stufen der kleinen Leiter vor dem Eingang des Wohnwagens hoch.

»Das darfst du nie mehr wieder machen. Ehrlich. Die Kiste hätte mir auf den Fuß fallen können.«

»Was ist denn da drin?«

»Ist da einer neugierig?«

Ruth zog einen Flunsch.

»Also gut. Es sind Bücher drin.«

»Hätte da nicht als Lektüre - sagen wir eine dicke Schwarte von vielleicht 400 bis 500 Seiten gereicht?

An der Taschenbuchausgabe hättest du dir keinen Bruch gehoben.«

Mark erklärte, dass es ganz besondere Bücher seien. Er öffnete die Kiste. Sie war randvoll mit alten Schwarten gefüllt. Ruth traute sich nicht zu atmen, als sie sich über die Kiste beugte. Sie hatte Angst, dass der ganze Staub sich in ihrer Lunge festsetzten könnte. Es waren merkwürdige Titel wie Levitation, Die Symbole der Welt oder Mystik der Religionen. Auch ein Buch über Chemie konnte Ruth entdecken.

»Was willst du mit all dem Zeug?«

»Ich suche etwas. Ich versuche den Schlüssel zu finden, versuche das Puzzle zusammenzubekommen. Die Geschichte mit den Chinesen, den Ägyptern, das Verschwinden von Verba, der Druidenkult. Ich werde das Gefühl nicht los, dass die etwas miteinander zutun haben. Und die Bücher habe ich mir von deinem Onkel Maryborough aus der Bibliothek in Bristol ausgeborgt.«

»Das die Chinesen etwas mit dem Verschwinden von Verba zutun haben sollen, ist doch völlig absurd.«

»Mag ja sein, aber es gehört eben zu den Dingen, die ich in den letzten Tagen erfahren habe. Ich verstehe das nicht. Auch wenn es nichts miteinander zutun hat. Ich will es wenigstens irgendwie begreifen.«

Eine Pause entstand. Ruth drehte sich um und griff in ihre Reisetasche. Sie holte einen roten Badeanzug heraus, auf dem unübersehbar der Schriftzug Kenzo in Höhe des Bauchnabels zu erkennen war. »Guten Tag, Herr Journalist. Wir sind in Frankreich, es ist heiß und das Meer ruft. Komm, lass uns zum Strand gehen und das Meer begrüßen. Die staubigen Bücher gehen uns nicht laufen.«

Sie schubste ihn in Richtung Ausgang. Mark protestierte, denn ohne seine Badehose wollte er auf keinen Fall zum Strand. Sie zogen sich im Caravan um. Mark war von ihrem Körper fasziniert. Als sie die Träger des Badeanzuges über die Schulter streifte und ihr schwarzes Haar zurückschüttelte, hatte er das Meer völlig vergessen.

Der Strand war nicht so voll wie Mark befürchtet hatte. Und es war tatsächlich wunderbar, im Sand zu liegen, die Augen zu schließen. Sie spürten die Sonnenstrahlen wie sie immer wärmer wurden. Die Haut schien sich ihnen entgegenzustrecken. Nach dem feuchtkalten Klima Englands empfand Mark dieses Gefühl einfach unbeschreiblich. Er empfand sich angenehm schwer. Der Sand unter ihm gab nach. Sanft fiel er immer tiefer. Das Rauschen der Wellen wurde immer schwächer. Er schwebte. Er wunderte sich, weil keinerlei Angst ihn umklammerte.

Paff.

»'Tschuldigung«, sagte ein kleiner Junge und als er mit dem großen blauen Niveaball wieder weglief, konnte Mark nichts mehr sehen. Die Sonne blitzte in seine Augen. Er setzte sich auf und hielt sich den Kopf. Durch die rasche Bewegung war ihm schwindelig geworden.

»Och - du Armer«, lachte Ruth neben ihm. Sie gluckste vor Schadenfreude.

»Ich hatte den Ball kommen sehen, konnte ihn aber leider nicht mehr aufhalten.« Mark glaubte ihr nicht. Ruth hätte den Kopfball tatsächlich verhindern können, aber die Vorfreude auf Marks Reaktion war einfach zu groß.

»Ich war ziemlich weit weg... und jetzt ist mir schlecht«, sagte Mark.

»Du hast ordentlich geschnarcht.«

»Das tut mir leid. Ich war ja wohl auch ziemlich fleißig. Sind ja gar keine Bäume mehr da. Alle weggesägt.«

Mark rieb sich die Augen. Langsam konnte er wieder etwas sehen. Auf der rechten Seite der Bucht lag eine Armada von weißen Yachten vor Anker. Mit Schlauchbooten fuhren die Reichen und Schönen zu den Bars und Restaurant am Strand. Der Club 55, mit seinen blauen Liegen und obligatorischen Champagnerkübeln, war in diesem Jahr en vogue. Aber as war er in jedem Jahr.

»Lass uns was essen gehen«, Mark stand auf und raffte sein Handtuch zusammen. Ruth fand das eine gute Idee und sie gingen durch den heißen Sand zur Hacienda, einem kleinen Restaurant, das vor Jahren noch auf den Strand gebaut worden war. Wer das heute versuchen würde, könnte sich an der kommunalen Verwaltung leicht die Zähne ausbeißen. Mark fand es angenehm, dass es auf dem Strand war, verteufelte es aber auch gleichzeitig als völlig ökologischen Unsinn und eine Verschandelung der Landschaft. Das Restaurant wurde hauptsächlich von den Strandliegern besucht und nicht so sehr von den Bootsbesitzern. So waren die Preise für die Plat du jour erschwinglich geblieben. Das galt auch für die Getränke, die nur selten in silbernen Kübeln gekühlt standen.

Die Plat du jour war toujour eine provençalische Pizza. Der Belag konnte gewählt werden zwischen Fruits de mer ou végétarien avec légumes. Beide entschieden sich für die vegetarische Pizza. Sie nahmen je ein Glas Rotwein dazu.

»Hast du eigentlich schon einmal etwas von Levitation gehört?«, fragte Mark, nachdem er einen ersten Schluck Rotwein probiert hatte. Ruth verneinte. Und Mark begann zu erzählen, dass einmal eine Packung Nudeln durch den Raum schwebte oder sich Menschen einfach so vom Boden abhoben. Mark berichtete von der Londoner Society for Psychical Research (SPR), die 1882 gegründet wurde und sich seitdem mit solchen Phänomenen beschäftigte. Rund ein Dutzend Organisationen und zirka 50 Universitäten forschten weltweit auf diesem Gebiet. Mark zog mit der Gabel einen Kreis in das weiße Tischtuch und dann piekste er in die Mitte.

»In Deutschland gibt es einen Lehrstuhl für Parapsychologie an der Uni in Freiburg. Den einzigen. Das ist alles. Und der wird wohl auch nicht mehr lange bestehen. Vermutlich gibt es ihn jetzt schon nicht mehr.« Mark sah Ruth erwartungsvoll an. Ruth tippte in den Kreis auf dem Tischtuch.

»Aber bis heute hat doch noch keiner feststellen können, wie man die Schwerkraft aufhebt.«

»Vorhin als ich am Strand eingeschlafen bin, hatte ich auch das Gefühl, ich würde schweben. Das stimmte natürlich nicht. Aber bei dem Amerikaner Henry Slate zum Beispiel soll die Kraft der Levitation urplötzlich aufgetaucht sein. Er lebte Ende des 19. Jahrhunderts und wurde vielen Tests unterzogen.«

Mark berichtete weiter, dass der Physiker William Crookes die Versuche durchführte und dabei zu dem Ergebnis kam, dass man einfach die Existenz einer neuen Kraft annehmen muss, die in irgendeiner Weise mit dem menschlichen Organismus in Verbindung stehe. Ruth zerstückelte völlig abwesend ihre Pizza und hörte Mark gespannt zu. Mark hatte den Bericht Crookes bereits in der Bibliothek von Bristol nachgelesen, weil Maryborough ihn darauf gestoßen hatte. Und die Geschichte war ihm einfach nicht aus dem Kopf gegangen.

»Vous choisissez un dessert?«, fragte der Kellner.

»Qui - deux café s'il vous plaît.« Marks Französisch war noch nicht eingerostet. Zumindest konnte er perfekt bestellen. Eine tiefgreifende Unterhaltung über Jean-Paul Sartre war nicht möglich. Auf Deutsch allerdings auch nicht. Das Sein und das Nichts oder ist es besser Nichts zu sein? Eine kleine Sportmaschine, eine Cessna 150, flog am Strand entlang. Sehr tief. Sie zog ein Spruchbanner hinter sich her. Das Géant Casino bot mal wieder etwas Besonderes feil. Diesmal waren es Rindersteaks. Mark sah dem Flugzeug nach.

»Wahnsinnig günstiger Preis von wahnsinnigen Rindern.«

Ruth lachte. Sie liebte ihn gerade wegen solcher Bemerkungen. Der Kellner stellte dezent ein kleines Schälchen mit der Rechnung auf den Tisch und Mark legte seine Mastercard hinein. Sie wollten noch einen Spaziergang machen, ein Stück den Strand entlang und noch etwas über den Campingplatz. Mark griff sanft nach ihrer Hand. Jetzt fühlte sie sich schon sehr vertraut an. Der Wind blies ihre schwarzen Haare nach hinten und presste ihr weißes Baumwollkleid an ihren Körper. Sie gingen schweigend nebeneinander und spürten die letzten warmen Strahlen der Abendsonne. Nach zwanzig Minuten erreichten sie den Caravan. Innen war die Luft noch sehr warm. Ruth ging hinein und knöpfte ihr Kleid auf. Sie ließ es an ihrem Körper zu Boden gleiten. Mark legte den linken Arm um sie und mit der rechten schloss er die Türe des Caravans. Langsam ließen sie sich auf die Liegefläche des Caravans sinken.

Am Morgen wurden sie durch ständiges Schlagen von Autotüren geweckt. Stimmen waren zu hören, es klirrten Gläser, schepperten Töpfe. Ruth schreckte hoch. »Was ist denn hier los?« Mark blinzelte und hörte jetzt aus dem Tiefschlaf gerissen auch den Lärm. »Ich seh mal nach«, nuschelte er noch im Halbschlaf. Mark zog seine Jeans an und streifte ein hellblaues T-Shirt über. Als er draußen war, wurde er von einer Karawane begrüßt. Sechs Menschen schleppten allen möglichen

Hausrat in den Caravan nebenan. Nur drei Meter entfernt.

»Ah - Herr Bernsen... auch wieder im Lande.« Ein stämmiger Mann in einem ballonseidenen Trainingsanzug begrüßte Mark.

»Äh ja, guten Morgen.«

Es waren die Nachbarn, die jedes Jahr um diese Zeit kamen. Mark hatte das völlig verdrängt. Sie stammten aus einem kleinen Dorf im Süden Deutschlands und gleich die ganze Dorfgemeinschaft hatte sich den Traum vom eigenen Caravan in Südfrankreich erfüllt. Jetzt kamen sie in jedem Jahr um dieselbe Zeit aber in wechselnder Besetzung der Dorfgemeinschaft hinunter nach Südfrankreich. Mark winkte kurz und verschwand wieder in seinem Caravan. Ruth saß auf dem Bett und sah ihn fragen an.

»Alles im grünen Bereich. Das sind nur die Nachbarn. Hatte ich ganz vergessen, dass sie nun ihre Südfrankreich-Saison haben.«

»Ich habe Hunger.«

»Ich auch. Ich schlage vor wir fahren nach St. Tropez und setzten uns an den Hafen.«

Ruth zog ihren Frotteebademantel an und ging zu den Duschräumen, die gleich neben am Strand waren. Manchmal zog eine Meeresbrise unter die Duschtüre. Morgens konnte es unangenehm sein, aber ab dem Nachmittag, wenn die Luft erwärmt war, fühlte es sich an wie eine sanfte Berührung des Meeres. Mark wusch und rasierte sich im Caravan. Als beide abfahrbereit vor dem Zelt standen und Mark gerade den Reißverschluss des Vorzeltes schloss, wie immer hakte er ein bisschen, stand der Dorfchef in Ballonseide wieder hinter ihm.

»Das ist doch ein herrliches Wetter. Zum Eierlegen, ne?«

»Ja - finde ich auch«, sagte Mark höflich, aber doch ein wenig reserviert.

»Mit so einer netten Begleitung ist Frankreich noch schöner, ne?«

»Ja sicher.«

Mark versuchte sich an der Ballonseide vorbeizudrücken.

»Haben Sie schon gehört?«

»Was gehört?«

»Von dem schweren Unfall in der Nacht.«

»Was war denn?« Mark wusste ganz genau, dass er nachfragen musste, damit er die Geschichte erzählen konnte, denn sonst wäre er in keinem Fall freigekommen.

»Ein Deutscher ist den Berg von Ramatuelle runter. Wohl ohne Handbremse. Ratsch - und durch die Weinberge. Ein Baum hat ihn dann gestoppt. Tot!«

»Das ist tatsächlich schrecklich«, pflichtete ihm Mark bei. Schlimme Unfälle passierten in der Provence immer wieder. Nach den langen Fahrten aus Deutschland und der Schweiz kamen die Touristen oft völlig übermüdet im Süden an. Sie überschätzten sich regelmäßig. Und einen weiteren Unfallbericht zu Beginn der Saison interessierte Mark in diesem Moment nicht sonderlich. Auch wenn er einen schlimmen Ausgang hatte. »Wir sehen uns dann ja später noch.«

»Geht wohl nach St. Tropez?«, rief die Ballonseide noch hinterher.

Mark tat einfach so, als hätte er die Frage nicht mehr gehört.

Sie parkten ihren kleinen Peugeot im Hafen, im Nouveau Port von St. Tropez. Auf dem großen Parkplatz hatte man die Chance, selbst in der Hauptsaison noch einen freien Parkplatz zu finden. Weiße Yachten die die Größe eines dreistöckigen Wohnblocks hatten, lagen vertäut im Hafen. Eigentlich wie immer. Es kam Mark so vor, als wären riesige Saurier in das Land Liliput eingefallen. Mit ihren Schornsteinen, Masten und hohen Bordwänden verdeckten sie von See her das Hafenpanorama des kleinen Fischerortes. Die Mannschaften der einzelnen Yachten trugen Uniformen, auch wenn das auf den ersten Blick nicht zu erkennen war. Weiße Hosen, weiße Shirts und darauf dezent den Namen der Yacht gestickt. Das war das Unterscheidungskriterium zum Besitzer. Die Herrschaften trugen das gleiche Outfit aber keinen Schriftzug auf dem Piquethemd.

Mark und Ruth schlenderten an den Schiffsrümpfen entlang, vor denen sich die Maler postierten. Gebrauchsmalerei. Einen Matisse, Bonnard oder Utrillo entdeckten sie nicht. Wohl einige, die sich so verkleideten und vor ihren Staffeleien standen. Mark kannte dieses 'Ich bin Künstler-Spiel'. Er steuerte

172

zielsicher auf das Senequier zu. Der Milchkaffee war besonders teuer, genauso wie die Croissants, aber wenn man wie Ruth zum ersten Mal im Hafen von St. Tropez war, so fand Mark, ist das Senequier mit seinen blutroten Markisen einfach ein Muss. Sie hatten ungewöhnliches Glück. Ein kleiner Tisch in der vordersten Reihe war frei. Im Hafentheater das 1. Parkett. Die Regiestühle waren noch nicht auseinandergefaltet. Ein Indiz dafür, dass sie an diesem Morgen die Ersten an dem kleinen Tisch waren. Trotzdem kam der Kellner gleich und wischte einmal mit dem Lappen unnötigerweise über den viel zu kleinen Tisch, während er in der anderen ein viel zu großes leeres Tablett hielt.

»Monsieur-Dame?« sagte er nur knapp und ein kurzer Blick von ihm genügte, um die beiden in die Kategorie »Touristen« einzuordnen. Das hieß für seine Gleichung: 'mageres Trinkgeld' und so blickte er eher gelangweilt zu den Yachten im Hafen.

»Deux petit-déjeuner avec Café crème, s'il vous plaît«, bestellte Mark.

Er beobachtete die vorbeiziehenden Menschen. Ein Auto versuchte sich in entgegengesetzter Richtung durch den Verkehr zu drücken, und eine Vespa testete ihrerseits dem Auto und den Fußgängern auszuweichen. Es war die einzige Chance des Vespafahrers. Dabei musste er auch dafür Sorge tragen, dass sein geflochtenes Einkaufskörbchen zu seinen Füßen, nicht von der Vespa rutschte. Augenscheinlich schien sich eine gewisse Erfahrung auszuzahlen.

»Das Universum ist vollkommen. Es kann nicht verbessert werden. Wer es verändern will, verdirbt es. Wer es besitzen will, verliert es. Der Weise meidet Übertreibung, Verschwendung und Selbstsucht.« Mark rezitierte die Sätze mich wichtiger Miene und blick auf eine große Yacht mit Namen Calypso.

Ruth sah Mark fasziniert an. »Das ist aber nicht von dir!«

»Nein, so weise bin ich nicht, wäre ich aber gerne. Das ist von Lao-tse. Fiel mir nur gerade ein, wenn ich all die Menschen gockeln sehe.«

Der Kellner kam und stellte die Croissants auf den kleinen Tisch und eine gelbe Kanne, in der eine unglaublich dunkelbraune Brühe dümpelte. Dazu die Milch. Er klemmte den Bon unter einer kleinen Blechplatte in der Mitte des Tisches. Mark ignorierte den Zettel und schenkte Ruth den Café ein. Zwei Tische weiter saß ein Mann, den er sofort erkannte. Dieser Mann hatte ein rotes, altes Buch in der Hand. Es war Inspektor Stephen Boys von Europol. Fast wäre Mark die Kanne aus der Hand gerutscht.

»Das gibt es doch nicht...!«

Ruth drehte sich um und erkannte ihn ebenfalls.

»Wie kommt der denn hierher?«

Sie ballte ihre Hand zu einer Faust und ihre Knöchel wurden weiß. Sie dachte an ihren Onkel Maryborough. Daran wie der Inspektor mit ihm umgesprungen war, obwohl es überhaupt keinen Beweis dafür gab, dass ihr Onkel irgendetwas mit einem Verbrechen zutun hatte, geschweige denn überhaupt ein Verbrechen vorlag.

Dass einer mal kurz ein paar Tage verreist, ohne aller Welt darüber Bescheid zu sagen, war ja wohl nichts Ungewöhnliches.

»Das ist doch kein Zufall, dass er hier ist«, sagte Mark »das will ich jetzt wissen.«

Er stand auf und ging rüber zu Inspektor Boys. Der war vertieft in das rote Buch und bemerkte Mark erst, als er längere Zeit im Schatten von Mark saß. Inspektor Boys blickte hoch.

»Sie? Was machen Sie denn hier?«, fragte er erstaunt.

Mark legte den Kopf zur Seite. »Das Gleiche könnte ich Sie wohl auch fragen.«

»Ich bin dienstlich hier. Wir haben ganz in der Nähe Bruno Verba gefunden.«

Mark konnte nicht zu glauben, was er hörte. Begriff aber schnell, was das bedeutete.

»Bruno Verba? Den Bruno Verba aus Köln? Ich habe ihnen doch gleich gesagt, dass Maryborough kein Verbrechen begangen hat. Dann hat sich ja alles aufgeklärt. Haben sie nicht Lust zu uns an den Tisch zu kommen?«

Inspektor Boys sah kurz hoch, dann zu Ruth und schließlich stand er auf, griff in seine Hosentasche und legte 2 Euro 50 für seinen Milchkaffee auf den Tisch und nahm an dem Tisch von Ruth und Mark Platz.

»Es war ein Unfall, oben hoch am Berg von Ramatuelle.«

»Ein Unfall?«, fragte Mark nach.

»Na ja, soviel wir bisher wissen. Er ist mit seinem Mietwagen vom Kreisverkehr unterhalb des Bergdorfes Ramatuelle nach rechts abgebogen. Es geht dort zwischen Platanen ziemlich steil den Berg hinunter. Auf der linken Seite, etwa 30 Meter tiefer als die Straße, ist der Fußballplatz des Bergdorfes. Wir fanden ihn im Elfmeterraum.«

»Wie meinen Sie das? Wie haben Sie ihn gefunden?«

»Er erinnerte mich an ein Spanferkel. Verzeihen Sie den Vergleich, aber es war tatsächlich so. Er ist mit seinem Wagen zwischen zwei Platanen hindurch und auf den Fußballplatz gestürzt. Der Wagen hatte sich nicht mal überschlagen. Er ist einfach geflogen und schlug im Elfmeterraum auf. Ging aber offenbar gleich in Flammen auf. Das muss so gegen 24.00 Uhr gestern Abend passiert sein. Als wir den Wagen gelöscht hatten, fanden wir das bedauerliche Unfallopfer ohne Kleidung vor. Die Kleidung war bis auf die Schuhe komplett verbrannt.«

»Das ist ja furchtbar«, sagte Ruth, »was hat er denn hier gemacht? Was wollte ausgerechnet in Südfrankreich? Urlaub doch bestimmt nicht.«

»Das wissen wir noch nicht genau, aber soweit wir es bisher rekonstruieren konnten, muss er mit der Fähre von Southampton nach Caen gefahren sein, wir fanden noch ein halbverkohltes Ticket in seiner Lederbrieftasche, die im Handschuhfach lag. Wie er jetzt aber von Köln nach England und was er in Frankreich wollte, können wir wirklich noch nicht sagen. Ich habe die Ermittlungen ja gerade erst aufgenommen.«

Inspektor Boys sah auf einen kleinen aprikotfarbenen Pudel, der gerade an seinem Bein schnüffelte. Seine Besitzerin kam sofort, nahm ihn auf den Arm und hielt ihm das Schnäuzchen zu. »Que fais-tu, Kiki?« Offenbar hatte sie Angst, der kleine Kiki möchte das Bein von Inspektor Boys verschlingen oder es als Bäumchen missbrauchen. Sie lächelte entschuldigend und tippelte weiter. Das Hündchen ebenfalls. Inspektor Boys nahm das rote Buch in die Hand und wog es in der Luft. »Vielleicht wollte er das zu Geld machen.«

»Was ist in dem Buch?«, fragte Mark.

»Ich meine das Buch selbst. Es ist von 1459. Wenn die Jahreszahl nicht nachträglich gedruckt worden ist. Ich halte es für ziemlich antik. Vielleicht hat er versucht das Buch in England bei Sotheby's versteigern zu lassen.«

Ruth griff nach dem Buch und nahm es in die Hand. Inspektor Boys ließ es zu.

»Wie sind Sie denn zu dem Buch gekommen?«

»Verba hatte es bei sich gehabt. Offensichtlich. Bei der Hitze hier in Südfrankreich fährt natürlich jeder, der keine Klimaanlage im Auto hat, mit offenen Fenstern und so muss das Buch bei dem Unfall herausgeschleudert worden sein. Wir fanden es im Mittelkreis auf der Mittellinie.«

»Bereit zum Anstoß«, sagte Mark.

»Bitte?«

»Wie heißt das Buch?«, fragte Mark Ruth, die vorsichtig in den Seiten blätterte.

»Chymische Hochzeit.«

»Das ist doch das Buch, das in Verbas Labor angeblich verschwunden war. Weshalb Sie Ruths Onkel verhaftet haben.«

Inspektor Boys rückte sich in seinem Stuhl zurecht. »Das war ein Irrtum. Aber darum bin ich ja auch hier, um diesen Fall abzuschließen.«

Es drängten sich immer mehr Menschen am Senequier vorbei. Sie mussten Autos, anderen Touristen oder Motorrollern ausweichen und kamen oft gefährlich nahe an die erste Reihe des Cafés heran. Mark empfand, dass er jetzt auf der Straße, statt an der Straße saß.

»Ich glaube wir müssen jetzt gehen«, sagte Mark zu Inspektor Boys. »Unser Caravan ruft und wir müssen noch ein paar Kleinigkeiten im Géant Casino einkaufen.«

»Rindfleisch soll jetzt preiswert sein, habe ich gelesen«, sagte Inspektor Boys.

Mark las den Betrag auf dem Bon, der auf dem Tisch klemmte und schob zwei Zehn-Euro-Scheine unter die kleine Blechscheibe. Sie verabschiedeten sich von Inspektor Boys, der sich noch kurz erkundigte, wo er sie finden könnte. Boys blieb sitzen und Mark und Ruth verschwanden in der bunten Menge am Hafen.

17. Die Flucht aus Paris

»Ich muss hier raus«, murmelte Gröner. Er sah sich verzweifelt um. Er kannte sein Büro, er wusste wo jede Büroklammer lag, aber ihm fiel nichts ein, wie er flüchten könnte. Er starrte zur Tür. Hörte die Schritte der Wachleute, die mit dem Hauptschlüssel zurückkamen. Es musste ihm etwas einfallen. Sofort.

»Kommen Sie freiwillig heraus, Dr. Gröner!«, rief der Sicherheitschef Ramig durch die Türe. Seine Stimme klang dumpf und gefährlich. Gröner hörte wie der Schlüssel ins Schloss geschoben wurde. Ein hässliches, bedrohliches Geräusch. Eine apokalyptische Androhung. Der Sicherheitschef stieß die Türe auf und stand breitbeinig im Rahmen. Am Fenster waren die Rollladen heruntergelassen. Es war stockfinster in dem Raum.

»Das ist doch sinnlos«, sagte Ramig und tastete zum Lichtschalter. Er knipste ihn an. Der Raum war leer.

»Los - seht im Schrank und unter dem Schreibtisch nach«, befahl er und die Wachleute stürmten an ihm vorbei in das Büro.

»Nichts! sagten sie verblüfft, nachdem sie in jeder Schublade nachgesehen hatten. Eine Übersprungshandlung, die aus Angst vor dem Sicherheitschef Ramig, völlig mechanisch gemacht wurde. Als ob Gröner in der Lage wäre, sich in einen Schnellhefter zu wandeln.

Gröner war über dem Sicherheitschef und hielt den Atem an. Lange würde er das nicht mehr aushalten. Er hatte sich gleich hinter der Tür mit den Füßen auf den großen Büroschrank gelegt und hielt sich mit den Händen an der anderen Seite auf dem obersten Regalbrett fest. So hing er steif wie eine Querlatte über der Türe. Sport mochte er schon als Kind in der Schule nicht. Keine zehn Minuten würde er diese unnatürliche Haltung durchstehen können. Im Kopf summte er unhörbar die Marseillaise vor sich hin, um nicht daran zu denken wie sich seine Finger Millimeter um Millimeter von dem Regalbrett lösten. Aber der Sicherheitschef musste noch einen Schritt in den Raum hinein treten, sonst konnte Gröner sich nicht hinter ihm fallen lassen.

»Das gibt es doch nicht!«, schnaubte Ramig und machte einen Schritt in Richtung Schreibtisch, um selbst nachsehen zu können. Kaum hatte er seinen rechten Fuß bewegt, ließ sich Gröner zu Boden fallen. Der Sicherheitschef hörte nur wie ein Körper hinter ihm zu Boden fiel. Er drehte sich um. Gröner war auf allen Vieren gelandet. Es schmerzte. Er sprang sofort auf und griff nach der Türklinke. Die Faust des Sicherheitschefs schoss nach vorne und streifte Gröner am Arm. Er duckte sich schnell zu Seite. Jetzt machte er einen Satz auf den Flur und schlug die Tür hinter sich zu. Mit einem lauten Schlag fiel die Tür ins Schloss. Der Hauptschlüssel steckte noch von außen und Gröner drehte ihn um. Drinnen hämmerten die Wachleute mit den Fäusten gegen die Türe. Dann hörte Gröner wie sie mit ihren Stiefeln gegen die Türe traten und kleine Risse neben dem Türrahmen sich wie Blitze in den Putz gruben. Aber die Türe von innen gegen die Zargen zu öffnen, war nahezu unmöglich.

Gröner keuchte. Er hatte so lange die Luft angehalten wie noch nie in seinem Leben und sein Herz schlug irgendwo in der Gegend rund um seinen Adamsapfel. Er hatte es tatsächlich geschafft. Der Lärm der polternden Wachleute war über den gesamten Flur zu hören. Bald würden die anderen Mitarbeiter kommen um nachzusehen, was denn da los ist. Er musste so schnell wie möglich verschwinden. Gröner rannte zum Treppenhaus. Nahm jedes Mal zwei Stufen auf einmal. Unten angekommen schlug er die Türe auf. Mit einem heftigen Knall hämmerte sie gegen die Wand. Er rannte so schnell er konnte durch die Halle zum Ausgang. Es geschah alles so blitzartig, dass die ondulierten Empfangsdamen in der Halle nicht begriffen, was überhaupt passierte.

Gröner war draußen.

Ohne zu überlegen, rannte er nach rechts. Er musste so schnell wie möglich von dem Gebäude weg. Mit seinem Wagen konnte er nicht fahren. Er musste zum Porte d'Italie. Da gab es Taxi-Stände. Er könnte zum Gare d'Austerlitz fahren und mit dem Zug weit weg, über irgendeine Grenze oder zum Aeroport d'Orly. Aber wohin dann? Irgendwo musste er zur Ruhe kommen und überlegen. Gröner winkte ein Taxi her. Er wollte einen Haken schlagen, damit die Verfolger ihm nicht auf die Spur kamen. Spuren verwischen. Klar, sie würden genauso denken wie er. Bei ihm Zuhause würden sie zuerst suchen, anschließend auf dem Gare d'Austerlitz, weil der natürlich am nächsten zur Firma Gravitec S.à.r.l. lag. Anschließend, das war klar, würden sie den Flughafen absuchen. Vielleicht teilten sie sich auch auf. Genug Wachmannschaften waren eingestellt worden, dafür hatte Hussin schon früh gesorgt. Wegen der erforderlichen strengsten Geheimhaltung hieß es. Daran, dass man vielleicht flüchtige Mitarbeiter einfangen wollte, hatte Gröner nie gedacht. Hussin schon. Er stieg in das Taxi.

»Aeroport Charles de Gaulles«, sagte er dem Taxifahrer. Auf die Idee kamen sie sicher zuletzt, dachte Gröner. Der Flughafen lag im Norden und so musste er genau auf die andere Seite der Stadt. Wenn es jemand eilig hatte, dann würde er diesen Umweg sicher nicht nehmen. Gröner blieben etwa 50 Minuten Zeit um zu überlegen, wie es weiter ging. Er sah kurz in seine Brieftasche. Er sollte auf jeden Fall versuchen auf dem Flughafen noch ein paar Euro am Automaten zu holen. Er besaß Visa, Mastercard und Amex. Warum hatte er sich damals gegen Barclays gewehrt? Das wäre in der Situation eine Karte mehr gewesen. Die Verfolger würden jedenfalls auch so nicht alle Karten so schnell sperren können. Er besaß sogar noch die goldene Firmenkreditkarte. Wenn sie nicht daran dachten, würde er sich noch einmal kräftig Gehalt auszahlen. Soviel stand fest.

Er wollte es einfach nicht wahrhaben, dass es jemals so weit kommen konnte. Er hatte an der Entwicklung einer phantastischen Technologie gearbeitet und die soll nun aus reiner Profitgier an Staaten verkauft werden, die damit Millionen Menschen töteten. Es war dabei regelrecht pervers, dass die materiellen Werte eines angegriffenen Landes erhalten blieben. Man konnte nicht mehr sagen: Das Land wurde zerstört. Es wurde lediglich das gesamte Volk mit dem Gravimator ausgelöscht. Unvorstellbar. Anschließend konnten die Angreifer in aller Ruhe in das Land marschieren. Alles funktionierte noch. Jedes Kraftwerk, jede Fabrik. Es war zudem nichts verseucht, wie bei atomaren Waffen. Sie konnten seelenruhig in das nächste Lebensmittelgeschäft gehen und sich mit Fleisch, Brot, Milch eindecken. Alles war noch genießbar. Gröner wollte und durfte nicht Mordgehilfe sein und sein Wissen der Firma zur Verfügung stellen. Aber Gröner befürchtete, dass es dafür zu spät war. Zu recht. Der Gravimator war praktisch fertig gestellt. Was machte es schon, dass bei den letzten Versuchen immer wieder Menschen ums Leben kamen. Gravitec S.à.r.l. musste von ihm ab heute zweierlei befürchten. Zum einen konnte er mit seinem Wissen an die Öffentlichkeit gehen. Es war allerdings unwahrscheinlich, dass man ihm glauben würde. Sollte er erklären, dass er dem Geheimnis der alten Ägypter und der Alchimisten auf die Spur gekommen war, er in der Lage war regelrechte Löcher in die Atmosphäre zu reißen und sie anschließend auch wieder zu verschließen? Zum anderen waren verschiedene Länder sicher von der Idee angetan und wollten es glauben, so dass er sicherlich für andere Nationen experimentieren konnte. Möglicherweise wäre dies die wahrscheinlichste

Variante mit der auch Gravitec S.à.r.l. rechnete und dann wäre Madame Hussins Big Business geplatzt.

Eines war klar: Man würde nichts unversucht lassen, um ihn zu beseitigen. Daran bestand kein Zweifel. Wie sie es auch mit Verba planten. Vielleicht war Verba schon ermordet.

Gröners Handy klingelte in seiner rechten Jackettasche. Im Rückspiegel konnte er die Augen des Taxifahrers sehen, wie er kurz nach hinten sah. Wahrscheinlich war der Fahrer genervt von dem ewigen Melodientrash der Handys seiner Fahrgäste.

»Gröner?«

»Hallo Vater, ich wollte mich einfach mal wieder bei dir melden, wie geht es dir?«

»Ruth?«

»Ja, wer denn sonst? Wie viele Töchter hast du denn?«

Gröner versuchte, sich die Anspannung nicht anmerken zu lassen. Er hatte seit Wochen nicht mehr mit seiner Tochter telefoniert.

»Gut du hast gewonnen. Ich war nur gerade mal ein wenig in Gedanken.«

»Wie immer, dass ist doch bei dir eher der Normalzustand.«

»Na, na! Wo bist du denn jetzt? Ach ich weiß, du bist in Bristol auf dem Festival. Na? Hab' ich gut aufgepasst?« Gröner versuchte, sich die Anspannung seiner Situation nicht anmerken zu lassen. Ruth schien nichts zu merken.

»Da war ich. Aber jetzt bin ich in Südfrankreich und ich sage dir, es ist einfach herrlich. Die Sonne, das Meer. Das habe ich schon länger vermisst.«

»Wie kommst du denn nach Frankreich? Machst du Urlaub?«

»So ungefähr. Ich helfe einem Kollegen bei seiner Arbeit.« Ruths Stimme klang wichtig.

»Ah ja verstehe. L'amour...«

»Vater - bitte... und was machst du?«

»Ich - äh - ich bin gerade auf dem Weg zum Flughafen. Da fällt mir ein, ich habe ein paar Tage Zeit. Ein bisschen Sonne und Meer würde mir auch gut tun.«

»Ja klar! Ich würde mich freuen. Mark sicher auch.«

Für Gröner war der Name eines anderen Mannes wie ein Stich mit einem Stilett. Er konnte sich nicht daran gewöhnen, dass er bei seiner kleinen Tochter nicht mehr die Nummer Eins war. An ihren letzten Freund hatte er sich irgendwann gewöhnt. Es begann sich zu normalisieren. Aber die Beziehung ging nach vier Jahren in die Brüche. Warum auch immer. Das ging den Vater einer erwachsenen Tochter auch nichts an. Sie musste ihr Leben führen. Sich eine eigene Partnerschaft aufbauen. Jetzt also Mark.

»Mark? Ach so... Störe ich denn auch nicht?«

»Nein - sicher nicht. Wir sind ganz in der Nähe von St. Tropez auf einem Campingplatz. Mark hat hier einen eigenen Caravan mit allem drum und dran. Die Anlage heißt Kontiki. Komm doch. Ich würde mich wirklich freuen.« Jetzt war im letzten Satz das kleine Mädchen wieder ein wenig herauszuhören. Gröner versuchte feinste Nuancen in der Stimme seiner Tochter herauszufiltern. Es schien ihr tatsächlich recht zu sein. Sie freute sich offenbar sogar.

»Gut dann komme ich. Ich war ja schon immer ein Mann von schnellen Entschlüssen, wie du weißt...«

»Ja. sonst hättest du damals auch nicht....«

»Bitte nicht die Geschichte wieder. Also bis bald. Tschüss.«

Die Idee war gar nicht so schlecht. Auf einem Campingplatz würde man ihn sicher nicht vermuten. Dort konnte er wunderbar untertauchen. Sie erreichten den Flughafen und der Taxifahrer setzte Gröner am Terminal 1 ab. Gröner zahlte und ging in das Gebäude, in dem Mensch auf und ab gingen, mal in Eile, mal schlendernd. Aber immer mit einer Tasche oder einem Koffer. Das Reisegepäck! Er hatte kein Stück Reisegepäck. Ohne Reisegepäck konnte er nicht glaubhaft als Reisender durchgehen. Nur als das was er war: Ein Mann auf der Flucht. Ein Richard Kimble auf der Suche nach der zweiarmigen Mörderin. Einer neuen Variation der Kimble-Geschichte. An einem Bankautomat zog er mit jeder seiner Kreditkarten, soviel Euro wie er konnte. Jedes Mal bis zum Tageslimit. Das klappte pro Karte nur dreimal an den Automaten, dann kam prompt die Anzeige »Limit erreicht«. Natürlich mit einer netten Entschuldigung vom Automaten. Trotzdem zählte Gröner mit dem Bargeld, dass er noch in seiner Brieftasche vorfand, knapp 3.000 Euro. Und da er mit der Visa-Karte nur dreimal am Automaten Geld holen konnte, er aber noch einmal am Schalter Geld abhob, war sein Ticket nach Nizza auch bezahlt. Er entschied sich für Nizza, weil es der nächste Flughafen von St. Tropez aus war, wohin eine Linienmaschine der Air France flog. Er musste nur noch für sein Reisegepäck, Wäsche, Zahnbürste sorgen.

Bei der Reisetasche konnte er sich nicht entscheiden. Es waren noch zwei Stunden bis zum Abflug der Air France Maschine. Gröner mochte ein wenig Stil. Das sollte auf der Flucht schon sein. Und am liebsten wäre ihm eine Louis Vuitton Reisetasche gewesen. Selbstverständlich ein Keepall von Vuitton, den es bereits seit den 20iger Jahren in unveränderter Form in der »toile monogram« gab. Den unverwechselbaren Buchstaben. Aber in Anbetracht der geringen Barschaft, musste er darauf einfach verzichten. Es fiel ihm schwer. Schließlich fand er eine ganz schlichte Tasche in Braun, ein so genannter Weekender. Sie war aus Kunststoff, was man aber auf den ersten Blick nicht erkennen konnte. Was im Übrigen auch die Verkäuferin bestätigte. Sie hob noch die extreme Belastbarkeit der Reisetasche hervor. Man wisse ja schließlich wie das heutige Flughafenpersonal mit dem Gepäck der Fluggäste umginge.

»Vor allem wenn man auf der Flucht ist, und alles schnell gehen muss«, sagte Gröner, der bis dahin keinen blassen Schimmer hatte, dass er Galgenhumor besaß. Die Verkäuferin lachte kundenfreundlich. Gröner war unruhig. Er fühlte sich beobachtet. Er drehte sich unwillkürlich um und sah durch die Glasscheibe des Geschäftes auf die Rolltreppe. Er glaubte nicht mehr, dass er beobachtet wurde, er wusste es jetzt. Zwei Männer in dunkler Kleidung fielen an der sonst bunten Menschenkette in der Rolltreppe auf. Sie wirkten aus der Distanz wie der Verschluss der Kette, wenn er nicht besonders gut versteckt ist. Es waren Männer von Gravitec S.à.r.l..

»Das kann doch nicht sein«, sagte Gröner.

»Doch es stimmt. Sehen Sie....«, sagte die Verkäuferin und hielt ihm das Wechselgeld hin.

»Verzeihung....«

Gröner griff in ihre Hand, nahm das Wechselgeld und ging schnell aber unauffällig aus dem Geschäft. Er kam am Flughafenkiosk vorbei und kaufte sich Le Monde. Gleich hinter dem Kiosk befanden sich Wartesitze. Er setzte sich, die Tasche neben sich und hielt die Le Monde aufgeschlagen vor das Gesicht. Wie in einem schlechten Krimi aus den Fünfzigern des vorigen Jahrhunderts. Sein Herz schlug unerträglich laut. Die ganze Sitzreihe musste es hören.

Dann wusste er, was er übersehen hatte. Das durfte nicht wahr sein.

»Ich Idiot!« Er schlug sich mit der flachen Hand auf die Stirn, die Zeitung sank in Zeitlupe an der einen Seite herunter. Er hatte tatsächlich mit der Gravitec S.à.r.l.-Firmenkarte Geld am Automaten abgeholt. Der Sicherheitschef hatte sicher an die Möglichkeit gedacht und die Karte deshalb auch nicht sperren lassen. So wussten sie bei Gravitec S.à.r.l. gleich wo er zu finden war.

»Was bin ich für ein Idiot«, presste er zwischen seinen Zähnen durch. Ganz vorsichtig nahm er die Le Monde zur Seite und sah an ihrem rechten Rand vorbei. Die beiden Sicherheitsmänner von Gravitec S.à.r.l. kamen direkt auf ihn zu.

18. Ramatuelle

Das Geräusch klang abgebremst – ffupp. Mark hielt den Bogen noch einen Moment und sah dem Pfeil nach. Noch auf der Distanz von 25 Metern war das Tokk zu hören, als sich die Metallspitze durch das Gelb in der Mitte bohrte und im dahinter liegenden Holz stecken blieb. Mark war zufrieden. Der Schweiß rann ihm von den Schläfen die Wangen hinunter, obwohl er unter einem Baldachin stand. Es war brütend heiß und eigentlich kein Tag zum Bogenschiessen. Mark wollte trotzdem trainieren, denn bei der Hitze ging auch kein Lüftchen mehr, das den Pfeil in seiner Flugbahn hätte beeinflussen können. Er wollte außerdem alleine sein. Kein anderer Hobbybogenschütze war bei diesen Temperaturen den Berg hinter Kontiki heraufgekommen, um auf dem Schießfeld zu üben. Er war allein mit seinem Recurve-Bogen. Bogenschiessen fand Mark unglaublich entspannend und doch körperlich anstrengend, denn den Bogen mit seinen 40 lbs Zuggewicht zu beherrschen, ohne ständig mit den Armen und schließlich mit dem ganzen Oberkörper zu zittern, bedeutete Kraft und Selbstbeherrschung.

»Die innere Kraft soll die Pfeile zum Fliegen bringen«, sagte Tsugihiro Osaki. Er war Kyudo-Meister, ein in ganz Japan geachteter, verehrter Meister des Bogen-Weges, des Kyu-Do. Mark hatte ihn auf einer Japan-Reise kennengelernt, bei der sich Mark in einem Zenkloster in den Bergen von Fukuyama einquartiert hatte. Dieses Kloster lag in den dem Bezirk Hiroschima. Es war eine Reise gegen das Vergessen. Mark gehörte zur Nachkriegsgeneration, zu Flower-Power. Aber er war Deutscher und konnte die nationale Historie nicht loswerden. Er fühlte sich viel stärker als Europäer, wurde aber immer wieder auf die Nationalität seiner Geburt zurückgeworfen, reduziert. Als er jetzt auf dem südfranzösischen Bogenschießplatz in Kontiki den Pfeil in die Sehne einrasten ließ, schloss er für einen kurzen Moment die Augen und stellte sich Osaki-san vor. Es war bewundernswert wie Osaki-san sich auf den Schuss konzentrierte, obwohl er im rechten Winkel zur Schussbahn kniete. Yamichi sagen die Japaner dazu. Irgendwann drehte er sich um, stand auf, nachdem er den Pfeil eingelegt hatte und schoss. Das war eine einzige gleichförmige Bewegung und es sah so aus, als ob er sich nicht auf den Schuss konzentrierte. Ere schien ihn sogar völlig zu ignorieren.

»Wie machen Sie das? Wo ist der Trick?«, hatte Mark gefragt und bekam als Antwort ein Lachen.

»Ziel nicht, lass den Pfeil einfach fliegen!«

Dann zeigte er wieder seine schneeweißen Zähne. Irgendwann hatte auch Mark begriffen, dass es gar nicht um das Treffen ging. Es war eine Schulung für das Bewusstsein und mit einem geschärften Geist, ließen sich auch Probleme leichter analysieren.

'Tokk!'

Der Pfeil steckte genau auf der Linie zwischen Gelb und Blau. »Zumindest angekratzt«, sagte Mark zu sich selber. Auch er zielte nicht. Er bevorzugte das intuitive Bogenschiessen. Für den richtigen guten deutschen Sportschützen war das Killefitt. Auch das war ein Grund, warum Mark gerne alleine den Bogen spannte. Er zog mit seinen drei Fingern der rechten Hand langsam die Sehne nach Hinten zum Ankerpunkt. Das rote Buch, dachte er, ist der Schlüssel. Er erreichte seinen Ankerpunkt. Der Handballen lag in der Wangenkuhle. Er hatte das rote Buch schon mal gesehen. Auf der Fähre nach Caen. Seine drei Finger lösten sich von der Sehne. Es musste Bruno Verba gewesen sein. Er war mit ihm und Ruth auf der Fähre gewesen. Auf dem gleichen Schiff. 'Tokk!' Der Pfeil traf genau in die Mitte des gelben Kreises. Mark senkte den Bogen.

Der Schatten der Kiefer
hängt ab
von der Klarheit des Mondes.

Japan. Das alte Nippon. Nicht das Schrille zwischen den gleißenden Hochhausschluchten Tokios. Das Japan, was sich in den kleinen, morschen Gassen Osakas versteckt. Das alte japanische Gedicht über die Klarheit des Mondes hauchte Michiko, die Tochter des Meisters, an dem Abend, als sie endlich alleine waren, in sein Ohr. Ihr klares, sanftes Gesicht; ihre dunkelbraunen Augen, die so dunkel waren, dass sie die Pupille nicht erkennen ließen, hatte ihr etwas von einem feengleichen Geschöpf gegeben. Wenn sie auf Mark zuging, schien sie den Boden nicht zu berühren. Den ganzen Tag waren sie gemeinsam mit ihrem Vater, dem alten Kyudo-Meister gewesen. Sie brachte ihm bei, was Osaki-san den ganzen Tag vergeblich versucht hatte: Die Intuition lenkt die Handlung. Am anderen Morgen, als das Schwarzkehlchen ihn weckte, hatte Mark-san es begriffen. Es war nicht schwer.

Er hatte seine fünf Pfeile verschossen und ging nun nach vorne zur Zielscheibe, um sie wieder aus Stroh und Holz zu ziehen. »Das rote Buch«, keuchte er unter der Hitze, stemmte das rechte Knie gegen die Scheibe und zog mit beiden Händen einen Pfeil nach dem anderen aus dem Holz. Sie staken teilweise so fest in der Zielscheibe, dass er fürchtete nicht genug Kraft zu haben, um sie herauszuziehen. Als er sich umdrehte und langsam zum Baldachin zurückging, sah er ganz klein eine Gestalt den Berg hinauf hasten. Eher ein bunter Punkt, der in seiner schnellen Bewegung nichts am Berg zu suchen haben schien. Sie ging für die Temperaturen, die jetzt herrschten, viel zu schnell. In den mediterranen Gegenden ist eher Siesta angesagt, statt Berge im Rekordtempo zu erstürmen. Die Gestalt wurde größer. Mark erkannte, dass es eine Frau war. Schließlich war es ihm klar. Ruth stürmte den Hügel.

Mit einem hochroten Kopf stand sie im Schatten des Baldachins vor Mark und ließ sich in seine Arme fallen. Sie konnte nur keuchen. An Reden war zwei, drei Minuten nicht zu denken. Mark versuchte sie zu beruhigen.

»Sie … sie, waren hinter mir her«, japste Ruth.

»Wer war hinter dir her?«

»Ich weiß es nicht, sie haben sich nicht vorgestellt. Es waren drei. Sie hatten schwarze Hosen und schwarze Hemden an. Glatzköpfe.«

»Ich verstehe immer noch nicht was genau passiert ist.«

Mark setzte sich auf die kleine Holzbank unter dem Baldachin und zog Ruth neben sich. Selbst jetzt, abgehetzt und außer Atem, sah sie mit ihrem schwarzen gewellten Haaren wunderschön aus. Ein Kontrastprogramm zu seiner geschiedenen Frau mit ihren dünnen, kurzen Haaren, die, wenn sie feucht waren an das Fell einer nassen Katze erinnerte. Bei Ruth kam Mark mit seiner Hand erst gar nicht durch die dicken Haare durch. Er liebte das, er konnte sich regelrecht in diesen Haaren vergraben. Ruth holte einmal tief Luft, blies ihre Wangen auf und ließ langsam die Luft entweichen.

»Ich saß unten vor dem Caravan, als sie auftauchten. Sie standen ganz plötzlich vor mir. Sie wollten wissen wo mein Vater ist.«

»Dein Vater?«

»Ja - der ist wohl aus seiner Firma verschwunden und hat irgendwelche Pläne mitgenommen. Sie behaupten, dass mein Vater ein Krimineller ist und die Firma bestohlen hat, um damit bei der Konkurrenz das große Geld zu machen. Das glaube ich nicht! Mein Vater ist nie und nimmer ein Krimineller!«

»Das würde jede Tochter sagen«, bemerkte Mark und bereute den Satz im gleichen Moment.

Ruth drücke sich von Mark weg. Ihr Gesicht war jetzt wieder rot. Aber die Ursache war wohl eine andere als Minuten zuvor. Sie war sauer.

»Wie kannst du so etwas sagen. Du kennst meinen Vater doch gar nicht. Er ist völlig integer und loyal.«

»Sicher - aber offenbar bleibt doch die Tatsache, dass er verschwunden ist und irgendwelche Pläne mitgenommen hat, wenn es stimmt, was da behauptet wird.« Eine eher mühsame Argumentation, um nicht ganz unglaubwürdig zu erscheinen und noch weitere Ablehnung bei Ruth hervorzurufen. Das könnte Mark nicht ertragen.

»Dass das kein lustiges Quiz der Herren in Schwarz war, interessiert dich wohl überhaupt nicht?«

»Doch natürlich«, sagte Mark und versuchte sie wieder in den Arm zu nehmen. Sie machte sich steif, ließ es aber geschehen.

»Sie haben versucht mich zu verschleppen, nachdem ich ihnen nicht sagen konnte wo mein Vater ist. Wie denn auch? Ich habe durch sie ja erst erfahren, dass er überhaupt verschwunden ist. Aber das haben mir die Herrschaften nicht geglaubt.«

»Und dann wollten sie dich kidnappen?«

»Ja klar, um an meinen Vater heranzukommen. Damit er auftaucht und der Firma die angeblich entwendeten Pläne zurückgibt im Austausch gegen seine Tochter.«

»Das ist ja ein starkes Stück.«

»Zum Glück kam dieser Nachbar, der im ballonseidenen Trainingsanzug. Er bekam sofort die Situation mit und ging dazwischen. Einer der schwarzen Männern gab ihm einen Kinnhaken und er flog quer bis zu seinem Wohnwagen auf der anderen Seite zurück.«

»Und wie bist du...«

»Sie waren durch den Auftritt einen Augenblick abgelenkt, ich hab mich losgerissen und bin in das Schilf hinter dem Caravan gesprungen. Dann bin ich gelaufen so schnell ich konnte. Drei Wohnwagenreihen weiter habe ich mich unter einem alten Caravan versteckt. Zwischen den grauen Abflussrohren. Das war ekelhaft. Die Spinnen...der Gestank...sie rannten an dem Caravan vorbei. Ich hab einige Minuten gewartet und bin dann gleich zu dir hier oben rauf gelaufen.«

»Dann lass uns jetzt auch hier gleich verschwinden.«

Mark packte seinen Köcher mit den Pfeilen und den Bogen. Er streifte den Fingerhandschuh ab und steckte ihn in die Tasche. Mark schlug vor auf keinen Fall sofort zum Caravan zurückzukehren. Sie gingen in die entgegengesetzte Richtung, weiter hoch zum Bergdorf Ramatuelle. Es dauerte mehr als eine Stunde bis sie oben ankamen. Mark fiel auf mit seinem Bogen und seinem Köcher. Er fragte sich, warum er seine Sportwaffen nicht unterwegs irgendwo im Schilf versteckt hatte.

»Ich erkläre einfach, dass ich Amor bin«, sagte er und Ruth lächelte wieder.

»Du hast ja schon einmal erfolgreich ins Herz getroffen.«

Er nahm sie in den Arm und küsste sie. Weiter oben stand eine mehr als 200 Jahre alte Platane, um die herum ein Mäuerchen gebaut worden war. Daneben stand ein französischer Verkehrspolizist wie aus dem Schulbuch Leçion un, la Police, le Flick. Er fuchtelte mit seinem rechten Arm und rief: »Vite, vite, vite.«

Das Problem war der Kreisverkehr um die Platane herum. Der Kreisel war eng, zu eng. Nur ein Fahrzeug konnte herumfahren und wenn das zu langsam ging, gab es ein einen Stau von mindestens drei Fahrzeugen. In Ramatuelle ein unglaubliches Ereignis. Einige alte Dorfbewohner zogen sich schon eine kleine Holzbank, die vorsichtshalber am staubigen Straßenrand geparkt war, ein Stückchen nach vorne. Das ständige Stehen beim Beobachten war auf Dauer doch sehr ermüdend. Monsieur Le Flick warf einen strafenden Blick auf die beiden alten Männern mit ihren Käppis und Stöcken. Sie ignorierten den stummen Verweis.

Mark und Ruth setzten sich in das Café l'Ormeau. Es war gleich neben dem Kreisverkehr mit der umschwirrten Platane. Trotzdem lag die Terrasse versteckt und war nicht sofort zu entdecken. Zwei kleine Mäuerchen ließen in der Mitte einen Eingang frei und Wein rankte über die gesamte Fläche der Terrasse und herunter bis auf die kleinen Mauern. Ein grüner Vorhang, der ein ganz diffuses aber angenehmes Licht durchließ. Ein natürlicher Grünfilter. Die grüngestrichenen Metalltische und Stühle fielen auf der

Terrasse kaum auf. Die Hälfte der Plätze war besetzt. Soweit Mark das erkennen konnte, waren es Touristen. Den Innenraum des l'Ormeau beherrschte eine lange Theke, die den Einheimischen vorbehalten war. Es war für die Touristen schwer sich auf ein Schwätzchen mit dem Maitre hinter der Theke einzulassen, und dazu ein Piche Rouge zu nippeln. Gleich gegenüber der Theke lagen einige französische Gazetten aus und in der Vitrine darüber Spielwaren. Die drei Tische, die sich anschlossen, waren eigentlich bedeutungslos. Wer sitzt schon drinnen? Und im Winter würden die drei Tische für die Einheimischen reichen, die selbst bei kalten Temperaturen um die 15 Grad an der Theke neben der geöffneten Türe standen. Es bestand keine Gefahr, dass der Vin Rouge einfror.

Ruth und Mark nahmen auf der Terrasse Platz. Gleich rechts hinter dem Vorhang aus großen grünen Weinblättern. Trotzdem konnte Mark von dort aus die Straße und den Kreisverkehr beobachten. Er versteckte Bogen und Köcher in der Ecke und war froh, deswegen nicht mehr die Blicke auf sich zu ziehen.

»Was machen wir jetzt?«, fragte Ruth. Nichts anderes ging Mark die ganze Zeit im Kopf herum. Er hatte keine Antwort. Die Kellnerin, wahrscheinlich eine Studentin die ihr Budget aufbesserte, kam und Mark bestellte zwei Café Creme.

»Es wird uns schon etwas einfallen.«

Die Kellnerin brachte die bestellten Cafés Creme, sah Pfeil und Bogen in der Ecke und ihr Gesichtsausdruck verriet, dass sie Touristen sowieso nicht für besonders normal hielt. Der Kassenbon weichte sich derweil unter Marks Tasse ein. Irgendwann würde er sich aufgelöst haben, was aber leider keinen Einfluss auf die Rechnung ausübte.

»Was hat dein Vater eigentlich in der Firma genau gemacht, aus der er offenbar geflüchtet ist?«

»Wir haben selten darüber gesprochen. Er war Projektleiter. Es ging um irgendein Forschungsprojekt, das etwas mit der Raumfahrt zutun hatte, glaube ich.«

Ruth berichtete, dass sie mit ihrer Mutter zurück nach Australien gegangen waren, während ihr Vater in Paris bei der Firma Gravitec S.à.r.l. anfing.

»Eigentlich ist mein Vater Mathematiker und hatte sich früher auch schon mal mit der hebräischen Zahlenmystik der Kabbala beschäftigt.«

»Wo hat er denn studiert?«

»In Köln bei Professor...«

»In Köln? Vielleicht kannte er Verba, der hat auch in Köln studiert. Allerdings Chemie.«

»Bei so vielen Studenten und dann auch noch einer anderen Fachrichtung ist das wohl eher unwahrscheinlich.«

Der Stau rund um die Platane vor dem Café l'Ormeau löste sich auf. Der Flic schien sehr zufrieden mit seiner Arbeit und ließ das Band mit der kleinen Trillerpfeife um seine Hand rotieren.

»Vielleicht sollten wir uns doch an die Polizei wenden«, sagte Mark, »schließlich bist du bedroht worden, man hat sogar versucht dich zu entführen. Ich finde, dass ist Grund genug.«

»Und was ist mit meinem Vater. Ich muss doch sagen, warum sie mich kidnappen wollten?

»Das ist doch kein Problem. Wenn du, wie du sagst, dein Vater immer redlich war in seinem Handeln, warum sollte das dann jetzt nicht mehr so sein.«

Ruth sah auf den grünen Metalltisch. Ein Kaffeefleck trocknete langsam ein. Der Krümel eines Croissants wurde von einem sanften angenehmen Windhauch vom Tisch geblasen.

»Wie meinst du das?« fragte Ruth nach und sah Mark direkt in die Augen.

»Das ist doch einfach. Dein Vater wird einen guten Grund gehabt haben, aus der Firma Gravitec S.à.r.l. zu verschwinden. Und wenn er wirklich Pläne mitgenommen hat, dann wird das auch einen guten Grund haben, meinst du nicht?«

Ruth sagte nichts. Sie nippte an ihrem Milchkaffee. Mark holte sein Handy aus der Tasche und tippte die Nummer der Gendarmerie ein. Mark versuchte das Problem und die Bedrohung zu erklären. Es war schwer, dafür sprach er einfach zu schlecht französisch. Für das Restaurant und den Supermarkt reichte es, aber in seinem französischen Sprachschatz fehlten einfach die Worte 'Versuchte Entführung' und 'Anzeige erstatten'. An der Käsetheke erstattet man schließlich keine Anzeige, sondern orderte schlicht einen Brie Und wenn man den leicht dahinschmelzenden Brie mitnahm, handelte es sich nicht um eine Entführung. Falls man nicht an der Kasse vergaß zu zahlen.

»Parlez vous anglais?« versuchte es Mark. Aber sein Gegenüber bestätigte ihm nur die Französische Sprache. Eine Pause entstand und es war deutlich zu hören, dass der Hörer übergeben wurde.

»How can I help you?«, fragte eine Stimme. Das Englisch war perfekt. Der französische Akzent fehlte völlig.

Marks Gesicht hellte sich auf und er begann von der versuchten Entführung zu berichten.

»Langsam - langsam, sagen Sie mir zunächst ihren Namen«, sagte die Telefonstimme.

»Mark - Mark Bernsen«,

»Ah ja - wir kennen uns.«

»Inspektor Boys?«

»Ich bin gerade zufällig hier auf dem Revier von St. Tropez wegen der Ermittlung über den Autounfall. Sie erinnern sich. Besser gesagt den Mord. Ich schlage vor, wir treffen uns und Sie berichten mir dann ihn Ruhe.«

»Würde es Ihnen etwas ausmachen zum Campingplatz zu kommen. Es gibt dort auch ein Café-Restaurant, das gleich in den Strand hinein gebaut ist. Es heißt Hacienda. Ich könnte endlich Pfeil und Bogen loswerden.«

»Wie meinen Sie das mit Pfeil und Bogen. Sie wollen mir doch nicht weiß machen, sie haben sich mit Pfeil und Bogen bewaffnet?«

»So ähnlich«, sagte Mark und dachte darüber nach, dass die Idee gar nicht so schlecht war. Pfeil und Bogen waren auch im 21. Jahrhundert immer noch wirkungsvolle Waffen, wenn man sie zu gebrauchen verstand. Es ist komisch, dass man immer glaubt, historische Waffen könnten nicht mehr töten.

»Ich kann in einer Stunde da sein«, sagte Inspektor Boys.

Mark bestätigte und legte auf. Er berichtete Ruth kurz, dass der Inspektor in St. Tropez den Unfall von Verba untersuchte, verschwieg aber, dass Boys von Mord sprach. Er wollte Ruth nicht noch mehr beunruhigen. Sie zahlten und gingen den Weg von Ramatuelle hinunter, durch die grünen Weinfelder zum Campingplatz Kontiki zurück. Sie blickten sich immer noch ständig um. Dass sie sich jetzt mit einem Inspektor treffen würden, führte ein wenig zur Beruhigung bei. Sie brauchten eine Stunde und in dieser Stunde verflog schließlich die Bedrohung, dieses ungute Gefühl in der Magengegend, dass jeden Augenblick etwas passieren könnte. Ruth war sich mittlerweile sicher, dass sie es auf Kontiki wohl kein zweites Mal versuchen würden. Dazu hatte ihr Auftritt zuviel Aufmerksamkeit erregt. Es gab zudem eine eigene Wachmannschaft auf Kontiki, die jetzt sicher ein besonders wachsames Auge auf dem Caravan von Mark hatte.

Als sie in der Hacienda ankamen, saß Inspektor Boys bereits an einem der Tische, die direkt im Sand standen. Er nippte an einem Glas, in dem eine Flüssigkeit schwamm, die unnatürlich Grün war. Sie leuchtete förmlich in der Sonne Grün. Blau, Orange, Gelb, das waren Farben, die an den Strand gehörten aber nicht dieses verbotene Grün!

»Das erfrischt richtig«, sagte Inspektor Boys nach der Begrüßung und klingelte mit den Eisklümpchen, die auf der grünen Flüssigkeit schwammen.

»Sirop menthe«, bestätigte Boys mit Blick in das Glas. Das Getränk bestand aus Waldmeistersirup, der mit stillem Wasser aufgefüllt wurde. Es erinnerte ein wenig an Berliner Weiße ohne Bier.

»Wissen Sie wie die Franzosen zu diesem Getränk sagen?«, fragte Mark und konnte sich dabei ein Schmunzeln nicht verkneifen.

»Frosch-Pipi!«

Sie lachten und Ruth und Mark bestellten sich ebenfalls 'Frosch-Pipi'. Inspektor Boys blickte zum Meer, sah die Kinder quietschend vor einer neuen Welle davonlaufen. Das Bild schien ihn aber nicht fröhlich zu stimmen. Er forderte Ruth auf, genau zu berichten was geschehen war, und kein Detail auszulassen. Das fiel ihr nicht schwer, da die Erinnerung noch nicht unter einer Schicht neuer, aktueller Bilder verschwamm. Sie staunte über sich selber, an welche Details sie sich erinnerte. Dinge, die sie vorher nicht glaubte, überhaupt gesehen zu haben. So war ihr beim Nachdenken aufgefallen, dass die Männer an ihren schwarzen Jacken ein Logo trugen. Es war das goldene Henkelkreuz auf einem blauen Kreis. Sie kannte das Logo. Es befand sich auch in der rechten oberen Ecke auf den Briefbögen ihres Vaters. Er benutzte Firmenbriefbögen und das Logo war das der Gravitec S.à.r.l.. Die Männer hatte keinen Zweifel daran gelassen, dass sie etwas mit der Firma zutun hatten. Ruth war nur froh, dass der Nachbar dazwischen gesprungen war.

»Das war ja wirklich couragiert, so wie Sie es schildern«, sagte Boys, »halten Sie es denn für möglich, dass ihr Vater Unterlagen gestohlen hat?«

»Gestohlen - so wie Sie es meinen sicher nicht«, verneinte Ruth »es kann schon sein, dass er Unterlagen mitgenommen hat. Dafür muss es aber einen guten Grund geben. Er ist völlig integer und loyal. Wenn dann...«

»Was könnte ein solcher Grund sein?«

»Möglicherweise glaubte er dadurch gewaltigen Schaden verhüten zu können. Was für einen Schaden und wer oder was geschädigt werden könnte, kann ich ihnen nicht sagen. Es ist nur eine Vermutung von mir, wenn es wirklich stimmt, dass er Unterlagen mitgenommen hat.«

»Das werden wir noch herausfinden«, sagte Inspektor Boys, »zunächst einmal müssen wir sicherstellen, dass ihnen nichts zustößt. Ich halte es für das Beste, sie bleiben hier. Die Wohnwagen sind alle hellhörig, es gibt eine Wachmannschaft und ich werde für die nächsten Tage zusätzlich zwei Polizisten abstellen, die sie zu ihrem persönlichen Schutz bekommen.«

»In Uniform?«, fragte Mark nach.

»Nein - natürlich in Zivil.«

Mark und Boys bestellten sich jeder noch eine Flasche Perrier. Ruth wollte nichts. Vor ihr stand noch ein halbvolles Glas Sirop menthe. Die kleinen

Zubringerboote schaukelten langsam ihre Eigner wieder in die großen Yachten zurück. Die Clubs am Strand wurden leerer, wenn man nicht mehr gesehen wurde. Einige Strandschöne machten sich auf dem Weg zu einem Spaziergang in den warmen Abend hinein. Ein Baumwolltuch um die Hüften geknotet. Sie gingen immer genau an der Linie entlang, an der die Wellen auf dem Strand kleine Bläschen hinterließen. Es war der höchste Teil des Strandes, den die Wellen noch mit letzter Kraft erreichten. Ab und zu joggte dazwischen ein Beau über diese bord de la mer.

»Verba wollte offensichtlich dieses Buch in England Maryborough zurückbringen«, begann Inspektor Boys, »das haben unsere Recherchen über die letzten Stunden von Verba ergeben. Er ist in der Bibliothek ihres Onkels gesehen worden. Aber der war zu dem Zeitpunkt nicht da, weil wir ihn bei uns auf dem Revier hatten.«

Inspektor Boys holte das Buch unter seiner leichten Baumwolljacke hervor, die er über die Sitzfläche des Stuhls gelegt hatte. Jetzt ruhte es bedrohlich auf dem Tisch. Eingehüllt in eine durchsichtige Plastiktüte.

»Ich habe ihn auch gesehen, da bin ich ganz sicher«, sagte Mark »und zwar auf der Fähre von Southampton nach Caen. Vor zwei Tagen.«

Inspektor Boys machte sich Notizen auf einem viel zu kleinen Block, der unglaublich viele Eselsohren aufwies.

»Das kann gut sein. Denn er muss in etwa den gleichen Weg gefahren sein. Das konnten wir anhand des Kilometerstandes an seinem Mietwagen feststellen.

Aber was wollte er hier? Das Buch ihrem Onkel zurückgeben, gut. Aber dann fahre ich doch anschließend nicht nach Südfrankreich, wenn ich das Buch nicht losgeworden bin.«

»Er wollte es überprüfen«, sagte Ruth und starrte dabei wie ein Kaninchen vor sich hin, »ganz klar - er wollte es überprüfen!«

»Ja - aber was denn?«, fragte Mark

»Graf Saint Germain, die Kabbala und das Buch Bahir. Alles hat doch hier mit Südfrankreich zutun. Das mystische Buch Bahir ist jedenfalls definitiv hier in der Gegend geschrieben worden. Und der Graf von Saint Germain war Rosenkreuzer und was auf dem Tisch liegt, ist nichts anderes als die älteste Schrift der Rosenkreuzer: die Chymische Hochzeit. Genau wie bei Nostradamus, der ja auch quasi hier um die Ecke gelebt hat, ist im Buch der Chymischen Hochzeit nicht alles im Klartext geschrieben. Es wird mit Bildern gearbeitet, die die Rätsel und die Weisheiten der alten Ägypter beweisen. Was kann es größeres geben für einen Alchimisten wie Verba, als nach den Quellen des Buches zu suchen. Es muss irgendwo in Südfrankreich einen geheimen Ort geben, eine Schatzkammer des Wissens, an der die Lösung zu finden ist.«

»Auch wie man Gold herstellt?«, fragte Mark

»Auch wie man Gold herstellt!«, bestätigte Ruth, »obwohl das eigentlich nicht das oberste Ziel der Alchimisten ist. Aber mit der Goldherstellung haben sie die Macht. Sie könnten jede Landeswährung zunichte machen, wenn sie soviel Gold künstlich herstellen, dass die Währungsreserve in Gold völlig wertlos geworden ist. Fort Knox wäre nur noch eine Flitterbude.«

»Schreckliche Vorstellung«, sagte Inspektor Boys »und wenn Verba auf dem richtigen Weg war, dann war es natürlich ebenfalls ein hinreichender Grund ihn zu ermorden. Das war das Motiv! «

»Ihn zu ermorden?«, fragte Mark nach.

»Ja. Wir haben festgestellt, dass die Bremsleitung seines Wagens fein säuberlich mit einer Metallsäge angesägt war und um sicher zu gehen, war auch an der Lenkung manipuliert worden. Die Arbeit von Profis. Vielleicht in Staatsdiensten. Will ich gar nicht drüber nachdenken.«

Der Kellner kam, weil Mark inzwischen einige Euro-Scheine auf den Tisch gelegt hatte. Vom Meer war nichts mehr zu sehen. Nur noch das Rauschen drang in Wellen bis zum Tisch. Immer im gleichen Rhythmus. Es war beruhigend und ein wenig einschläfernd.

»Ich würde jetzt gerne gehen«, sagte Mark und Inspektor Boys nickte.

»Wir werden heute sowieso nicht mehr weiterkommen.«

Ruth gab keinen Mucks mehr von sich. Ihre Augen waren halb geschlossen und Mark fürchtete, dass sie jedem Augenblick in die Gläser auf dem Tisch fallen könnte. Der Tag hatte sie geschafft. Mark zahlte und sie verabschiedeten sich von Inspektor Boys.

»Ach - eine Frage habe ich noch«, sagte Mark kurz bevor er sich zum Weggehen umdrehte, »das rote Buch, das scheint doch der Schlüssel zu allem zu sein. Haben

Sie es schon einmal untersucht, es gelesen? Konnten Sie darin etwas finden?«

»Nein nichts. Es ist außerdem alles andere als spannend. Ich bevorzuge lieber einen guten Krimi.«

»Sie? Einen Krimi?«, fragte Ruth. Auf einem Mal waren ihre Augen wieder ganz weit offen. Erstaunt.

»Ja - was ist denn daran so ungewöhnlich. Es ist doch schön etwas zu lesen, von dem man genau weiß, dass es zum Schluss eine Lösung gibt, der Täter gefasst wird. Das ist leider im realen Leben nicht immer der Fall. Also ist so ein guter Krimi für mich ziemlich entspannend.«

»Könnte ich das rote Buch denn für eine Zeitlang geliehen haben. Ich würde es gerne einmal lesen? Bin gespannt, ob ich etwas verstehe«, fragte Mark, ohne sich jedoch allzu große Hoffnung zu machen, dass Boys seiner Bitte nachkommen würde.

Inspektor Boys holte das Buch aus der Plastiktüte. Es war eine jener Tüten, wie sie die Polizei bei der Spurensicherung verwendet. Inspektor Boys drehte das Buch kurz in seiner Hand, sah in die Dunkelheit in Richtung Meer. Dann drehte er sich abrupt um und hielt Mark das Buch hin.

»Ich denke, dass ist in Ordnung. Wir haben es schon auf Fingerabdrücke und andere Spuren untersucht. Passen Sie aber gut darauf auf. Es ist ein Beweismittel in einem Mordfall und deshalb dürfte ich es Ihnen eigentlich nicht geben.«

»Es kommt nichts dran. Versprochen. Ich schließe es bei uns im Caravan in unseren kleinen Möbelsafe ein.«

Sie verabschiedeten sich noch einmal und Inspektor Boys ging zu seinem kleinen Leihwagen. Mark klemmte sich das Buch unter den Arm und schlenderte mit Ruth im anderen Arm zwischen die Wohnwagen hindurch zu ihrem Caravan.

Als sie näher kamen, sahen sie vor dem Caravan kurz eine Taschenlampe aufblitzen.

19. Die Konferenz

Die Empfangsdamen hinter dem Informationdesk in der Halle der Firma Gravitec S.à.r.l. konnten sich nicht mehr die Fingernägel lackieren. Es war einmal ein ruhiger Job. Hier und da mal ein Telefonat. Ein freundliches »Bonjour Monsieur Ramig oder Madame Hussin«. Ab und zu musste auch mal ein Besucher zum Aufzug oder auf eine der Etage gebracht werden. Aber an diesem Tag war alles anders. Und die Empfangsdamen mochten das gar nicht.

»Nein - ja - ich weiß nicht - selbstverständlich - einen Augenblick...«

Immer wieder hielten schwarze Limousinen vor der Tür und die Herren, die ausstiegen verlangten auf die Chefetage oder ins Labor gebracht zu werden. Auf der Chefetage vor dem Konferenzraum war eine regelrechte Warteschlange. Der Flur war voll, als ob Aldi einen neuen Computer zu einem Schleuderpreis anbieten würde. Der Unterschied war, dass sich die Herrschaften auf diesem Flur gleich die ganze Aldi-Filiale leisten konnten.

»Wann wird es den Zuschlag geben? Meine Regierung kann nicht länger warten«, sagte einer der Herren im grauen Anzug in Richtung Konferenzsaal. Barbra Hussin saß am Ende des langen Konferenztisches und blätterte die Angebote durch. Sie konnte sich nicht daran erinnern, jemals solche Zahlen mit so vielen Nullen vor dem Komma gesehen zu haben.

»Können sie keine Zusagen machen, weil der Gravimator doch noch nicht funktionsfähig ist, wie sie sagten«, fragte jemand der Wartenden.

»Meine Herren, der Gravimator ist absolut funktionsfähig. Der Prototyp hat alle Tests mit Bravour bestanden und wir können jetzt mit der Produktion beginnen. Ich möchte sie nur bitten, sich noch ein paar Tage zu gedulden, bis wir alle Angebote gesichtet haben. Schließlich hat die Regierung, die den ersten Gravimator erwirbt nicht nur eine wirkungsvolle Vernichtungswaffe, gegen die die Hiroshimabombe ein Knallfrosch war, sondern die Regierung hat auch die Macht, die Macht über alle anderen Staaten dieser Erde.«

»Sie wollen mir doch nicht erzählen, dass sie auf einmal Skrupel quälen?«

»Ich bitte sie nur um ein paar Tage Geduld.«

Ein Mann schob sich durch die Wartenden auf dem Flur. Er drängte sich weiter vor bis in den Konferenzsaal. Es war der Sicherheitchef der Firma Gravitec S.à.r.l., Ramig. Als er neben Barbra Hussin stand, fragte sie leise »Und?«

»Er ist uns entwischt.«

»Verdammt«, zischte sie, »wie ist das möglich? Wofür zahle ich Ihnen ein solch exorbitantes Gehalt, wenn Sie noch nicht einmal in der Lage sind, mit ihrer ganzen Mannschaft einen einzelnen Mann dingfest zu machen.«

»Ich weiß es nicht. Wie haben alle Flughäfen überwacht. Alle Bahnhöfe. Alle Mietwagenfirmen. Er kann nur zu Fuß unterwegs sein.«

»Blödsinn. Sie waren nur zu dämlich«, sagte Hussin und ihre Stimme hatte immer noch einen unangenehmen hohen Druck. »Wir müssen ihn haben. Ihn und die Unterlagen und zwar schleunigst. Was stehen Sie hier noch rum!«

Der Sicherheitschef nickte stumm und ging aus dem Konferenzsaal.

»Sie haben also doch Probleme«, sagte jemand aus der Runde. Die Verärgerung von Hussin war unübersehbar. »Nichts von wirklicher Bedeutung. Es betrifft eine ganz andere Abteilung, ein ganz anderes Forschungsprojekt und hat nichts mit unserem Gravimator zutun. Schließlich forscht Gravitec S.à.r.l. auf vielen Gebieten.«

Mit einer Handbewegung, die besonders lässig wirken sollte, wischte sie die Bemerkung beiseite. Der Regierungsbeauftragte ließ sich täuschen.

»Entschuldigen sie mich einen Augenblick«, sagte Barbara Hussin. Als sie den Raum verließ, setzte sofort ein lautes Murmeln ein. Die einzelnen Abordnungen der verschiedenen Regierungen versuchten sich, trotz ihrer Verunsicherung, zusammenzunehmen. Sie konnten nicht verstehen, dass die Firma Gravitec S.à.r.l. bei den hohen Summen, die geboten wurden, immer noch nicht in der Lage war, einer Regierung den Zuschlag zu geben. Nur die Vertreter der USA waren gelassen. Sie waren sich sicher, dass sie den Zuschlag bekamen. Es konnte einfach nicht anders sein.

Barbra Hussin war mit dem Geschäftsführer-Aufzug direkt in die Halle 1, den Dom, hinuntergefahren. Dieser Aufzug war eigens installiert worden, um den einen oder anderen hochrangigen Gast, dessen Gesicht bekannt war, inkognito von den Fortschritten der Arbeit im Dom zu überzeugen. Er konnte sich so unbehelligt selbst ein Bild machen. Natürlich war das auch ein Teil der Marketing-Strategie. Ziel: Gewinnmaximierung. Je wichtiger sich der Gast, der potentielle Käufer in Staatsdiensten fühlte, um so jovialer zeigte er sich. Er wurde durch Wichtigkeit erpresst. Die Tür ging auf und Barbra Hussin stand gleich hinter dem Steuerpult des Labors. Blaues Licht zuckte in Blitzen zur Kuppel. Als Gröners zweiter Assistent Lange die Geschäftsführerin sah, griff er gleich nach einer Schutzbrille.

»Setzten Sie die doch bitte auf, Frau Hussin, sonst verletzten Sie sich ihre Augen. Außerdem können Sie so besser sehen.«

Fünf Chinesen schwebten unter der Kuppel. Ihre Körper beugten sich nach hinten. Arme und Beine hingen herunter. Blaue Blitze zuckten um sie herum, berührten die Körper aber nicht. Die Blitze schossen aus einem schwarzen Obelisken, der fünf Meter hoch war und eine quadratische Grundfläche von drei mal drei Metern besaß. Wieder schossen Blitze hinauf in die Kuppel. Es krachte diesmal laut, so als würden alte Eichenbalken unter einer scheren Last zerbersten und unter der Kuppel sah es so aus, als ob sich eine riesige Wolke nach außen stülpte und langsam nach unten wanderte. Auf halber Höhe war von der Wolke nichts mehr zu sehen. Lange legte einen blauen Schalter am Steuerpult um und zog einen weiteren Regler zu sich zurück, wie bei einem Flugzeug, bei dem man den Schub allmählich zurücknimmt. Es kamen keine blauen Blitze mehr. Die Chinesen schwebten träge nach unten auf den schwarzen Obelisken zu. Das ging mit der gleichen Geschwindigkeit, mit der Lange den Regler zurücknahm. Alles schien völlig kontrolliert.

Aber die Körper regten sich nicht.

»Sie können die Schutzbrille jetzt wieder abnehmen«, sagte Lange zu Hussin.

»Was ist mit den Chinesen?«

»Das werden wir gleich wissen...«

Die Körper waren rund um den Obelisken auf den Boden geschwebt, sanft gelandet. Sie lagen auf dem Rücken. Die Augen hielten alle fünf Körper halb geschlossen. Sofort lief ein Mitarbeiter des Labors auf die Körper zu, kniete sich neben einem nach dem anderen. Er fühlte den Puls am Hals, legte sein Ohr auf die Brust.

»Nichts...«, sagte er, »sie... sie sind tot.«

»Wie konnte das passieren? Das ist nicht das erste Mal. Immer und immer wieder! Wie soll ich das erklären!«, schnaubte Hussin.

Das dabei Menschen ums Leben gekommen waren, schien sie nicht zu interessieren. Das kann bei einem

Business in dieser Größenordnung eben schon mal geschehen. Lange sah sie mit großen Augen an.

»Sie erstickten. Sie wollten doch, dass sie ersticken.«

»Über die Phase sind wir doch schon hinweg. Wir wissen doch, dass es funktioniert. Warum haben Sie diesen Test noch einmal durchgeführt? Wir müssen jetzt wieder die Leichen verschwinden lassen. Wie stellen Sie sich das vor? Sollen wir jede Wochen einen Lkw nach England schicken und jedes Mal die Leichen als tragischer Unfall illegaler Einwanderer tarnen?«

»Aber wir können den Gravimator immer noch nicht zu 100 Prozent kontrollieren...«

Lange sah Hussin nicht in die Augen. Er starrte den schwarzen Obelisken an.

»Soll ich etwa den ganzen Abordnungen, die oben sitzen und die Flure verstopfen, sagen, dass meine Techniker und Wissenschaftler leider doch nicht in der Lage sind, den Gravimator herzustellen. Obwohl ihr Projektleiter Gröner angab, alles sei bereit!«

»Das kann er - glaube ich - nicht gesagt haben«, versuchte Lange zaghaft zu erklären. Eine eher kleinlaute Bemerkung. Er versuchte den Kopf zwischen die Schultern zu ziehen.

»Das habe ich aber so verstanden...«

»Es gibt so etwas wie - wie ...«

»Ja was denn!«

»Eine Sicherung!«

Jetzt war es raus. Er hatte es zugegeben, dass er nicht in alles eingeweiht war, was sein Projektleiter Gröner erarbeitet hatte. Immer wieder hatte er versucht es herauszufinden. Oft war er abends länger geblieben. Aber als er am nächsten Morgen in den Dom kam, war Gröner immer schon da und saß am Zentralrechner. Er hatte Lange immer nur gesagt, dass er noch einmal die letzten Daten überprüfen wolle, bevor sie wieder neue Tests starteten. Aber jetzt wusste Lange es besser. Gröner hatte daran gearbeitet eine Sicherung einzuprogrammieren. Irgendwann musste Gröner erkannt haben, dass es gar nicht um die Erforschung der Gravitation geht, um neue Fahrzeuge entwickeln zu können und vieles mehr. Irgendwann musste er gemerkt haben, dass es nur um Macht, Geld und den Massentod ging. Die vielen Unfälle mit den Chinesen im Dom waren für Gröner nicht zu ertragen gewesen, dass hatte er einmal gegenüber Lange gesagt. Mehr aber nicht.

Hussin wurde leicht rosa an den Wangen. Sie neigte den Kopf nach vorne, so dass ihre Ritter-Eisenherz-Frisur links und rechts Scheuklappen bildete. Mit ihren kleinen Augen sah sie Lange an.

»Was für eine Sicherung?«

»Ja wie soll ich das sagen... wir können hier im Dom alles testen mit dem Gravimator, aber eben nur bis zu einer Höhe von zehn Metern und einem etwa ebenso großen Durchmesser. Um wirklich ein Loch in die Troposphäre zu reißen, müssen wir den Sicherungscode knacken. Nur Dr. Gröner kennt ihn.«

»Zehn Meter - das ist völlig wertlos für uns. Sie bringen mir den Code! Ich begreife nicht, wieso Sie den Code nicht kennen.« Hussin drehte sich um und ging zum Aufzug. Vor der Tür stand der Sicherheitschef Ramig.

»Schaffen Sie mir den Gröner ran. Suchen Sie ihn und wagen Sie nicht wieder nach Paris zu kommen ohne diesen Crétin.«

Die Aufzugstüren öffneten sich und Hussin ging hinein. Während sie nach oben fuhr, griff Ramig zum Handy und orderte eine Spezialmannschaft an, die schon bei den Chinesen von Dover einen hervorragenden Job geleistet hatten. Es waren lediglich drei Männer, aber auf die konnte er sich immer verlassen. Er hatte sie nach Südfrankreich geschickt und auch dort waren sie erfolgreich gewesen. Alchimisten sollte es seiner Meinung nach sowieso nicht mehr geben. Bei Gröner war das Triumvirat bisher allerdings wenig erfolgreich. Der Sicherheitschef war sich nicht ganz sicher, ob Gröner wirklich bei seiner Tochter auftauchen würde.

Aber einen anderen Anhaltspunkt hatte er nicht, seitdem er ihm entwischt war. Irgendwo musste er sein.

20. Paris – Nizza

Nie im Leben hatte er sich vorher träumen lassen, dass er einmal soviel Glück im Unglück haben würde. Dieser Gentleman mit dem großen Koffer, muss in Wirklichkeit ein Schutzengel gewesen sein. Eigentlich gehörten solche Herrschaften doch eher der Vergangenheit an. Obwohl: Engel sollen wieder ziemlich im Trend liegen, hatte er gehört.

Als Gröner auf dem Flughafen die beiden Männer des Sicherheitsdienstes auf sich zukommen sah, schob sich dieser riesige braune Schrankkoffer zwischen ihnen. Er wurde von einem Bediensteten auf einer Sackkarre geschoben. Der rotbraune Schrankkoffer war so groß wie der gute dienstbare Geist mit Mütze, so dass er nicht darüber hinwegsehen konnte, sondern seitlich vorbeischauen musste. Damit er niemanden umfuhr. Hinter diesem Koffer-Ensemble ging ein Gentleman mäßigen Schrittes. Er war auffällig unauffällig in seinem dunkelgrauen Anzug. Er trug einen Trenchcoat über dem rechten Unterarm. Als sich die drei - Koffer, Bediensteter und Gentleman - zwischen Gröner und einem der Sicherheitsmänner von Gravitec S.à.r.l. schob, hatte Gröner keine Mühe unentdeckt aufzustehen und langsam im Schatten des Koffers mitzugehen. Die beiden Sicherheitsmänner entdeckten ihn offenbar auch hinter seiner Le Monde noch nicht, sonst formierten sie sicherlich um den

Koffer herum eine Greifzange. Gröner ging noch eine Weile mit dem Koffer mit. Vorsichtig drehte er sich um und konnte erkennen, dass die Sicherheitsmänner mit hängenden Schultern zum Ausgang des Flughafengebäudes gingen.

Gröner ging zum Check-in der Air France nach Nizza. Er drehte sich noch einmal vorsichtig um, aber die Männer schienen tatsächlich nicht mehr da zu sein.

»Stellen Sie ihr Gepäck bitte hier auf das Band, Monsieur.«

»Ich habe nur Handgepäck. Ist nur ein kurzer Trip in die Sonne.« Gröner zwang sich zu einem Lächeln. Die uniformierte Dame hinter dem Schalter lächelte zurück, wie sie es immer tat. Darauf war sie trainiert. Auch Krisensituationen, so hatte man ihr gesagt, lassen sich mit einem Lächeln wunderbar meistern. Gröner erinnerte sich komischerweise in diesem Momnet an ein asiatische Sprichwort: 'Wer lächelt, zeigt auch Zähne'. Er wollte jede weitere Nachfrage nach seinem federleichten Gepäck unterbinden. Beide lächelten sich gnadenlos nieder. Schließlich war die Destinationsschleife aus selbstklebendem papphartem Papier mit Strichcode am Henkel des Gepäcks angebracht. Das Kofferarmband zur automatischen Weiterleitung auf den Transportbändern. Ohne ein solches Band fehlt die Berechtigung, dass der Koffer überhaupt mitfliegen darf.

Der Flug von Paris nach Nizza dauerte nicht lange. Gröner schlief etwas, wurde von der Stewardess geweckt wegen des Abendessens und war froh in Ruhe in ein Käse-Brötchen beißen zu können. Die Maschine war gut besetzt, trotzdem hatte jeder Passagier noch genügend Platz neben sich für Kopfhörer, Handgepäck und Zeitungen. In Nizza gelandet, beeilte sich Gröner unerkannt aus dem Flughafengebäude herauszukommen. Er war vorsichtig, denn er war sich sicher, dass Gravitec S.à.r.l. natürlich seine Tochter ausfindig machen wollte, um ihn zu erwischen. Das war der erste Anhaltspunkt den sie hatten. Dummerweise wusste Gröner auch nichts Besseres, als zu seiner Tochter zu fliegen. Aber er dachte, dass Gravitec S.à.r.l. bestimmt nicht wissen konnte, dass seine Tochter nun ausgerechnet jetzt in Südfrankreich, in der Nähe von St. Tropez auf einem Campingplatz war. Campingplätze machen Durchreisende anonym. Aber wie sollte er nach St. Tropez kommen? Ein Mietwagen kam nicht in Frage. Dann konnte er gleich eine Grußkarte an Hussin schicken: 'Bin mit ihren Unterlagen in St. Tropez.' Und auf der Postkarte ein kleines Kreuz an die Stelle setzen, wo der Campingplatz Kontiki ist. Es blieb nur der Bus. Die Haltestelle war neben dem Flughafengebäude und es fuhr tatsächlich an diesem Tag noch eine Linie nach St. Tropez. Als der Bus kam, stieg Gröner ein und platzierte seine Reisetasche so an die Scheibe, dass er sie als Kopfkissen gebrauchen konnte. Der Bus schaukelte ihn über die ewig verstopfte Küstenstraße: Cannes, St. Raphael, Frejus, St. Maxime. Schließlich erreichte der Bus St. Tropez.

Gröner stieg ganz in der Nähe des Hafens aus. Er fühlte sich gerädert. Es war Nacht, aber St. Tropez schlief nicht. Es war bereits nach Mitternacht. Er ging langsam über den großen Parkplatz am Hafen, der immer noch zur Hälfte mit schwatzenden Touristen und Tropezienne besetzt war. Vorbei an der Hafenmeisterei sah er die großen Yachten im alten Hafen liegen. Eine weiße Wand mit Neubauten gegenüber den malerischen Häusern, die sich wie eine Perlenkette um den Hafen legte. Es brannte überall noch Licht und in den Cafés am Hafen saßen noch Gäste. Gröner war schon einmal in St. Tropez gewesen - nur niemals so spät. Was ihm sofort auffiel war, dass die Maler rund um den alten Hafen ihre Staffeleien eingepackt hatten. Sie hinterließen leere Stellen im Bild an der Kaimauer. Gröner sah auf seine Armbanduhr. Jetzt noch den Campingplatz zu suchen, machte keinen Sinn mehr. Er musste eine Stelle finden, an der er die Nacht verbringen konnte. Ins Hotel wollte er auf keinen Fall. Er hätte sich bei der Rezeption anmelden müssen und dabei sofort wieder Spuren hinterlassen. Es blieb nur die Nacht draußen zu verbringen. Er redete sich die Vorstellung schön, da die Nacht ihn wie eine warme Decke umfing.

Gröner ging an der gelb und rot gestrichenen Kirche von St. Tropez vorbei, bog nach rechts ab in eine schmale Gasse, die schließlich hoch zur alten Zitadelle über dem Ort führte. Touristen war sicher keine mehr auf Besichtigungstour und die Vergnügungssüchtigen hatten keinen Grund zur Zitadelle zu gehen. Wer wollte mitten in der Nacht die alte griechische Galeere bewundern, die in der Zitadelle ausgestellt ist.

Auf halbem Weg, kurz unterhalb der Mauer, stand eine Bank unter einer Platane. Die Nacht war immer noch angenehm warm. Gröner setzte sich auf die Bank und sah die kleinen glitzernden Lichter in den engen Gassen des ehemaligen Fischerdörfchens, die Lichterketten der Schickimicki-Yachten im Hafen und auf der rechten Seite streifte der Leuchtturm von Cap Camarat immer wieder seinen Lichtkegel über das Meer in die dunkle Nacht. Es sah aus, als ob er jedes Mal damit die Nacht wegwischen wollte. Es gelang ihm nicht. Einige Zikaden waren noch wach. Sie saßen vermutlich direkt unter einer Laterne und von ganz weit, aber noch vor dem Horizont, war ein Froschkonzert piano zu hören.

Langsam, ganz langsam, senkten sich Gröners Augenlider.

21. Kontiki, Plage Pampelonne

Wieder war der Lichtkegel der Taschenlampe zu sehen. Diesmal zeichnete er sich auf dem Stoff des Vorzeltes ab. Der Reißverschluss des Einganges war offen. Ein Stuhl rückte schnarrend über den Holzboden.

Mark legte den Zeigefinger über die Lippen und deutete Ruth an, stehen zu bleiben. Er drückte sich vorsichtig am Caravan vorbei zum Vorzelt. Am Eingang bückte er sich und hob einen Stein auf, der auf dem Faulband des Vorzeltes lag. Er konnte genau sehen, wie der Körper des Eindringlings sich an der Zeltwand abdrückte. Die Beule in der Stoffwand rutschte zum Eingang. Die Gestalt steckte das Gesicht zum Innern des Zeltes. Mark hob den Stein...

»Sie sind's!« sagte Mark, der im letzten Augenblick seinen Nachbarn in Ballonseide erkannte. Der sah ungläubig auf den Stein.

»Sie wollten doch wohl nicht?«

»Ich hab doch nicht gewusst, dass sie es sind. War etwas nicht in Ordnung mit unserem Caravan?«

»Ich hab gedacht ich hätte wieder jemand gesehen. Und da bin ich mal nachsehen gegangen. Hätten sie doch auch gemacht!?«

Mark nickte. Ruth kam nach vorne. Sie erkannte die Stimmen.

»Bin ich froh, dass Sie es sind. Ich hab mich auch noch gar nicht richtig für heute Nachmittag bedanken können.«

»War doch klar. Solche Schweine haben bei uns auf dem Platz nichts zu suchen. Wir Camper müssen doch zusammenhalten.«

»Sicher, sicher«, sagte Ruth und versuchte zu lächeln.

Die Ballonseide tippte sich mit der Taschenlampe an die Stirn.

»Also - alles in Ordnung. Nacht zusammen.«

Mark sah unwillkürlich auf seine Schlappen. Er wartete auf den Augenblick, wo die Hacken zusammenschlugen. Passierte aber nicht.

»Gute Nacht und vielen Dank noch mal«, antwortete Mark und rollte mit den Augen. Aber das konnte nur Ruth sehen.

Ruth setzte noch einen Kaffee auf. Das hatte sich Mark gewünscht. Er wollte unbedingt noch etwas in dem roten Buch blättern. Sie setzten sich an den Tisch im Vorzelt, auf dem Ruth eine Tischdecke ausbreitete. Sie stellte eine Kerze in die Mitte, in einen Untertasse und zündete den Docht an. Mark begann sich zum ersten Mal in dem Caravan wohl zu fühlen. Für ihn war er bisher nur ein Ort gewesen, wo er abends schlafen konnte. Ein Ort des Rückzuges vor der Hitze des Tages. Der Duft des Kaffees vertrieb den Geruch der abgestandenen warmen Luft, die nicht aus dem Vorzelt wich. Selbst wenn die Reisverschlüsse der Seitenwände geöffnet wurden, blieb die Luft wie ein

Quader im Vorzelt. Mark glaubte, dass die Luft ihn beim Gehen behindere und er sich deshalb nur ganz langsam im Vorzelt bewegen könne. Sagte er jedenfalls jedem, der ins Vorzelt kam. Ruth stellte die Tassen auf den Tisch und setzte sich zu Mark.

»Was glaubst du, was du in dem Buch finden kannst?«

»Ich weiß es nicht. Aber ich bin mir sicher, dass die Antwort auf den Mord an Verba und auch die anderen merkwürdigen Dinge, von denen dein Onkel Maryborough sprach, in dem Buch zu finden sind. Es muss einfach so sein.«

»Was soll den das Buch damit zutun haben?« Ruth hielt die Tasse zwischen ihren Händen, wie ein Eichhörnchen eine besonders große Nuss, die man auf keinen Fall verlieren darf.

»Irgendwie ging es doch immer um das Buch. Es fing doch alles mit Maryborough an, der den alten verstaubten Schinken in seiner Bibliothek in Bristol fand. Er war doch wohl auch so fasziniert und angetan, dass er das Buch als Gebrauchsanweisung verstand und gleich in Stonehenge ausprobieren musste.«

Ruth legte den Kopf schief. »Also komm...«

»Na gut, er war vorher schon so etwas wie ein Druide. Aber Tatsache ist doch, dass er das Buch Verba zeigte. Und der war erklärtermaßen ein Alchimist. Noch so ein alter Beruf, den es eigentlich nicht mehr gibt.«

»Und nicht zu vergessen die Rosenkreuzer. Denen gehört ja praktisch das Buch.«

»Genau - die hätte ich beinahe ganz vergessen. Die müssten auch mehr wissen. Aber an die wirklichen Logen der Rosenkreuzer kommt man ja nur schwer ran. Es gibt nur die Logen wie in Deutschland AMORC.«

»Was heißt das denn?

»AMORC bedeutet Antiquus Mysticus Ordo Rosae Crucis... Alter mystische Orden vom Rosenkreutz.... geht eigentlich zurück auf einen Amerikaner, der 1915 den Orden gegründet hat. Natürlich behauptet er, dass der Orden viel älter ist. Würde ich an seiner Stelle auch. Lässt sich aber wohl kaum beweisen.«

Ruth nahm noch einmal die Tasse Kaffee in beide Hände und trank einen Schluck.

»Übrigens, ich erinnere mich, dass auch mein Vater von Verba erzählt hat.«

»Weiß du noch was?«

Ruth nahm ihre Kaffeetasse und stand auf. Sie nippte an der Tasse und sah aus der durchsichtigen Fensterfolie des Vorzeltes. Draußen war es Dunkel. Sie konnte eine Laterne sehen, die zwischen den Caravanreihen stand. Es huschten schwarze Flecken durch den Lampenschein. Immer wieder schossen sie durch den Lichtkegel.

»Gibt es hier in der Nacht Vögel, die herumfliegen?«, fragte Ruth.

»Fledermäuse. Das sind kleine Fledermäuse!«

Ruth drehte sich abrupt um und sah Mark mit großen Augen an. Erst zwei Sekunden später sagte sie: »Sie haben zusammen in Köln studiert!«

»Hast du mir nicht mal erzählt, dass dein Vater Mathematiker ist? Verba ist doch Alchimist, der, wenn überhaupt Chemie studiert hat. Würde ich mal vermuten.«

»Das ist richtig. Aber sie kannten sich aus einer Studentenkneipe in Köln. Den Namen habe ich vergessen. Hatte irgendetwas mit einem Bauernhof zutun. Alle Geschichten hat er mir auch nicht erzählt. Muss wohl auch eine fröhliche Zeit gewesen sein. Mein Vater bekam immer so einen komischen Gesichtsausdruck, wenn er von der Kneipe erzählte. Na - jedenfalls haben sich mein Vater und Verba gut gekannt. Studienmäßig und später beruflich hatten sie glaube ich nichts miteinander zutun.«

Jetzt stand Mark auf und holte sich noch einen Kaffee, der in der Maschine auf der Spüle im Vorzelt stand. Es war schon eine starke Brühe geworden, die eher nach Teerpappe roch. Mark versuchte erst gar nicht daran zu nippen. Er stellte die Tasse gleich auf die Spüle und holte sich eine Flasche Badoit, das allgegenwärtige Tafelwasser.

»Aber es ist doch trotzdem möglich, dass sie sich auch über die Arbeit unterhalten haben. Das wäre zumindest bei Männern nichts Ungewöhnliches.«

Ruth nickte und Mark spekulierte weiter. »Es könnte doch sogar sein, dass Verba deinem Vater entscheidende Anstöße für seine Arbeit gegeben hat.«

»Ein Chemiker einem Mathematiker? Wie soll das denn gehen? Mein Vater hat immer betont, dass ausschließlich die Mathematik eine exakte

Wissenschaft ist. Nur mathematische Beweise sind echte Beweise. Alles andere seien Hypothesen, die irgendwann sowieso immer über den Haufen geschmissen würden.«

Mark hörte zwar aufmerksam zu, begann aber in dem roten Buch zu blättern. Er klappte den Deckel auf und ließ die Seiten am Daumen vorbeirauschen. Nachdem Ruth nicht mehr sprach gedankenverloren. Er machte es ein weiteres Mal, als ob er hoffte, dass die Lösung aus dem Buch herausfallen würde. Er klappte das Buch wieder zu, nahm es zwischen seine Hände und sah über die Oberfläche, anschließend drehte er es und betrachtete die Rückseite. Der Deckel war abgegriffen, alt, staubig. Sonst war nichts zu erkennen. Er sah noch einmal über die Seiten und nun schien es ihm, also ob eine Seite etwas mehr herausschauen würde. Sicher war sie etwas aus dem Leim gegangen, dachte er. Vorsichtig schlug er an der Stelle das Buch auf. Es war die Stelle, an der sich ein alter Mann für einen der drei Wege entscheiden musste. Nur ein Weg war der richtige zum Schloss. Und da war noch die Geschichte mit dem Raben. Der Mann jagte dem Raben nach und versuchte ihn zu verscheuchen. Dabei schlug er ohne es zu bemerken den richtigen Weg ein. Das Blatt, das vor diesem Kapitel war, trug die Aufschrift 'Schloss'. Das Papier war weißer, als die anderen Blätter. Und auch der Schriftzug schien mit Tinte fein säuberlich und exakt geschrieben worden zu sein, und nicht mit Holzlettern gedruckt. Mark klappte das Buch so auf, dass er die Seite gegen das Licht halten konnte.

Der Schriftzug schimmerte durch die Seite. Es war jetzt zu erkennen, dass diese Seite und der Schriftzug nichts mit den anderen Seiten des Buches zutun haben konnte. Sie war eindeutig neueren Datums. Er drehte und wendete das Blatt Papier.

»Was ist denn mit der Seite?«, fragte Ruth.

»Ich bin mir nicht ganz sicher. Sie ist auf jeden Fall neueren Datums und später in das Buch eingeklebt worden. Und ich glaube...«

»Was denn?«

Ganz vorsichtig hielt er die Seite in die aufsteigende warme Luft, die durch die Kerzenflamme erhitzt wurde. Flimmernd stieg die Luft zur Zeltdecke auf.

»Bis du verrückt, willst du das Buch verbrennen?«, sagte Ruth.

»Langsam - langsam. So schnell geht das nicht. Ich bin vorsichtig. Aber sieh dir das doch einmal an...«

Ein buddhistisches Lächeln war in seinen Mundwinkeln zu erkennen. Ein wenig Triumph, Erkenntnis und die Gewissheit der Wahrheit auf der Spur zu sein. Auf der Papierseite entstanden braune Flecken. Sie bildeten sich über der Flamme und durch sie, aber sie verbrannten das Papier nicht. So tief hielt Mark das Buch nicht über die züngelnde Flamme, die ihrer Natur gemäß versuchte das Papier zu erreichen, um ihre Flamme zu nähren. Die braunen Flecken verdichteten sich. Sie waren schmal, vereinigten sich an einigen Stellen. Sie zeichneten schwungvolle Striche, Linien. Mark zog die Seite weiter durch die flirrende

Luft über der Kerze, und nun war eine dunkelbraune Schrift zu erkennen.

Ruth beugte sich über die Seite und kniff die Augen zusammen. »Es scheint eine Adresse zu sein!«

»Moment noch, gleich habe ich es.«

Vorsichtig testete er außer den drei Zeilen, die sich gebildet hatten, andere Stellen auf dem Papier. Aber nichts passierte. Die drei Zeilen standen direkt unter dem Wort Schloss, dass mit Tinte auf die Seite geschrieben war. Mark zog das Buch von der Flamme weg und beide sahen sich die Zeilen an:

Ankh

R. d. Sarrazene XXIII
Ramat.

»Ich bin mir sicher, dass das eine Straße ist. R.d. wird nichts anderes heißen als Rue du«, sagte Mark »und Ramat, ist vermutlich irgendwo in Marokko oder überhaupt Nordafrika. Was allerdings Ankh bedeutet? Vermutlich eine weitere Abkürzung. Nein, warte mal, wir haben uns über Ankh im Swallow-Hotel in Bristol unterhalten. Stimmt's?«

Ruth nickte. »Ankh ist der ägyptische Name für das Henkelkreuz!«

»Und was war noch gleich mit diesem Henkelkreuz?«

»Ankh ist einer der Zauberstäbe der ägyptischen Gottkönige. Es ist aber auch ein uraltes Weisheitssymbol, das überall auf der Welt wiedergefunden wird. Natürlich hat selbstverständlich die christliche Kirche, sich dieses uralte mythische Zeichen einverleibt. Wie könnte es anderes sein. Es wurde bei ihr das Antoniuskreuz daraus. Aber wichtig finde ich, dass es in sich immer eine Art Einheit bildete. Es ist das Männliche und das Weibliche zur gleichen Zeit. Es steht damit auch für das Leben.«

»Woher weißt du das alles. Du zauberst ja die Weisheit direkt aus dem Hut.«

Sie lachte. Und Mark hatte den starken Drang sie sofort in die Arme zu nehmen und zu küssen. Er wollte in diesem Augenblick zärtlich sein. Er wollte mit ihr schlafen. Jetzt. Er ging auf sie zu. Nahm sie in seine Arme und trug sie aus dem Vorzelt die drei Stufen hoch in den Caravan. Gleich rechts war das Bett. Zwei mal zwei Meter. Zwei Schlafsäcke lagen darauf. Er legte sie quer über die Liegefläche. Sie blickte in seine Augen, ein kurzes unruhiges hin und her der Augäpfel. Sie legte die Arme um seinen Hals, aber er löste sich aus der Umklammerung und knöpfte ihre Bluse auf. Er strich die Bluse über ihre Schultern. Sie ließ sich in das Gefühl fallen. Ihr Atem wurde schwerer. Sie schloss die Augen und küsste ihn. Ihr Körper zitterte leicht unter seiner Berührung. Sie waren nicht mehr zwei unterschiedliche Menschen in dieser Welt, die sich um sie herum verschleierte. Sie waren eins. Sie drückte ihn ganz fest und er schob seine Hände und Arme unter ihre Schultern und drücke sie an sich. Neben ihrem warmen vertrauten Körper sank er in den Schlafsack.

»Ich glaube, ich brauche jetzt ein paar Eiswürfel zum Abkühlen«, murmelte Mark in den Schlafsack. Seine Stimme war nur gedämpft wahrzunehmen.

»Die wirst du hier wohl schwer finden. Soll ich zu unserem Nachbarn herübergeben und ihm zeigen, wie warm es mir ist?«

»Untersteh dich!«

Sie schliefen schnell ein. Beide hatten dieses Gefühl, das man hat, wenn man sich direkt in die warmen und weichen Schlafsäcke hineinfallen lassen will und der Stoff einem umschließt. Sie lagen Rücken an Rücken. Mark drehte sich zum Fenster, das in der Scheibe einen Sprung quer über die gesamte Fläche hatte. Er teilte das Plexiglas in zwei Hälften und das bereits seit Jahren. Irgendwann hatte jemand versucht, den großen Eisschrank in den Wohnwagen zu stellen. Er passte nicht durch die schmale Wohnwagentür und so war er durch das Fenster geschoben worden. Das Fenster schlug herunter und die Plastikscheibe sprang. Da es eine Doppelscheibe war, störte es niemand. Die Scheibe war außen dicht. Eine kleine weiße Wolke kräuselte sich durch den Spalt in der Scheibe. Wie Wasserdampf, der aus einem Kessel entweicht. Zart, fast vorsichtig, drängte eine dünne kleine Rauchfahne durch den Spalt. Mark nahm einen Geruch wahr, der nichts mit dem scharfen Geruch der Politur von der Holztäfelung zutun hatte. Diesem typischen Wohnwagengeruch. Der Geruch war schärfer, beißender. Mark öffnete die Augen einen Spalt und sah, dass der ganze Innenraum des Wohnwagens im Nebel lag. Mark rüttelte Ruth.

»Ruth, Ruth - es stimmt was nicht!«

Ruth wachte auf, sah sich erschreckt um. Jetzt schlugen Flammen an dem Fenster hoch.

»Raus - nichts wie raus!«

Sie griffen nach ihren Jeans und T-Shirts, die vor der Liegefläche lagen, stießen die Wohnwagentüre auf. Beißender Geruch stieg ihnen in die Nase. Vom Vorzelt war nichts mehr zu sehen. Verkohlte Stofffetzen hingen über dem geschwärzten Gestänge und an der rechten Seite des Wohnwagens, wo das Fenster mit dem Spalt war, züngelte jetzt ein Flammenvorhang. »Das Buch - ich muss das Buch holen«, schrie Mark, hielt sich sein T-Shirt vor das Gesicht und stürzte in den Wohnwagen. Die Flammen hüllten bereits die komplette rechte Seite ein. Sie leckten an der Türe. Die Luft um den Wagen wurde unerträglich heiß. Menschen liefen zusammen. Einige holten Feuerlöscher und begannen weißen Löschschaum und Staub in die Flammen zu sprühen. Es war nicht zu erkennen, ob sie helfen wollten oder ob sie nur Angst hatten, dass das Feuer auch auf ihre Wagen übergreifen könnte. Die Wände zerschmolzen. Wie ein sterbender Saurier, der sich vor den Flammen duckte und doch keine Chance hat, sah der immer weiter skelettierte Wagen aus. Die Tür war nun völlig in Flammen eingehüllt.

»Mark! - Mark!«, schrie Ruth.

Die Tür des Wohnwagens schlug auf und mit einem riesigen Satz sprang Mark aus der Tür. Triumphierend hielt er das rote Buch unversehrt in der linken Hand, während er sich mit der rechten immer noch das T-Shirt vor das Gesicht hielt. Fast hätte er einen Camper mit Feuerlöscher über den Haufen gerannt. Er hustete und fiel in die Arme von Ruth.

Nach einer halben Stunde waren die letzten Flammen gelöscht. Es zeigte sich ein merkwürdiges Bild. Die linke Seite mit einem Reifen war völlig intakt, nur eingepudert mit Löschpulver und die rechte Seite praktisch nicht mehr vorhanden. Ein halber Wohnwagen, der zur Seite geneigt war, weil das Gegengewicht der anderen Hälfte fehlte, um ihn in der Balance zu halten.

Hubert Rupterich, der mehrere Wohnwagen besaß, die er in der Saison zu unerträglichen Preisen vermietete, überließ Mark und Ruth seinen letzten freien Wagen für den Rest der Nacht. Sie müssten dafür auch nicht zahlen. Eine halbe Nacht könne er schlecht berechnen. Sie sollten sich von dem Schrecken erst einmal erholen.

Gegen zehn Uhr Morgens klopfte es an der Türe. Mark und Ruth hatten kaum geschlafen. Im Sitzen waren ihnen die Augen für zwei Stunden zugefallen. Ihre Sachen hatten einen scharfen Brandgeruch und erinnerten sie wieder an das, was in der Nacht geschehen war. Es klopfte wieder. Inspektor Boys steckte seinen Kopf in den Türrahmen.

»Es scheint jemand zu geben, der sie partout nicht mag«, sagte er und verzog dabei keine Mine.

Wie kommen sie bloß auf so eine scharfsinnige Feststellung?« antwortete Mark müde und zog die Augenbrauen hoch. Inspektor Boys schob zwei Baguettes durch die Türöffnung.

»Oh - die Polizei, dein Freund und Helfer...« sagte Mark verblüfft.

»Ausnahmsweise, weil sie es im Augenblick nicht besonders einfach haben.«

»Auch noch Mitgefühl, dass ist ja unglaublich.«

Vor dem Wohnwagen stand ein Tisch an dem die Stühle mit den Rückenlehnen geklappt waren, damit die Fledermäuse die Sitzflächen nicht verschmutzten. Der Wagen stand ganz in der Nähe eines Schlafbaumes der kleinen Flattertiere. Bei ihren abendlichen Runden überflogen sie immer wieder den Caravan und den Tisch und hinterließen ihre Visitenkarte. Deshalb war der Wagen selbst in der Hauptsaison schwer zu vermieten.

Mark klappte die Stühle zurück. Ruth ging in den Wagen zurück und kam ein paar Minuten später gekämmt und mit Porzellanbecher wieder heraus. Sie stellte die Becher auf den Tisch.

»Ich mach schnell Kaffee. Es ist ein Glas Nescafé da.«

Mark brach ein Stück Baguette ab.

»Wir haben uns den Wohnwagen heute Morgen angesehen. Es war kein Versehen. Eine brennende

Zigarette, der Gaskocher oder ähnliches«, begann Inspektor Boys

»Vielleicht ein Kurzschluss im Stromkabel?«, überlegte Mark.

»Auch nicht. Wir haben eine zerbrochene Glasflasche unter der rechten Seite des Caravans gefunden. Sie roch noch nach Benzin.«

»Wie soll die denn da drunter gekommen sein. Kein Mensch bunkert Benzin in Glasflaschen unter Wohnwagen.«

»Eben!«

»Sie meinen...« Mit einem Mal wurde Mark klar, was hier passiert war.

»Genau das. Ja. Es scheint Brandstiftung zu sein. Hundertprozentig kann ich das natürlich erst sagen, wenn die Untersuchungen der Feuerwehr und unserer Techniker abgeschlossen sind, aber es gibt für mich keinen Zweifel.«

Inspektor Boys griff nach dem Baguette und brach sich das andere Ende ab. Ruth kam mit dem heißen Wasser in einem Wasserkocher und einem Glas Nescafé aus dem Wohnwagen.

Inspektor Boys sah Mark direkt in die Augen. »Ich finde, dass es einfach zu viele Zufälle sind. Erst dieser Mord an dem Alchimisten Verba und jetzt der Anschlag auf sie beide.«

»Das kann doch auch ein Zufall sein«, warf Ruth ein.

»Ist es genauso ein Zufall, dass sie gestern bedroht worden sind und fast entführt wurden?«

»Woher wissen Sie das denn?«

»Sie müssten doch wissen, dass die Camper sich untereinander als eine große Familie verstehen, wo einer dem anderen hilft. Hinweise gibt es da genug. Und man kann nicht gerade behaupten, dass ein Campingplatz einer der verschwiegensten Orte ist, die man aufsuchen kann.«

Der Kaffee war heiß und Inspektor Boys nippte zwei Mal an der Tasse, verzog das Gesicht. »Wenn es eine Verbindung gibt, dann werde ich sie sowieso herausbekommen. Darauf können Sie gefasst sein«, sagte Boys und es hörte sich wie eine Drohung an. Es sollte wohl auch eine sein. Er stand auf. »Haben sie das Buch gerettet?«

»Ja - glücklicherweise ist es nicht beschädigt worden und ich würde es gerne noch ein wenig behalten, falls die Polizei das erlaubt.«

»Wenn Sie es schon vor einem Brandanschlag retten konnten, wird dem Buch wohl weiterhin nichts passieren. Sie wissen, wo Sie mich finden. Möglicherweise haben Sie mir ja noch etwas mitzuteilen haben. Ich wünsche Ihnen noch einen schönen Morgen.«

Inspektor Boys stand auf, drehte sich um und ging in die Richtung des abgebrannten Caravans. Immer noch stand ein weißer Polizeiwagen neben dem ausgebrannten Gerippe, dazu mehrere Polizisten in Uniform und einer, in einem weißen Overall, der um den Wagen herumlief.

Mark sah Inspektor Boys nach, bis er sicher sein konnte, dass er außer Hörweite war.

»Ich habe nachgedacht. Ich weiß zwar nicht wer den Anschlag auf uns gemacht hat. Ob er gegen dich gerichtet ist, gegen mich oder uns beide zusammen. Aber wir haben das Buch. Und wir sollten selber versuchen hinter das Geheimnis zu kommen.«

Ruth hielt die Kaffeetasse wieder zwischen ihren beiden Händen. Eine Nuance anders als ein Eichhörnchen. Diesmal eher wie ein Erdmännchen einen Keks. Sie pustete vorsichtig in den Kaffee.

»Was willst du damit sagen?«

»Ganz einfach. Wir haben eine Adresse. Sie stand im Buch und wir werden die Adresse suchen. Wir nehmen uns ein Zimmer in dem Bergdorf Ramatuelle und suchen... Ankh!«

»Ankh? Was willst du denn da suchen?«

»Ich denke das werden wir wissen, wenn wir es gefunden haben.«

»Was ist das jetzt wieder? Einer deiner chinesischen Weisheiten?«

»Vielleicht. Es heißt Fragwürdig, unerkannt, dunkel im Dunkeln scheint uns das Tor. Wir müssen darauf zugehen und hindurch schreiten, um es zu erkennen...«

Ruth setzte die Tasse ab.

»Später, später .... lass uns lieber die letzten Sachen, die uns geblieben sind, holen und sie in die Reinigung geben. Sie riechen penetrant nach Rauch. Ein Parfum, das ich nicht tragen will.«

»Okay. Und dann lass uns danach nach Ramatuelle fahren.«

22. Die Botschaft des Druiden

Sie kochte vor Wut, aber es war ihr nicht anzusehen. Sie war wie die hermetisch verschlossenen Dampfkessel, die nur irgendwo eine kleine Anzeige haben. Diese Anzeige erklärt den inneren Zustand. Hätte Barbra Hussin eine solche Anzeige gehabt, der Zeiger würde sich wahrscheinlich um seinen Drehpunkt gewickelt haben. Sie stand vor ihrem Schreibtisch. Sie starrte auf die leere Schreibtischunterlage, nahm ein Papier von der Ablage an der Seite und legte es ganz langsam auf die Unterlage. Sie blickte hoch. Ihre Haare, mit dem zu lang geratenen Pagenschnitt, legten sich wie Scheuklappen links und rechts neben ihr Gesicht.

»Was haben Sie sich vorgestellt, was wir jetzt machen sollen?«, fragte sie.

Die Frage war nicht ernst gemeint, das wusste Ramig, der in der schwarzen Sesselgarnitur versank. Was sollte er sagen? Gröner war ihm entwischt. Die Entführung der Tochter auf dem Campingplatz hatte nicht funktioniert. Der letzte Versuch mit dem Brandanschlag auf den Caravan war ein Fiasko. Er versuchte es mit dem einzigen Erfolg, den es in der ganzen Angelegenheit gab.

»Beim Unfall mit dem Chemiker Verba hat die Polizei keinen Verdacht geschöpft...«, argumentierte er. Hussin kam um den Schreibtisch herum und stellte sich vor ihn.

»Sind Sie da so sicher? Bisher haben Sie doch eine regelrechte Pannenserie geliefert. Es funktionierte doch gar nichts!«

»Ich habe einen Informanten bei der Gendarmerie in St. Tropez und der hat gesagt, dass sie zwar einen Deppen aus Brüssel geholt haben, aber sie würden den Vorgang jetzt zu den Unfallakten legen und schließen.«

»Einen Deppen aus Brüssel ja? Wissen Sie den Namen?«

»Äh ja - der ist Boys.«

»Wissen Sie wer ihr Depp ist, ihr Boys? Das ist Inspektor Stephen Boys von Europol. Das ist der Beamte, der auch im Fall der Chinesen in Dover ermittelt. Er war dabei als dieser Film auf dem Wildscreenfestival in Bristol auftauchte. Er hat den alten Maryborough verhaftet, weil er vermutete, er hätte was mit dem Verschwinden des Alchimisten zu tun. Und Sie glauben dieser Inspektor sei ein Depp und würde keine Schlüsse ziehen. Ihre Ignoranz für die Tatsachen stinkt ja schon zum Himmel.«

Es schien, als ob der Sessel den Sicherheitschef verschlingen würde. Hussin drehte sich um und ging wieder hinter ihren Schreibtisch. Sie setzte sich. Der Sicherheitschef sah aus dem Fenster, als gerade einen Taube vorbei flog und etwas fallen ließ.

»Was sollen wir denn jetzt tun?«, fragte er kleinlaut, was bei seiner Körpergröße fast komisch wirkte.

»Das fragen Sie mich? Sie sollen mir das beantworten. Und zwar schleunigst!«

»Wir könnten uns um den Beamten kümmern...«

»Finden Sie mir Gröner und sorgen Sie dafür, dass er nicht wieder auftaucht. Für niemanden und nirgends. Anschließend kümmern sie sich um den Beamten.«

»Was sollen wir denn...«

»Lassen Sie sich etwas einfallen. Ich will das das Problem gelöst wird und zwar endgültig. Verschwinden Sie und erledigen Sie verdammt noch Mal ihren Job.«

»Wir könnten einen Unfall arrangieren.«

»So wie bei dem Alchimisten? Wo ihnen nachher der Europolmann doch auf die Spur kommt. Da können sie Gift drauf nehmen.«

Hussin spielte mit dem Druckknopf des Kugelschreibers. Es machte ein unangenehmes Geräusch, das sich ständig wiederholte. Ramig wurde nervöser als er ohnehin schon war.

»Er kann uns nicht auf die Spur kommen. Wir haben an dem Wagen des Alchimisten nämlich nichts manipuliert. Wir haben bei ihm keinen Unfall arrangiert. Entweder war er besoffen, als er von der Bergstraße bei Ramatuelle herunterstürzte oder jemand anderes hat seine Bremsen manipuliert.«

»Sie waren das nicht!?« Das Erstaunen in Hussins Gesicht war echt. Sie war die ganze Zeit davon ausgegangen, dass ihr Sicherheitschef wenigstens das Problem gelöst hatte. Nun stellte sich heraus, dass er noch nicht einmal dazu fähig, ja sogar vielleicht noch jemand anderes im Spiel war. »Wenn Sie einen Kontaktmann bei der Gendarmerie in St. Tropez haben, finden Sie heraus ob es ein Unfall war oder nicht. Finden Sie heraus, wie viel Inspektor Boys weiß. Und vergessen sie mir Gröner nicht! Ich will mich nicht ständig wiederholen.«

Der Sicherheitschef schälte sich aus dem Linie-Roset-Sessel und ging zur Türe. Am liebsten wäre er fluchtartig aus dem Raum verschwunden, versuchte aber in normaler Geschwindigkeit den Raum zu durchschreiten. Hussin sah ihm nicht nach. Sie überlegte. Wenn die Geschichte mit Verba in Ramatuelle nun kein Unfall war, wer war noch mit im Spiel? Es konnte eigentlich nur einer dieser arroganten Typen der verschiedenen Regierungen sein. Es gab keine Regierung ohne Geheimdienste und die waren bekanntlich keine Chorknabenvereine. Die meisten Geheimdienste waren dafür bekannt, dass sie nicht lange fackelten, wenn es darum ging, ein Problem aus der Welt zu schaffen. Für den, der den Gravimator als erster besaß, gab es später vielleicht einfach zu viele Mitwisser. Die Abschreckung war ein Punkt, der sicher klappen würde. Die anderen Regierungen würden sich hüten etwas gegen einen Staat zu unternehmen, der eine solche Waffe besaß. Aber es gab eben auch kein Gleichgewicht der Waffenkräfte mehr. Also würden die anderen immer versuchen ebenfalls einen Gravimator herzustellen. Das wiederum konnten sie nur, wenn sie die Kenntnisse von Gravitec S.à.r.l. bekamen. Dazu mussten sie an alle Menschen herankommen, die mit der Entwicklung zutun hatten. Sie quetschten aus ihnen den brisanten Wissenssaft und schmissen die Schale weg. Sie war nutzlos.

Das Telefon klingelte. Die Sekretärin meldete sich. »Verzeihen Sie, dass ich sie störe, aber hier ist ein Bote...«

»Ja und?«

»Er hat ein Paket für Sie und er soll Ihnen das nur persönlich aushändigen und niemand anderem.«

»Lassen Sie ihn rein.«

Es war ein junger Mann in langen schwarzen Fahrradhosen und einer gelben Regenjacke, die hinten zu lang geschnitten war. Funktional bei leicht vorgebeugter Haltung auf dem Rad. Jetzt aber, bei strahlendem Sonnenschein völlig unsinnig. Er trug einen Fahrradhelm unter dem er schwitzte und in den beiden Händen trug er ein Paket von der Größe eines Schuhkartons. Etwas breiter. Es wäre vermutlich für Schuhgröße 85 gewesen. »Sind sie Frau Hussin, Barbra Hussin?« Der Kurier hatte eine angenehme Stimme.

»Ja sicher doch. Stellen Sie das Paket hier auf den Tisch.«

Der Bote stellte das Packet vorsichtig ab. Hussin nahm das Paket und wendete es in alle Richtungen.

»Wer ist der Absender? Auf dem Paket steht nichts?«

»Es wurde mir von einem älteren Herrn am Montmartre übergeben. Er hat bezahlt und gesagt, ich müsse mich beeilen, weil sie bald Büroschluss hätten. Das Paket sollten Sie aber auf jeden Fall noch heute bekommen.«

Der Bote stakste aus der Türe und Hussin befürchtet, dass er mit seinen gespickten Fahrradschuhen, den Teppich ruinieren könnte. Sie konnte aber keine Spuren entdecken. Ihre Sekretärin schloss die Tür und Hussin ging zu dem kleinen Beistelltisch neben der Sesselgarnitur und betrachtete noch einmal das Paket. Braunes Papier war sorgfältig drum herum gefaltet und nirgends ein Absender zu entdecken. Hussin holte ihre Schere vom Schreibtisch und schnitt einen Packpapierzipfel an der Seite ab. Dann an der anderen Seite. Sie wickelte es aus und hob es vorsichtig hoch. Es hatte zwar Gewicht, war aber nicht allzu schwer. Auf dem Deckel stand ein Wort: Tartigny .

»Nie gehört«, murmelte Hussin vor sich hin und öffnete den Deckel. Ein luftdicht verschlossener silberner Beutel kam zum Vorschein. Sie nahm die Schere und schnitt ein Loch hinein. Der stechende Geruch versetzte ihrer Nase einen regelrechten Schlag wie bei einem Reinigungsmittel in dem zuviel Ammoniak ist. Sie hielt sich die linke Hand vor die Nase und mit der anderen öffnete sie den Beutel ganz. Etwas Weißes mit einigen roten Streifen blickte sie an. In dem Karton lag ein Hundekopf. Er war gehäutet und das war noch nicht allzu lange her. Die Kopfhaut war neben den Schädel in den Beutel gelegt worden.

Hussin riss die beiden Fenster ihres Büros auf und schnappte nach Luft. Auf einmal flimmerte es vor ihren Augen. Es begann sich alles zu drehen und es wurde Schwarz.

Sie sank zu Boden.

23. Im Wehrdorf

Beide gingen in den kleinen Haushaltsladen von Ramatuelle, dem einzigen Laden, der voll gestopft war mit allem was man als Mensch sicher nicht braucht oder glaubt zu brauchen. Den Kulturbeutel von Ruth hatte es erwischt. Er hatte den Brandanschlag im Caravan nicht überlebt und so standen sie in dem kleinen Marché und suchten einen Kulturbeutel.

»Que est que vous desiree?«, fragte eine ältere Dame, die in einem geblümten Kittel ohne Ärmel auf sie zugewackelt kam. Ein rosa Träger rutschte ihr von der Schulter.

»Ich suche einen Kulturbeutel und Shampoo«, sagte Ruth.

Die Ladenbesitzerin wackelte um das Regal herum. Ruth erwartete dabei die Marsaillaise aus den Lautsprechern. »Voilà!« hörte sie triumphierend aus einer anderen Ecke des Ladens und sah eine Hand über den Regalen, die einen grauen Beutel hielt. Es dauerte nur Bruchteile von Sekunden, da hörte sie ein zweites »Et voila!« Die andere Hand hielt ein Shampoo in die Luft. Mit den Beutestücken ging sie hinter einen kleinen Holztisch neben dem Eingang. Sie tippte die Beträge in die Kasse. Ruth fand noch eine handgemachte Lavendelseife und eine einfache Bodylotion. Sie stellte beides auf den Holztisch. Mark wartete die ganze Zeit an dem runden Zeitungsständer neben dem Eingang. Er fischte sich eine Le Monde heraus. Sein Französisch war zwar nicht das Beste, aber es reichte um den Sinn der Artikel zu ergründen. Die Feinheiten zwischen den Zeilen entgingen ihm. Was ihn ärgerte, denn er liebte die französische Kultur und besonders die Literatur. Mark zahlte und verstaute die Sachen in seinem kleinen schwarzen Rucksack, in dem er auch das rote Buch deponiert hatte. Er wollte es immer bei sich tragen, nicht mehr aus den Augen lassen. »Mein Rucksack und ich sind ab sofort eine Einheit«, hatte er am Morgen gesagt, als sie Richtung Ramatuelle starteten.

Nach dem Einkauf gingen sie die Straße hoch zum Kreisverkehr wo die alte Ulme stand. Mark und Ruth fanden vorübergehend ein kleines Appartement in einer der schmalen Gassen des alten Wehrdorfes. Ganz in der Nähe war eine Kneipe Bistro littraire. Hierhin verirrte sich kein Tourist. Auf das kleine Zimmer stießen sie eher per Zufall. Sie waren ziellos durch die Gassen gelaufen, um zu sehen, ob irgendwo vielleicht ein Aushang a louer war. Sie fanden ein anderes Schild an einer grünen Tür: liberalisez tibet. Hier wohnten offenbar Aktivisten für die Befreiung Tibets. Die Tür stand auf und es führte gleich dahinter eine geschwungene Treppe hinauf, die in der Dunkelheit verschwand.

»Das liest sich ganz so, als ob hier ein paar Buddhisten wohnen würden. Oder zumindest jemand, der sich für die Buddhisten einsetzt. Also wird er mir vielleicht auch helfen«, sagte Mark. »Bist du denn

Buddhist?«, fragte Ruth. Mark zog eine Mala, eine Gebetskette mit Holzperlen und drei Bernsteinperlen aus seiner linken Hosentasche.

»Man wird so leicht in eine esoterische Ecke gedrängt, wenn man gleich damit lospoltert, dass man dem Buddhismus nahe steht. Aber ich finde es eine äußerst tolerante Philosophie, in deren Namen vor allem bisher noch nie Kriege geführt worden sind. Und das spricht eigentlich für den Buddhismus.«

»Okay - gewonnen. Dann lass uns mal nach Tibet gehen.« Ruth schmunzelte und folgte Mark die Treppe hinauf.

Sie fanden Avram, einen blonden, braungebrannten Franzosen, der schon alles gemacht hat, wie er sagte und der zurzeit als Animateur bei der Morgengymnastik am Strand und am Nachmittag als Divemaster auf der Tauchbasis »Kontiki« arbeitete. Mark und Ruth waren ihm sympathisch und das reichte, um ihnen zu helfen. In der oberen Etage stand noch ein kleines Zimmer leer. Luftmatratzen könne er besorgen, dass wäre kein Problem. Schließlich arbeite er auf einem Campingplatz. Mark lehnte das Matratzenangebot ab. Das Géant Casino, ein großes Kaufhaus auf der grünen Wiese oder besser gesagt auf dem roten Sand, war nur ein paar Kilometer entfernt und dort konnten sie auch zwei eigene Luftmatratzen kaufen. Ruth war froh, nicht auf gebrauchten Matratzen schlafen zu müssen. Avram war froh Untermieter zu haben. So konnte er seine finanzielle Lage ein wenig aufbessern.

Für Mark und Ruth waren das nicht gerade paradiesische Zustände im Licht durchfluteten Südfrankreich, aber es war immerhin besser, als im halbverkohlten Caravan den Sternenhimmel zu bewundern. Zudem wurde es nachts, bei klarer Himmelssicht, empfindlich kühl.

Sie saßen im l'Ormeau und tranken Milchkaffee. Mittlerweile drang die Nachtmittagssonne mild durch die Weinreben über ihnen. Die Terrasse des l'Ormeau war überrankt mit Wein. Die Trauben hingen einem im Herbst tatsächlich vor dem Mund. Man hatte quasi Entscheidungsprobleme, ob man nun Weintraube natur beißen oder einen heißen Milchkaffee frisch aufgeschäumt vom Mâitre zu sich nehmen sollte.

Sie saßen nicht alleine auf der Terrasse. Aber das störte nicht. Absichtlich, dass wusste Mark, würde kein Franzose am Nachbartisch zuhören. Sie hatten den Bogen raus, wie man seine Privatsphäre selbst auf engstem Raum behalten konnte. Sogar im Fahrstuhl. Darüber staunte Mark oft. Sie konnten sich einfach in einen unsichtbaren Kokon einspinnen. Aber es geschah auf eine angenehme Art. Kein arrogantes Abschotten gegen die Außenwelt, sondern ein unauffälliges Zurückziehen in die Privatsphäre.

Ein kleiner Terrier schnüffelte an Ruths Bein. »Wahrscheinlich riecht es nach gut angebratenem Fleisch«, lachte sie.

»Hast du doch etwas abbekommen bei dem Brand?«, fragte Mark besorgt und sah zu dem Hund, der immer noch schnüffelte.

»Iwo. Hab ich nur so gesagt. Mach dir keine Sorgen. Mir ist nichts passiert.«

Der kleine Terrier hob den Kopf und sah Ruth an, dann trottete er zum Nachbartisch. Ein neues Hosenbein. Ruth und Mark blickten ihm nach. Das neue Hosenbein war offensichtlich nicht besonders interessant. Gegen einen intensiven Brandgeruch kam so schnell nichts an. »Das scheint für ihn wie Zeitung lesen zu sein. Hab' ich so im Gefühl«, bemerkte Mark mit Blick auf die kleine Schnüffelnase. Ein neues Hosenbein war in Sicht. Es gehörte zu einem dunkelblauen Anzug. Die Schuhe waren mindestens eine Woche nicht geputzt worden. Der kleine Terrier schnüffelte und fand die Schuhe äußerst interessant. Der Mann schlug die Beine übereinander. Fast hätte der andere Fuß den Kopf des kleinen Terriers gekickt. Ruth wollte Mark gerade sagen, wie rücksichtslos manche Menschen sind. Sie blickte von den Schuhen des Mannes hoch. Er saß zwei Tische weiter und war in die Le Monde vertieft, die er vor sich hielt. Vor der Zeitung stand ein Espresso. Ruth nippte an ihrem Milchkaffee. Irgendwas an diesem Mann kam ihr bekannt vor.

»Ist was?«, fragte Mark, »du siehst nachdenklich aus.«

»Nein - nein.«

Ruth beobachtete über den Rand ihrer Tasse den Mann. Die Schuhe! Sie kannte die Schuhe. Der Mann ließ seine Zeitung auf den Tisch sinken.

Ruth setzte ganz langsam ihre Tasse ab.

»Vater?«

Sie wollte aufstehen aber Thomas Gröner klemmte die Le Monde unter den Arm, nahm seinen Espresso und kam zu ihrem Tisch. Mark sah nur immer wieder Ruth an und dann den Mann in dem blauen Anzug. Erst langsam begriff er. Gröner hatte kaum die Tasse abgestellt, als er Ruth in die Arme nahm. Lange hielten sie sich beide fest. Ruth rann eine Träne aus den Augenwinkeln und sie sagte immer wieder leise »Papa...«.

Die Franzosen um sie herum gaben ihre Privatsphäre auf und blickten zu dem Tisch herüber. Die meisten lächelten und woben sich anschließend wieder in ihren Kokon.

»Wie kommst du hierher?«, fragte Ruth

»Willst du mich nicht erst einmal vorstellen?« Gröner sah Mark an.

»Tschuldigung, natürlich, das ist Mark Bernsen«, sagte sie und wischte sich vorsichtig die Augenwinkel.

»Angenehm«, sagte Gröner und drückte Mark kurz und fest die Hand.

»Wie heißt es so schön in Filmen: Ich habe schon viel von ihnen gehört. Es stimmt aber tatsächlich. Ruth hat mir von Ihnen erzählt.«

»Ich hoffe nur Gutes?«

»Eigentlich schon. Aber die ganzen - sagen wir aktuellen Ereignisse - verwirren sie.«

Ruth löste sich langsam aus den Armen ihres Vaters.

»Du kannst ihm vertrauen.«

Gröner sah sich kurz auf der Terrasse um. Ein weiteres Pärchen, zwei ältere Damen, ein dickbäuchiger Franzose und zwei jüngere Frauen waren an den Tischen. Drei Tische waren jetzt leer. Die Touristen hatten ihren rituellen Milchkaffee und ihre Croissants gegessen. Gröner drehte sich wieder zu Mark und Ruth um. Er schilderte langsam und leise seine Flucht, wie er immer wieder den Sicherheitskräften von Gravitec S.à.r.l. im Büro der Firma, auf dem Flughafen entkommen konnte. Sie hatten ihn gejagt. Durch Paris, durch Frankreich. Es sei auch nicht ausgeschlossen, das sie in Südfrankreich nach ihm suchen würden. Er berichtete von der letzten Nacht auf der Bank über den Dächern von St. Tropez.

»Sie sind schon hier«, sagte Ruth, »gestern haben sie versucht mich zu entführen. Sie wollten wissen wo du bist...«

»Und dann haben sie in der vergangenen Nacht einen Brandanschlag auf unsren Caravan verübt. Die Polizei untersucht den Fall«, sagte Mark.

Gröner schwieg.

»Kannst du mir das alles erklären«, fragte Ruth, »warum das alles? Was hast du angestellt?«

»Ich? ... Ich bin ein Handlanger von Mördern geworden.«

»Wieso das?«, fragte Ruth entsetzt.

»Ich habe der Firma Gravitec S.à.r.l. eine Vernichtungswaffe gebaut. Als Wissenschaftler bin ich genauso dumm gewesen wie Otto Hahn, der nur an die friedliche Nutzung der Atomenergie dachte. Das was ich entwickelt habe, ist noch menschenverachtender.«

Gröner schilderte seine Entwicklungsarbeit im Dom von Gravitec S.à.r.l.. Er erzählte von den vielen Versuchen und den Chinesen, die dabei ums Leben gekommen waren und mit welchem Trick die Firma die toten Chinesen beseitigt hatte. »Ich verstehe nicht, warum keiner die Chinesen untersucht hat. Die Polizei muss doch festgestellt haben, dass mit den toten Körpern etwas nicht stimmte.«

»In der Zeitung stand, sie seien in dem Lastwagen erstickt«, sagte Mark.

»Das ist doch blanker Unsinn und nur die halbe Wahrheit. Sie hätten feststellen müssen, dass sich die Chinesen über einen längeren Zeitraum in einem Schwebezustand befunden haben. Die Knochensubstanz nimmt beispielsweise pro Monat um ein bis zwei Prozent ab. Ein Vierzigjähriger hat nach fünf Monaten den Knochenbau eines Achtzigjährigen, der zudem an Osteoporose leidet. Wasser und Blut steigen in der Schwerelosigkeit aus den Gliedmaßen in den Kopf. Das Gesicht schwillt an. Der Beinumfang geht zurück. Die ganze Muskulatur wird geschwächt. Was ja klar ist, denn ohne Schwerkraft brauchen die Muskeln nicht mehr gegen die Erdanziehung anzuarbeiten ...«

»Das stimmt«, sagte Mark, »ich habe mal einen Bericht in der National Geographic über den Astronauten David A. Wolf gelesen. Er war vier Monate in der Raumstation MIR. Er hatte 40 Prozent Muskelmasse und 12 Prozent Knochensubstanz verloren. Sein Gleichgewichtssinn war auch geschädigt. Er konnte nicht mehr um Ecken gehen, als er wieder auf der Erde war oder nicht mehr vor Wänden und Türen stoppen. Soviel ich weiß, hat er ein halbes Jahr gebraucht um einigermaßen wieder klar zu kommen.«

»Das stimmt. Und all die Symptome sind ja bekannt. Sie sind genauso bei unseren Chinesen festzustellen. Aber offenbar konnte sich die Polizei keinen Reim darauf machen, weil das ein Problem von Raumfahrtunternehmen ist und natürlich nicht von Speditionen. So war es für Gravitec S.à.r.l. risikolos die Leichen, nach dem ersten Unfall im Dom, verschwinden zu lassen. Sie ließen sich das mit dem Laster einfallen, da es einfach zu viele Opfer im Namen der Wissenschaft waren.«

»Hast du denn die Unfälle nicht vorhersehen können?«, wollte Ruth wissen.

Gröner lehnte sich nach hinten und hob die Arme.

»Wie denn? Unsere Berechnungen richteten sich doch nur auf die punktuelle Aufhebung der Schwerkraft. Dass plötzlich ein Loch in die Atmosphäre gerissen wurde, konnte keiner vorausberechnen. Das ist praktisch ein Phänomen, weil der Raum auf dem die Schwerelosigkeit aufgehoben wird eigentlich viel zu klein ist, als das so etwas passieren könnte. Jedenfalls für einen begrenzten Zeitraum. Ich war gegen weitere Tests. Aber die Geschäftsführerin von Gravitec S.à.r.l., Barbra Hussin, bestand auf einer Fortführung und da wollte ich nicht mehr mitmachen.«

»Hättest du nicht einfach kündigen können?«

»Mit dem Wissen um einen Massenunfall und Mord? Außerdem geht es um Milliarden. Alle Staaten der Erde und viele dubiosen Organisationen gaben sich bei Gravitec S.à.r.l. die Klinke in die Hand, um an den Gravimator zu kommen. Es gab keine andere Möglichkeit. Ich konnte nur fliehen.«

Gröner griff in die linke Innentasche seines Jacketts und holte einen orangefarbenen Speicherstick heraus. Er schob ihn auf und ein USB-Anschluss wurde sichtbar.

»Das ist ein Schlüssel. Ein digitaler Schlüssel«, sagte er.

»Und was schließt er auf oder ab?«, fragte Mark.

»Den Gravimator!«, erklärte Gröner fast triumphierend. »Ohne diesen digitalen Schlüssel ist der Gravimator nur ein teurer Transformator, der allenfalls in der Lage ist ein paar Blitze zu erzeugen.«

»Das bedeutet...«

»Genau! Das bedeutet, dass...

»... dass sie jetzt wirklich alle hinter dir her sind«, sagte Ruth.

Gröner ließ die Hand mit dem Speicherstick sinken und steckte ihn wieder in seine Jackentasche.

»Aber nur ein oder zwei Monate. Dann wird man vermutlich den Code geknackt haben.«

Mark spielte mit dem Würfelzucker auf dem Tisch. »Das bedeutet auch, dass wir nur ein oder zwei Monate Zeit haben uns etwas einfallen zu lassen, um Gravitec S.à.r.l. hochgehen zu lassen. Und den Gravimator unschädlich zu machen.«

24. Die Unterwelt

Nachdem sie durch das Tor neben der Kirche gegangen waren, kam schon die erste entscheidende Frage: Links herum oder rechts herum? »Das ist doch völlig egal«, sagte Mark »dieses Bergdorf ist wie eine Festung gebaut. Hier geht sowieso alles im Kreis.«

Er hatte Recht. Das Bergsdorf Ramatuelle war als Wehrdorf gegen die Sarazenen gebaut worden. Die Einwohner hatten sich hoch oben auf den Felsen die Häuser gebaut und alle Gebäude zusammen bildeten die Wehrmauer des Dorfes. Einfach aber genial. Eine zusätzliche massive Steinmauer konnten sich die Bewohner sparen. Mark, Thomas Gröner und Ruth waren durch das Haupttor in die schmale Gasse des Wehrdorfes gegangen.

»Also gut«, sagte Ruth, »dann gehen wir links herum.«

Es war früher Morgen. Die Sonne hatte sich noch nicht vom Horizont völlig gelöst und so es war noch nicht so heiß. Sie hatten sich am Abend zuvor für den nächsten Morgen verabredet. Treffpunkt war die alte Ulme. Gröner hatte im Zimmer von Avram geschlafen und Ruth und Mark waren noch einmal in den Wohnwagen von Vermieter Hubert Rupterich gegangen. Es sollte nur für eine Nacht sein. Sie sagten, sie müssten für die Polizei noch einmal auf den Platz kommen. Hubert Rupterich hatte ihnen die Geschichte abgenommen und zeigte sich aufdringlich zuvorkommend. Mit der Polizei wollte er nichts zutun haben. Er wollte nicht negativ auffallen. Früher hatte er einmal in Koblenz gelebt und war im Zuhältermilieu bekannt gewesen. Ein kleines Licht, ein Wasserträger. Auf dem Campingplatz hatte er sich eine neue, eine anständige Existenz aufgebaut.

Leise gingen sie durch die enge Gasse des Wehrdorfes. Sie wollten keinen der Bewohner zu dieser frühen Morgenstunde wecken. Es war eine angenehme Tageszeit und Gröner wunderte sich, warum nicht mehr Franzosen, die frühen Stunden nutzten. Sie wussten nicht wonach sie eigentlich suchten. Mark hielt das rote Buch Die Chymische Hochzeit fest in der Hand. Es gab die Adresse Ramat. an. Dies war lediglich eine neue Vermutung von Mark, dass es sich dabei auch um die Adresse aus Ramatuelle handeln könnte und nichts mit Marokko zutun hatte, wie er zunächst dachte. Die anderen Beiden stimmten dem zu. Ein Versuch war es wert. Es gab zu diesem Zeitpunkt sowieso keinen anderen Anhaltpunkt. Thomas Gröner war vor allem froh, dass er sich mit seiner Tochter auf die Suche machen konnte. Wonach und wohin war ihm zu diesem Zeitpunkt egal.

Sie kamen an einem kleinen Ledergeschäft vorbei, das aber um diese Tageszeit noch seine hölzernen Schlagläden geschlossen hielt. Im Bogen gingen sie hintereinander durch die schmale Gasse. Der Boden war mit alten abgetragenen Basaltsteinen gepflastert.

Vögel sangen der Sonne entgegen. Sie trauten sich aber nicht in die Gasseschlucht, in der nur der Schatten sich wohl fühlte. Sie schossen lieber wie kleine Pfeile durchs Licht. Gröner fragte sich, ob es in diesen Gängen überhaupt hell werden konnte und ob die, die hier lebten, nicht zur anderen Seite des Berges hinunter sprangen, wenn sie etwa zehn Jahre in den dunklen Häusern verbracht hatten. Wie konnte die Menschen das aushalten in einer Landschaft, in der die Maler wegen der Farben der Landschaft betrunken waren. Und die Einwohner von Ramatuelle lebten auf oder in der Schattenseite der Provence.

Die Gasse wurde etwas breiter und ein kleiner, winziger Platz versuchte sich zwischen den engen Mauern Platz zu schaffen. Der kleine Kunstgewerbeladen an dem Platz zeigte Keramikbienen, Töpfe und Honig in der Auslage, die nur im unteren Teil ein wenig erhellt wurden. Die Gasse schwenkte um den kleinen Laden herum. Etwa in der Mitte führte eine gepflasterte Gasse weiter nach unten.

»Seht mal hier«, sagte Mark, der neben dem kleinen Laden stand und mit der Hand über den hellen Putz der Fassade strich. Er legte sein Ohr an die Wand.

»Hörst du provenzalische Wandzikaden beim Schnarchen zu oder was veranstaltest du da«, fragte Ruth und zog die Augenbrauen hoch.

»Ich horche nicht die Wand ab. Hier ist ein ganz kleines Relief zu erkennen. Komm doch mal her und sieh es dir selbst an.«

Mark winkte den beiden zu.

Ruth stellte sich neben Mark und konnte kleine feine Kerben im Putz erkennen. Sie waren aber mit Sicherheit nicht in den Putz geritzt worden, sondern zeigten sich durch den dünnen Kalkputz hindurch. Sie mussten auf dem darunter liegenden Mauerwerk sein.

»Hat einer von euch ein Stück Papier dabei?«, fragte Gröner.

Mark holte aus seinem Rucksack seinen Terminkalender Filofax und riss ein Blatt Papier heraus.

»Kann ich auch den Bleistift haben?«, fragte Gröner weiter.

Mark gab ihm den Stift und Gröner ging zur Wand, nahm das Papier, hielt es an die Wand und rieb mit dem Bleistift darüber. Er entstand ein Bild von einem Insekt: eine Biene. Die Abbildung einer ganz ordinären Biene. Kein Geheimzeichen, kein verschnörkelter Pfeil oder das Signet eines Templerordens.

»Okay«, sagte Mark«, es ist nur eine Biene. Vermutlich von dem Keramikladen. Ein altes Relief bevor es renoviert wurde.«

»Vermutlich«, schmunzelte Ruth und sah ihn von unten nach oben an. Dabei legte sie ihre Stirn in Falten. Bei diesem Dackelblick konnte Mark ihr nicht böse sein, obwohl er sich schon ein wenig veräppelt vorkam.

Sie beschlossen den Weg nach unten zu nehmen. Nach zwanzig Meter Fußweg zeigte Mark nach oben zur Wand.

»Schon wieder?«, fragte Ruth und summte wie eine Biene.

»Nein sieh nur!«

An der Hauswand stand Rue du Sarrasin. Sie waren in der richtigen Gasse.

Sie gingen nun langsamer, fast vorsichtig, als könnten sie auf etwas Zerbrechlichem treten. Sie blickten sich um, beobachteten die Wände. Eine Eidechse huschte über die Wand. Sie suchte die Sonne, um Wärme zu tanken.

»Kann irgendeiner eine Hausnummern entdecken?«, fragte Gröner.

»Welche war es noch in dem Buch?«, fragte Ruth

»Dreiundzwanzig«, sagte Mark und sah in jede Nische der Wand, als ob sich darin die Hausnummern ducken würden, um nicht entdeckt zu werden.

»Hier - hier ist eine: Achtzehn!« Ruth hatte über einer renovierten, klar lackierten Holztüre eine Keramikkachel mit einer blauen Achtzehn entdeckt.

»Nicht gerade Delfter-Porzellan, aber genauso schön Blau«, sagte Mark und fing sich dabei wieder einer dieser unnachahmlichen Blicke von Ruth ein. Der Dackelblick par excellence.

»Die Dreiundzwanzig muss auf der anderen Seite der Gasse sein, wenn hier die geraden Zahlen sind.«

Sie gingen vorsichtig weiter an den Hauswänden vorbei, als hätten sie Angst, die Hausnummern zu verscheuchen. Sie kamen immer weiter die Gasse herunter. Der Putz an den Fassaden änderte sich. Mal war er in einem dunklen Rot, dann wieder Rosé um anschließend einer Ockerwand zu weichen. Sie kamen auch an Türen und Fenstern vorbei. Aber keiner dieser schmalen Eingänge zeigte irgendeine Hausnummer.

»Wir werden sie abzählen müssen. Hier ist nichts. Nirgendwo steht eine Zahl«, sagte Gröner. Er konnte das nicht verstehen. Der Postbote musste doch einen Anhalt haben, wohin er die andere Rechnung stecken konnte.

»Nichts - rein gar nichts«, sagte Ruth.

»Das ist doch kein Problem. Das kriegen wir raus.« Mark schien sehr zuversichtlich. Er ging die Gasse zurück bis zu der Tür, die die Hausnummer Achtzehn auf der anderen Seite hatte. Jetzt kam er wieder auf Gröner und Ruth zu.

»Einundzwanzig, Dreiundzwanzig«, sagte er und blieb vor einer verwitterten kleinen grünen Holztüre stehen.

»Voilà - die Nummer Dreiundzwanzig.«

Die Tür sah nicht so aus, als könnte sie ein Geheimnis bergen. Sie war neben einem alten Fallrohr der Wasserrinne. Das Rohr war nicht dicht und so hatte das Regenwasser im freien Fall Spuren auf dem Putz und auf der Türe hinterlassen. Sie war ihnen vorhin nicht aufgefallen, da die Tür gerade mal so hoch war, dass sie Mark bis zur Brust reichte. Als eine tatsächliche Eingangstüre hatte niemand diesen Verschlag angesehen. Aber es musste die Türe sein. Mark drückte mit der flachen Hand dagegen. Sie knarrte kurz, gab aber nicht nach. Er hockte sich vor die Tür und konnte an der verwitterten Kante des Holzes einen Metallriegel an der Innenseite erkennen. Er nahm sein Schweizer Taschenmesser aus einer Seitentasche seines Rucksacks heraus und versuchte mit der Klinge den Riegel hochzuheben. Die anderen beiden sahen die Gasse herauf und herunter, aber niemand war zu sehen. Alle Schlagläden vor den Fenstern waren noch geschlossen. So dass sie einigermaßen sicher sein konnten, nicht beobachtet zu werden.

Es schlug Metall auf Metall. Es hörte sich so an, als sei ein Hammer auf einen Amboss gefallen. Es kam den Dreien jedenfalls so vor, als Mark den Riegel mit einem Schwung hochhob und er im Halbkreis auf der anderen Seite aufschlug. Auf etwas unangenehm Metallisches. Laut. Es hallte scheinbar unaufhörlich durch die Gasse. Mark stand sofort auf und nahm seine Fotokamera aus dem Rucksack. Er tat so, als würde er fotografieren. Aber die Vorsichtsmaßnahme war unbegründet. Es regte sich nichts hinter den hölzernen Schlagläden. Mark steckt seine Kamera wieder in den Rucksack und holte stattdessen eine kleine Meglite heraus. Diese Minitaschenlampe mit ihren LEDs produzierte einen Lichtkegel, den ihr keiner zutrauen würde.

»Sag mal - hast du etwa auch noch einen Klappspaten in deinem Rucksack?«, flüsterte Ruth. Mark schmunzelte.

»Man muss eben auf alles gefasst sein in der heutigen Zeit. Im Leben sowieso.«

Mark drückte die Tür auf, zog den Kopf ein und verschwand. Dann zwängte Gröner sich und schließlich Ruth hinein. Mark zog die Tür von innen wieder zu und leuchte kurz auf den Riegel, um ihn schließlich wieder in die Arretierung zu legen. Die Tür war wieder verschlossen. Mark schaltete seine Meglite aus und es dauerte eine Weile, bis sie sich an das Dämmerlicht gewöhnten. Langsam waren die Konturen des engen Raumes zu erkennen. Es war ein quadratischer Raum. Eine steinerne geschwungene Treppe führte hinauf. Kein Licht fiel am Ende der Treppe nach unten.

»Sollen wir da hinaufgehen?«, fragte Ruth ganz leise. Ihre Stimme riss die anderen beiden aus ihren Gedanken.

»Warum leuchtest du mit deiner Taschenlampe nicht mal nach oben?«

»Weil ich die Batterien schonen will. Wer weiß, wie oft wir sie noch brauchen«, antwortete Mark und setzte seinen Fuß vorsichtig auf die erste Stufe.

»Hier ist seit Jahren keiner mehr gewesen«, stellte Gröner fest. Die Stufen der Treppen waren mit einer dicken Staubschicht überzogen. Eigentlich hätte er auch erwartet, dass er durch einen Spinnwebenvorhang müsste. Aber der fehlte. Man sollte eben nicht alles für Wahrscheinlich halten, was man in Filmen sieht, dachte Mark. »Bleibt ihr unten, ich sehe mal nach«, sagte er und tastete vorsichtig die Stufen hoch. Die Treppe schraubte sich in zwei Windungen mit den engen Stufen hoch und dann stand Mark wieder vor einer Holztüre. Sie wirkte wie die Eingangstüre zu einer

Wohnung, die der Vermieter bewusst hat leer stehen lassen, um die Preise zu erhöhen. Sie war seit Jahren verlassen. Niemand hatte mehr seinen Fuß über diese Schwelle der Türe gesetzt. Das schwere Holz knarzte und ächzte als Mark sie aufschob. Das Licht schmerzte stechend in den Augen, sie waren schon zu sehr an die diffuse Dunkelheit gewöhnt. Mark tastete sich in das Zimmer vor. Es war leer. Auf der gegenüberliegenden Seite durchbrach ein schmales Fenster die klobige Wand, das eher einem Schießschacht glich. Es hatte die gleiche Form, nur ein wenig breiter. Vielleicht würde ein kleiner Kopf hindurchpassen, ohne stecken zu bleiben, dachte Mark und erinnerte sich an den Schmerz, den er an den Ohren verspürte, als er als kleines Kind einmal den Kopf durch die Stäbe eines Treppengeländers steckte. Seine Mutter konnte ihn nur mit Mühe und er unter Ohrenschmerzen wieder herausziehen. Es war ihm immer ein Rätsel geblieben, warum der Kopf, sein Kopf, nachdem er ihn ohne Probleme durch die Stäbe gezwängt hatte, offenbar anschwoll. Eine andere Erklärung konnte es nicht geben, warum der Rückzug durch die Stäbe kaum noch möglich war. Bei dem Fensterschacht vor ihm, hätte aber keiner versucht den Kopf hindurch zu stecken. Die Fensterscheiben waren zerbrochen und die warme Luft verdrängte schon die kalte Luft der Nacht. Mark blickte durch das Fenster. Es musste die Außenmauer des Bergdorfes sein. Jetzt war ihm klar, warum das Fenster einem Schießschacht glich. Es war genau für diesen Zweck gedacht. Wer hier oben saß, hatte die Kontrolle.

Tief unten war der Strand von Pampelonne auf der Halbinsel von Saint Tropez zu erkennen. Es waren noch die milden Farben des frühen Morgens und nicht die Härte des Lichts in der Mittagssonne ohne Schatten. Die kleineren flachen Hügel zeigten weiße Pestbeulen. Häuser, alle mit Blick auf das Meer. Sie zerbröckelten das Natur-Panorama. Von unten hörte Mark scharrende Geräusche. Er ging zurück zur Treppe und musste sich erst wieder an die Dunkelheit gewöhnen. »Und?«, fragte Gröner

»Nichts. Wenn hier mal jemand gewohnt hat, dann ist das verdammt lange her. Hier werden wir nichts finden. War wohl ein Irrtum.«

»Wäre ja auch zu schön gewesen«, sagte Ruth »stell dir vor wir hätten das Geheimnis des Grafen St. Germain oder Gabalais gelüftet. Wir hätten bewiesen, dass er hier gelebt hat. Oder wir hätten alte ägyptische Schriften gefunden. Das wäre glatt eine Weltsensation.« Sie drehte sich von der Treppe weg, auf der Mark noch stand und wollte zu der kleinen Tür gehen, die nach außen auf die Gasse führte. »Was machst du denn?« sagte Gröner überrascht, der Ruth gerade noch auffangen konnte. Sie war gestolpert. Aber sie war nirgends hängen geblieben. Es stand auch aus dem Boden nichts hervor, keine Unebenheit oder eine Bodenfliese, die sich gelöst hatte. »Das war gerade«, sagte Ruth, »als ob ich mit dem rechten Fuß über einen Radiergummi laufen wollte und dann hängen geblieben bin.«

Ruth trug Schuhe mit Gummisohlen. Bordeauxrote Schuhe, die ein wenig aussahen als wären sie eigentlich fürs Bowlingspielen gedacht. Sie hatte mit diesen Schuhen schon mal Probleme, wenn sie über Parkett ging und eine Stelle erwischte, die nicht poliert war. Es quietschte und sie stolperte. Aber dieser kleine dunkle Raum hinter der Tür konnte wohl kaum mit Parkett ausgelegt sein. Mark leuchtete mit seiner Meglite auf die Stelle, an der Ruth mit ihrem Schuh gebremst unfreiwillig worden war. Ihr Schuh hatte eine Schneise in die Staubschicht gezogen. Ein Metallstreifen wurde sichtbar. Er war in den Boden eingelassen und seine Oberfläche war stumpf. Mark wischte den Staub mit der Hand beiseite. Der Metallstreifen sah jetzt aus wie ein großes 'T'.

»Was ist das?«, fragte Gröner

»Keine Ahnung.« Mark wischte mit der Hand oberhalb des Querbalkens und ein Metallkreis kam zum Vorschein, der auf dem T ruhte.

»Wisst ihr was das ist?«, fragte Ruth, »das ist das Zeichen Ankh. Das ägyptische Zeichen Ankh.«

»Genau wie es im Buch stand. Die Adresse in dem Buch der Chymischen Hochzeit. Wir sind richtig. Wir haben es gefunden!« Gröner sah auf das Zeichen am Boden. Jeder fühlte sich so, als ob bei der Ziehung der Lottozahlen nur noch eine Zahl zur Million Euro fehlt und genau die Kugel, mit der letzten richtigen Zahl in den Zylinder fällt.

»Und was fangen wir nun damit an?«, fragte Ruth und hielt den Blick fest auf das Metall gerichtet, als wolle sie das Zeichen festhalten.

»Es muss hier eine Lösung dafür geben. Vielleicht ein versteckter Raum hinter einer Geheimtür. Darin waren doch auch die Ägypter ganz große Experten und hier in einem Wehrdorf gibt es bestimmt geheime Gänge und Räume. Die gab es immer. Wir müssen nur den Eingang finden.« Mark knipste die Taschenlampe wieder aus, um Batterien zu sparen.

»Wie sollen wir den Eingang finden, wenn du das Licht ausmachst«, sagte Ruth.

»Lass uns die Wände abtasten. Es muss etwas geben, mit der sich eine Tür öffnen lässt«, bemerkte Gröner. Aber es gab nichts. Die drei tasteten in der Dunkelheit vorsichtig die Wände ab. Jeden Zentimeter. Die Wände waren einmal verputzt gewesen. Im Laufe der Jahre war der Putz an vielen Stellen vom Mauerwerk gelöst. Immer wieder griffen sie in eine Öffnung des Putzes und fingerten darin herum. Es gab dabei aber nur ein Ergebnis: der Putz bröckelte noch mehr ab. In dem Raum wurde es heiß. Die Sonne war weiter gestiegen und draußen vor der Türe waren Stimmen zu hören. Nicht nur französische, auch deutsche und englische Wortfetzen drangen zu ihnen. Die Touristen auf Sightseeing. Mark setzte sich auf die Treppe. Er stützte seine Hände auf und schnaufte.

»Haben wir eben Pech gehabt. Hier gibt es keinen geheimen Eingang.«

»Und wozu dann das Zeichen Ankh auf dem Fußboden«, sagte Ruth und wischte sich die Hände, um den Putz loszuwerden. Ihrer Hände mussten kalkweiß sein, aber das war in dem dunklen Raum nicht zu erkennen.

Gröner kniete sich hin. »Leuchten Sie doch noch einmal auf das Zeichen.«

Mark nahm seine Meglite und hielt den Lichtstrahl auf das Metall im Fußboden. Gröner strich mit den Fingern über das Metall. Er legte seinen Kopf seitlich auf den Boden und kniff ein Auge zu. Vorsichtig strich er mit der Fingerspitze des Zeigefingers über die Rundung an der oberen Seite des Zeichens.

»Geben Sie mir noch einmal ihr Messer«, sagte er zu Mark.

Der gab Ruth die Taschenlampe, die sie weiter gebannt auf das Zeichen im Boden hielt. Mark klappte die Klinge des Schweizer Messers aus und gab es Gröner. Vorsichtig kratzte er damit unter dem Ring. Rundherum zog er eine kleine Furche. Schließlich nahm er die Klinge und setze sie außen an und drückte nach oben. Der Ring gab nach. Er bewegte sich nach oben. Aber nur der Ring. Der Rest des Zeichens blieb im Boden. Nun konnte Gröner den Ring ganz nach oben klappen. Er blickte triumphierend hoch. Ruth und Mark schienen die Luft anzuhalten. Mark fing sich als erster.

»Das Zeichen selber ist die Lösung.«

»Ja«, bestätigte Gröner, »das ist ganz offensichtlich ein Griff!«

Gröner stellte sich so auf, wie man vorschriftsmäßig und rückenschonend schwere Lasten hebt und zog an dem Griff. »Warten Sie, ich helfe Ihnen.« Mark stellte sich neben Gröner und zog ebenfalls an dem Griff. Eine Klappe wurde sichtbar und mit einem lauten Getöse schlug die Bodenklappe auf und die beiden saßen auf dem Boden.

»Eine Treppe! Da ist eine Treppe!« Ruth leuchtete mit der Taschenlampe in ein schwarzes Loch im Boden. Die Steintreppe war nicht gewunden, wie die Treppe im oberen Raum. Sie führte schnurgerade hinunter. Die letzten Stufen verloren sich im Pechschwarzen. »Einen Lichtschalter brauche ich wohl nicht zu suchen«, sagte Mark. Der Boden der Treppe war nicht zu sehen. Im Schein der Taschenlampe konnten sie nicht ausmachen, wie tief es hinunterging. »Sollen wir?«, fragte Ruth.

»Zumindest sollten wir bis zum Ende der Treppe gehen, vielleicht ist es ja nur der Vorratsraum der Menschen, die hier früher einmal gewohnt haben«, sagte Gröner.

»Vater! Das glaubst du doch selbst nicht.« Ruth wurde von einer Sekunde zur anderen wieder zu einer kleinen trotzigen Tochter. Mark stieg als erster hinab, danach folgte Gröner und zum Schluss Ruth. Ganz vorsichtig tasteten sie sich von Stufe zu Stufe weiter. Die Wände waren trocken. Sie bestanden aus großen gehauenen Steinblöcken. Je weiter sie die Treppe hinunter kamen, umso mehr wurden die Blöcke von behauenem Felsen abgelöst. Dieser Gang in die Tiefe, schien in den Fels geschlagen zu sein. Als sie am

Boden ankamen, waren die Wände nur noch aus purem Fels. Die Temperatur war angenehm. Trotzdem bekam Ruth eine Gänsehaut.

Der Lichtkegel von Marks Taschenlampe erfasste eine Hand.

Eine riesige Hand, die aus der Wand herausgemeißelt worden war. Sie war zu einer Faust geballt und doppelt so groß wie eine normale Menschenhand. Marks Taschenlampe erfasste noch eine zweite Hand gleich daneben. Sie gehörten zu einer Statue an der rechten Wand. An der Stelle, wo die Treppe aufhörte. Die Füße waren mit einer Mischung aus Staub und Sand bedeckt. Die Statue bildete einen Mann ab. Er trug lediglich ein Tuch um die Hüften und die Arme waren über der Brust verschränkt. In der einen Faust hielt er einen Stab, der am Ende eine offene Öse hatte, in der anderen Faust hielt er eine Art Dreschflegel. Seine Gesichtszüge waren fein, fast zart. Er trug einen Bart, der am Kinn zusammengebunden war. Auf dem Kopf der Statue befand sich eine Tiara, wie der Papst sie trägt.

»Das ist Osiris«, sagte Ruth verbüfft.

»Osiris?«

»Die Ägypter glauben, dass jeder tote König zunächst einmal zu Osiris wird, weil Osiris die Herrschaft des Totenreiches angetreten hat.«

»Was macht er denn ausgerechnet hier? Wir sind in Frankreich!« Marks Stimme überschlug sich fast.

»Die Frage kann ich dir nun auch nicht beantworten. Es sei denn, dass hier wäre eine ägyptische Totenkammer.«

»Lass die Scherze«, sagte Mark und schwenkte mit der Taschenlampe von der Statue weg in den Gang. Ein weiterer Osiris tauchte im Schein auf. An der gegenüberliegen Seite. Er unterschied sich nicht von dem Osiris, den sie zuerst entdeckt hatten. Im Abstand von zehn Metern gab es zwei weitere Statuen links und rechts an der Wand. Auch sie glichen den anderen beiden bis auf jede einzelne eingemeißelte Kerbe.

»Wo sind wir hier?«, fragte Gröner.

»Das weiß ich auch beim besten Willen nicht«, antwortete Mark, »wenn ich nicht wüsste, dass ich in Südfrankreich bin, in einem kleinen Bergdorf, dann würde ich sagen...«

»Du wärst in einer Pyramide«, fiel Ruth ihm ins Wort. Es entstand Totenstille.

»Lass uns umkehren und später bei einem schönen Glas Rotwein darüber nachdenken, was wir hier unten überhaupt wollen«, sagte Gröner in die Stille hinein, der mit dieser Bemerkung die unwirkliche Situation auf eine entspannte Ebene heben wollte. Denn was sie gefunden hatten, konnte nicht sein. Auch Mark wollte so schnell wie möglich aus dieser unwirklichen Anspannung entfliehen. »Keine schlechte Idee«, antwortete er.

Als sie in Richtung Treppe gehen wollten, sahen sie einen hellblauen Lichtstrahl aus der Tiefe des Ganges auf sie zukommen.

25. Gendarmerie St. Tropez

Er stand am Fenster und sah hinaus auf den großen Parkplatz und den neuen Hafen in der Bucht des Golfes von St. Tropez. Vor der Gendarmerie staute sich mal wieder der Verkehr. Es war die Zeit der Touristenströme. Sie fielen ein und bildeten eine Patina aus bunten T-Shirts und knallbunten Baseballkappen und verdeckten den Charme des kleinen pastellfarbenen Fischerdorfes. Inspektor Boys war trotzdem froh, dass sich sein Fall in den Süden Europas verlagert hatte. Die warme Sonne war ihm lieber als der Nieselregen Englands. Seine Gedanken aber kreisten immer noch um die britischen Inseln. Er hatte den Bericht des englischen Pathologen auf seinem Schreibtisch liegen und den Bericht der Kollegen aus Köln, der die Spurensuche im Labor des Bruno Verba abgeschlossen hatte. Für die Kollegen war der Fall mit dem Autounfall in Ramatuelle erledigt.

Nur - es war kein Unfall.

Es musste sich noch irgendein Hinweis finden lassen. Irgendeine Spur, eine Gemeinsamkeit zwischen Verba und ... und wem? Inspektor Boys setzte sich an den Schreibtisch, den die französischen Kollegen ihm zur Verfügung stellten, solange er in St. Tropez ermittelte. Er blätterte in dem Ordner. Die Verbindung des Ermordeten zu Maryborough war klar. Er hatte diesen britischen Kauz in England selbst verhaftet, verhört und dann wieder laufen lassen, weil er ein Alibi vorweisen konnte. Es musste noch jemanden geben. Es war eine Mischung aus Erfahrung und Intuition, die wahrscheinlich alle Kriminalen im Laufe der Zeit entwickeln. Er sah aus dem kleinen Fenster auf den zähflüssigen Strom bunter Tupfer. Vielleicht war es ein Studienkollege Bruno Verbas aus früheren Zeiten, überlegte Boys. Er holte sich noch einmal den Ordner mit dem Untersuchungsbericht der Kripo Köln hervor.

»Der offene Tresor«, sagte er zu sich »das verschwundene Buch, was nachher bei dem Ermordeten gefunden wurde...« Er schüttelte den Kopf. »Nichts...«

Er blätterte noch einmal den Bericht durch. Er musste etwas übersehen haben. Wer hatte ihn gefunden? Die Reinemachefrau, eine Philippinin, Letlet, hieß sie. Ihre Zeugenaussage ist gleich aufgenommen worden, als die Kölner Kripo eintraf. Seit fünf Jahren habe sie schon sauber gemacht, hieß es in ihrer Zeugenaussage. Nie sei etwas unordentlich gewesen. Aber jetzt - sie habe gleich die Polizei angerufen.

»Wo stehen denn die Personalien - ah da«, murmelte Inspektor Boys.

Er griff zum Telefon und wählte die 0049 für Deutschland und eine weitere Nummer. Der Privatanschluss hatte eine vierstellige Nummer. Das fand er ungewöhnlich, da sonst die Anschlüsse mindestens sechsstellig waren. »Sicher eine Kleinstadt«, sagte er.

»Wer ist dort? Kleinschmidt?«, hörte er eine Frauenstimme am Telefonhörer.

»Nein - Tschuldigung. Hier ist Inspektor Stephen Boys von Europol. Spreche ich mit Frau Letlet Schmitz?«

»Ja, am Apparat...«

»Ich komme noch einmal auf den Fall Verba zurück. Ich habe ihre Zeugenaussage gelesen und...«

»Ich habe alles dem Beamten gesagt, was ich weiß«, sagte sie schnell.

»Ja - aber Sie kennen das doch sicher aus dem Fernsehen, wenn der Kommissar noch mal eine Frage hat. Er geht dann zur Tür, will eigentlich hinausgehen, fasst sich dann aber an den Kopf und dreht sich noch einmal um. Im wirklichen Leben ist es auch so. Ich bin ebenfalls so ein Inspektor wie im Fernsehen und der hat auch noch eine Frage.«

Sie kicherte leise.

»Ja - verstehe. Tragen Sie auch so einen verknitterten Mantel wie Colombo?«

»Äh - nein.«

»So, so.«

»Sie waren doch fünf Jahre bei Herrn Verba, ist Ihnen da jemand aufgefallen, der ihn immer besuchte, ein Freund, ein Bekannter?«

»Ich habe doch nur vormittags sauber gemacht.«

»Er wird irgendwann mal Besuch bekommen haben, wenn Sie sauber gemacht haben.«

»Da war nur einer... der Doktor. Sie lachten immer viel.«

»Wer war das? Ein Arzt?«

»Nein - so ein Doktor nicht. Ich weiß nicht.« Eine kurze Pause entstand.

»Können sie sich vielleicht an den Namen erinnern?

»Hatte was mit einer Farbe zu tun. Grüner, ja Grüner hieß er, nein Dr. Gröner.«

»Dr. Gröner – sind Sie sicher?«

»Ja - ganz bestimmt.«

Mehr wusste Letlet Schmitz nicht. Inspektor Boys sagte ihr noch, dass er eventuell später noch eine Frage dazu habe, bedankte sich für ihre Hilfe und legte den Hörer auf.

Er fand eine äußerst hilfreiche Sekretärin an der Universität zu Köln. Sie war schon länger an der Universität tätig und konnte sich sogar an Dr. Gröner erinnern. Inspektor Boys fand das ungewöhnlich. Sie nicht. Gröner sei ein hervorragender Mathematiker gewesen, der immer wieder durch seine Lösungen, die international Aufsehen erregten, auf sich aufmerksam machte. Inspektor Boys war davon überzeigt, dass man eigentlich nicht mehr als rechnen kann. Das sei ein Irrtum, dem viele Menschen erlägen. Sie begann zu schwärmen, erzählte davon wie Gröner ganz nahe an der Lösung von Pierre de Fermats letztem Satz war. Sie wisse auch nicht so genau was das sei, habe irgendetwas mit dem Satz des Pythagoras zu tun, $a^2 + b^2 = c^2$, aber schließlich sei ihm ein gewisser Wiles zuvorgekommen. Eine Schande sei das gewesen. Daran konnte sie sich noch gut erinnern. Danach habe er sich um das alte Ägypten gekümmert. Da gäbe es noch genug Rätsel. Ungelöste verstehe sich.

»Arbeitet er denn immer noch an der Universität?«, wollte Boys wissen.

»Nein - er ist nach Frankreich gegangen, wohin genau weiß ich nicht. Nach Paris glaube ich.«

Inspektor Boys bedankte sich und gratulierte für das gute Gedächtnis, dass man wohl bekomme, wenn man sich für die Mathematik interessiere. Die alten Ägypter hatten allerdings nicht allzu viel mit der Mathematik zu tun. Das waren doch eher die Araber und die Inder, denen wir die Zahl Null verdanken. Vor allem die Araber führten die Mathematik im Mittelalter ein. Mathematische Rätsel konnte Gröner also in Ägypten nicht gesucht haben. Höchstens vielleicht, ob die Berechungen der Pyramiden etwas Mystisches an sich hatten. Es musste eine andere Verbindung geben. Verba interessierte sich offenbar für die Alchimie, sonst hätte er nicht so ein klassisches alchimistisches Labor und Gröners Interesse konzentrierte sich nach der mathematischen Schlappe für Ägypten. Beide kannten sich gut, waren sogar befreundet.

»Sergeant!«, rief Boys.

Ein Uniformierter der Gendarmerie kam herein.

»Sergeant, könnte Sie in Erfahrung bringen, welche Firma sich in Frankreich, vielleicht in Paris, mit den alten Ägyptern beschäftigt?«

»Sie könnten auch in den Louvre gehen, Monsieur.« Der Sergeant setzte ein Lächeln auf. Boys war nicht ganz klar, ob das jetzt ein missglückter Scherz war oder ob er sich über den Briten lustig machen wollte.

»Ich sprach von einer Firma, die sich sozusagen kommerziell um das alte Ägypten kümmert.«

Der Sergeant salutierte und ging hinaus.

Inspektor Boys drehte sich auf seinem Drehstuhl und sah noch einmal zum Fenster hinaus. Der Himmel war stahlblau. Eine kleine Wolke bildete sich, löste sich aber an den Rändern auf. Sie wuchs nicht. Quoll nicht auf wie Zuckerwatte. Er ging zum Fenster, öffnete es und sog die warme Luft ein. Vom Hafen hörte er das metallische Scheppern der Wanten an den Masten. Ein gleichmäßiges Geräusch, das ihn beruhigte. Es roch nach Meer. Es war die richtige Tageszeit für einen Salat Nicoise am Hafen. »Inspektor?«, sagte der Sergeant, der mit einem Blatt in der Hand zur Tür hereinkam.

»Ja - Sergeant?« Inspektor Boys war ein wenig verärgert aus dieser Stimmung herausgeholt zu werden.

»Ich glaube, dass könnte Sie interessieren.«

Der Sergeant legte das Papier auf den Schreibtisch, salutierte und schloss die Tür hinter sich. Es war eine Anzeige.

Dr. Thomas Gröner wird beschuldigt Unterlagen der Firma Gravitec S.à.r.l., Sitz Paris, gestohlen zu haben. Der Beschuldigte steht in dringendem Verdacht, die Unterlagen Konkurrenzunternehmen zugänglich zu machen. Seit dem Diebstahl am Vormittag des 15. April ist die beschuldigte Person flüchtig.

Das war vor zwei Tagen. Es folgte eine Personenbeschreibung und das Fahndungsersuchen an alle französischen Dienststellen. Dr. Gröner! Das musste tatsächlicher dieser Dr. Gröner sein, von dem die Reinemachefrau und die mathematisch geschulte Sekretärin erzählt hatten. Er war der Freund des Alchimisten Bruno Verba. Er, Inspektor Boys, hatte das gewusst. Aber nicht der Sergeant. Wie kam er darauf, dass ihn das interessieren könnte?

»Sergeant!«, rief Inspektor Boys.

Die Tür flog auf und der Sergeant füllte augenblicklich den Türrahmen aus.

»Wie kommen Sie darauf, dass es mich interessieren könnte?«

»Na - wegen der Firma. Sie fragten doch nach einer Firma, die etwas mit dem alten Ägypten zutun hat.«

»Und - hat sie, diese Firma, wie heißt sie noch mal...Gravitec?«

»Naturellement! Sie bekommt vom Staat Gelder für die Erforschung der alten ägyptischen Kulte. Sie entziffern Schriften, Hieroglyphen und machen, glaube ich, auch viele Versuche, die alten Kulte durchzuführen. Wie man das eben heute in der modernen Archäologie macht.«

»Das müssen Sie mir genauer erklären.«

»Das kann ich nicht. Ich weiß nur, dass es etwas mit diesem komischen Kreuz zutun hat, das auch zum Firmenlogo gehört.«

»Sie meinen das Zeichen Ankh?«

»Ja - klingt gut - ich weiß nicht wie es richtig heißt.«

Es traf Inspektor Boys wie ein Blitz. Er hatte das Zeichen schon oft gesehen. An Leichen! An qualvoll erstickten Menschen. Die Chinesen von Dover! Aber es konnte doch unmöglich einen Zusammenhang zwischen den toten Chinesen von Dover und der französischen Firma geben. Die Gedanken von Inspektor Boys überschlugen sich. Und was hatte dieser Dr. Gröner damit zu tun?

»Monsieur? Monsieur!«

»Pardon ich war in Gedanken. Vielen Dank für ihre Ausführungen, Sergeant.«

Wieder salutierte der Sergeant. Inspektor Boys fand dieses Salut-Ritual kindisch. Aber es gehörte hier wohl zum guten Ton.

26. Das Labyrinth von Ramatuelle

»Was ist das«, fragte Ruth.

»Ich weiß es auch nicht, sieht aus, als würde von irgendwoher ein Lichtstrahl in die Gewölbe fallen.«

Mark kniff die Augen zusammen, um besser in die Richtung sehen zu können, aus der der Lichtstrahl kam.

»Lassen Sie uns lieber verschwinden. Die ganze Sache ist mir nicht geheuer«, meinte Gröner und dreht sich auf dem Absatz um, wobei der Mörtel und der feine Sand unter seinen Schuhen unangenehm knirschten.

»Mein Vater hat Recht. Komm, Mark. Für heute sind wir schon weit genug gegangen.«

Mark nickte nur und ging an den riesigen Statuen vorbei in Richtung Treppe. Er kam sich so unendlich klein vor, neben diesen großen massiven Gestalten. Im Licht der Taschenlampe wirkten sie lebendig. Sie bewegten sich natürlich nicht, aber es war ein Gefühl, als ob sie an der Wand angelehnt schlafen würden. Andere wiederum verfolgten Mark mit ihren Augen. Jedes mal wenn er hoch blickte, fühlte er sich beobachtet. Hinter ihm war das Knirschen der Schuhe von Gröner und Ruth zu hören. Der Kegel des Lichtscheins seiner Taschenlampe wanderte wieder zwischen zwei Kolossalstatuen. Drei hatte er passiert. Zwischen beiden war ein Vorsprung, der bis zur Decke reichte und von oben bis unten mit Schriftzeichen und

Symbolen beschrieben war. Kann man überhaupt schreiben sagen? Sie waren nicht mit einem Federkiel und Tinte auf Sandstein geritzt. Sie wurden für die Ewigkeit in Stein gemeißelt. Seltsame Zeichen, stilisierte Palmwedel, Striche mit Händen, an denen ganz deutlich der Daumen zu erkennen war. Vögel und das Zeichen Ankh tauchten immer wieder auf. Ebenfalls eine Schlange. Mark blieb stehen und sah sich um. Gleich hinter ihm stand Gröner. Fast wäre er aufgelaufen. Dann sah er es auch. Neben einem Steinvorsprung klaffte ein Durchgang.

Wie ein gleichschenkliges Dreieck und über dem Dreieck war die Schlange Ouroboros. Die Schlange, die sich selber frisst, die sich in den Schwanz beißt.

Ruth kam rückwärts und wäre fast auf ihren Vater aufgelaufen.

»Wo ist das Licht, das wir vorhin gesehen haben?«

»Weg - verschwunden. Von der Dunkelheit verschluckt«, sagte Mark, »habt ihr diesen Gang gesehen?«

Sie blickten auf das Dreieck, das wie ein gähnender dunkler Mund, die drei zu verschlingen versuchte.

»Ich geh' da nicht rein. Ich bin doch nicht lebensmüde«, sagte Ruth.

»Wenn wir aber doch schon mal hier unten sind, können wir doch auch nachsehen, wohin der Gang führt. Wenn er zu weit weg führt, gehen wir halt wieder zurück und kommen später noch einmal wieder«, schlug Gröner vor.

»Ich finde das ist eine gute Idee. Wir sollten ab sofort vielleicht maximal eine Stunde in dem Gang bleiben und dann wieder zurückgehen. Dann sind wir innerhalb von zwei Stunden auch wieder draußen.«

»Versprochen?«, fragte Ruth.

»Versprochen«, sagten Gröner und Mark gleichzeitig.

Als sie den Gang betraten, umschloss sie die Dunkelheit. Es war eine Dunkelheit, die man greifen konnte. Sie wehrte sich gegen den Lichtkegel von Marks Meglite und versuchte vor allem den Lichtkegel in der Entfernung zu begrenzen. Vorsichtig schritten die Drei weiter. Immer einen Fuß vor den anderen. Selbst die Geräusche wurden von der Dunkelheit geschluckt. Mark fiel als erstem auf, das im Gegensatz zu dem anderen Gang, kein Mörtel oder Sand auf dem Boden lag. Der Lichtkegel erfasste eine Wand, die wieder mit bunten Ornamenten bemalt war und Hieroglyphen. Fast wäre Mark ausgerutscht. Vor ihm führten steile Treppenstufen weiter hinab in den Berg. »Du willst doch nicht etwa da runter?«, fragte Ruth ängstlich. Mark sah auf seine Uhr. Und das war keine Übersprungshandlung, wie sie Kaninchen vollführen, wenn sie vor der aufgerichteten Schlange stehen und sich anfangen zu putzen.

»Wir sind doch erst zehn Minuten den Gang entlang gelaufen. Wenn der Gang jetzt weiter geradeaus führte, würden wir doch auch weitermarschieren.«

Mark ging die Stufen hinunter. Die anderen folgten ihm dicht. Nach wenigen Stufen verbreiterte sich die

Treppe und es führten links und rechts zwei weitere Treppen hinab.

»Was jetzt?«, fragte Gröner

»Wir gehen einfach weiter geradeaus, dann finden wir wieder gut hinaus. Wer weiß wie verzweigt das ganze Labyrinth hier unten noch ist.«

»Gute Idee.«

Nach ein paar Metern hörte die Treppe auf. Es war ein großer Raum, der fast die Grundfläche eines halben Fußballfeldes hatte, mit einer gewölbten Decke. Auf dem Fußboden und an den Wänden waren Vorsprünge, die wie steinerne Betten wirkten. Die Wände waren kahl. Sie waren aus dem Fels herausgehauen. Und es gab weitere Öffnungen in den Wänden. Gänge, die offenbar zu anderen Gewölben führten. Die Decke war rund. Sie schien sich gegen das gesamte Bergdorf über ihr zu drücken.

Plötzlich flackerte überall Licht.

Mark drehte sich blitzschnell um. Er konnte kaum etwas sehen, weil sich seine Augen viel zu sehr an die Dunkelheit gewöhnt hatten. Schemenhaft konnte er am Eingang, dort wo die Treppe in den Raum mündete, eine Gestalt wahrnehmen. Eher ein dunkler konturenloser Schatten. Als sich seine Augen an das Licht gewöhnten, erkannte er die Gestalt. Es war Ruth.

»Auch früher hatte man schon gleich rechts, wenn man den Raum betrat, einen Lichtschalter«, sagte sie.

»Das gibt es doch gar nicht.« Mark staunte. An den Decken hingen Metalllampen mit hellleuchtenden Glühlampen.

»Die sind aber nicht aus dem alten Ägypten. Wer benutzt diese Räume?«

»Das lässt sich relativ einfach erklären«, sagte Gröner, »früher war das einmal ein Zufluchtsort der Menschen aus Ramatuelle, falls die Sarazenen doch einmal das Dorf überrannt haben sollten. Sie brachten zunächst ihre Wertgegenstände und dann sich selber hierher.«

»Zu Zeiten der Sarazenen hatten sie aber noch keine Glühbirnen. Da bin ich ziemlich sicher«, konterte Ruth.

»Dieser Raum wurde später dann, als die Deutschen in Frankreich einmarschierten und am D-Day von den Alliierten zurückgeschlagen wurden, als Bunker genutzt. Die Deutschen hielten sich in dem bergigen Hinterland noch ziemlich lange. So bis April 1945. Die Alten aus Ramatuelle wussten noch von diesem Raum.«

»Woher weißt du das?«, wollte Ruth wissen, aber Gröner kam nicht dazu zu antworten.

»Seht mal da hinten!«, sagte Mark

Auf einem der Steinbetten lagen Wolldecken und ein Kopfkissen.

»Offenbar wohnt hier jemand.«

»Wohnen kann man das ja wohl nicht nennen. Wer klettert mehrere Meter in den Berg, um in diesem Raum ein Nickerchen zu machen. Selbst wenn einem an der Oberfläche zu warm geworden ist«, sagte Ruth.

»Außerdem weiß so gut wie keiner mehr von dem Eingang. Oder? Die Alten sterben alle aus und die Kinder und Enkel kennen die Geschichte um den Berg von Ramatuelle nur noch als Sagen und Märchen«, bemerkte Gröner.

»Woher wissen sie eigentlich so gut Bescheid?«, fiel Mark auf.

»Verba, Bruno Verba, hat mir davon erzählt«, sagte Gröner und ging auf das steinerne Bett mit den Wolldecken zu. »Er hat mir auch gesagt wo der Name von Ramatuelle eigentlich herkommt«

»Na - woher?«

»Er ist arabischen Ursprungs. Er kommt von Rahmatu'llah.«

»Rahmatu'llah. Ja - und?«

»Das heißt soviel wie 'Göttliche Vorsehung'«

Gröner schlug die Wolldecke zurück, aber darunter kam nur eine Strohmatratze zum Vorschein. Kein Anhaltspunkt, wer es sich unter dem Dorf gemütlich gemacht hatte und vor allem warum?

Hinter ihnen war ein unterdrücktes Stöhnen zu hören. Sie drehten sich um und konnten gerade noch sehen wie einen Gestalt in einem dunklen Kaftan Ruth die Hand über den Mund legte und sie mit dem anderen Arm fest umklammerte. Ruth wehrte sich. Die Umklammerung war zu stark. Eine Befreiung unmöglich. Die Gestalt schleifte Ruth in einen der anderen dunklen Gänge des Gewölbes. Blitzschnell.

Mark und Gröner stürmten sofort in den Gang. Sie liefen einige Meter. Nichts. Das Licht aus dem beleuchteten Gewölbe drang nicht mehr in den Gang. Dunkelheit umschloss sie wieder. Mark blieb stehen.

Keuchte. Versuchte seinen Atem zu beruhigen und horchte in die Dunkelheit. Nichts. Kein Laut war zu hören.

»Ruth! Ruth!«, schrie er immer wieder in den Gang. »Ruth!«

Nichts.

Kein Geräusch - nur der Hall seiner eigenen Stimme.

»Lassen Sie sofort die Frau los!«, schrie Mark.

Nichts.

».... Frau los… Frau los. ..au los«, höhnte das Echo.

»Wir müssen etwas unternehmen«, sagte Mark, »aber was nur? Was?«

Er hämmerte sich mit den Fäusten gegen die Stirn.

»Alleine werden wir es nicht schaffen«, beschloss Gröner. »Wir brauchen Hilfe. Wir kennen das Labyrinth nicht und es sieht doch so aus, als ob der ganze Berg unter Ramatuelle mit Gängen und Höhlen durchzogen ist.«

»Die Gendarmerie muss her«, sagte Mark, »ich sehe keine andere Chance.« Auf Gröners Stirn zeigten sich tiefe Falten. »Hoffentlich suchen die mich nicht schon per Haftbefehl.«

»Das ist doch jetzt egal. Es geht um das Leben ihrer Tochter! Und wir schaffen es nicht alleine.«

»Gut. Dann holen Sie die Gendarmerie und geben mir die Taschenlampe. Ich werde weiter suchen.«

»Sie alleine?«

»Sehen Sie eine andere Chance. Außerdem ist es meine Tochter wie Sie eben so schön bemerkten...«

Mark überlegte kurz.

»Ich hole Inspektor Boys. Der scheint mir ganz in Ordnung zu sein und nicht unbedingt so ein Paragrafenhengst.«

Sie trennten sich. Gröner ging weiter in den Gang hin ein. Mark sah ihm noch eine Weile hinterher und beobachtete wie das Licht der Taschenlampe im Gang immer kleiner wurde, bis es schließlich zu der Größe eines Streichholzkopfes zusammengeschrumpft war. Mark lief den Gang zurück. In dem Gewölbe angekommen, nahm er sein Taschenmesser aus dem Rucksack und ritzte ein kleines Kreuz rechts neben dem Eingang. Er beeilte sich. Hastete die Treppe hinauf, nahm immer zwei Stufen auf einmal. Die Tränen in seinen Augen behinderten ihn bei der Orientierung in der Dunkelheit, obwohl sich seine Augen wieder an die Schwärze gewöhnt hatten. Er musste schließlich nur die Treppe immer geradeaus laufen. Dabei dachte er nur an Ruth. Und er lief noch schneller die Treppe hinauf, bis sein Herzschlag in den Halsadern pochte.

27. Der Hund des Druiden

»Der Puls ist völlig in Ordnung«, nuschelte der Betriebsarzt. Er nestelte an der Bluse von Barbra Hussin herum, öffnete drei Knöpfe. Sie lag immer noch am Fenster auf dem Boden. Der Arzt griff ihr unter die Arme und zog sie auf die Couchgarnitur.

»Bringen Sie endlich das verdammte Paket weg. Das ist ja ekelhaft!«, sagte er zu der Sekretärin, die sich daraufhin ein Taschentuch vor die Nase hielt und versuchte mit dem Ellbogen, und der anderen freien Hand umständlich das Paket zu greifen. Fast wäre es ihr aus den Armen gerutscht und der Hundeschädel auf den Teppichboden gepoltert. Sie konnte noch im letzten Moment wieder die Balance herstellen, indem sie ihren Körper in die Schräglage setzte.

»Schmeißen Sie das Paket aber noch nicht weg«, rief der Arzt der Sekretärin hinterher, die wankend im Türrahmen verschwunden war. »Versuchen Sie luftdichte Gefrierbeutel aufzutreiben und stecken Sie das Paket hinein. Verschließen Sie das verdammte Ding. Ich denke die Polizei wird sich noch dafür interessieren wollen.« Der Arzt drehte sich wieder zu Barbra Hussin um, die auf der Couch mehr hing als saß. Die Füße waren lang gestreckt auf dem Teppich und der Oberkörper versuchte sich mühsam auf der Sitzfläche zu halten. Fast tat sie dem Arzt leid, wie sie so dalag. Aber Hussin hatte auch ihm in der Firma schon oft übel mitgespielt und Atteste von ihm verlangt, die nicht unbedingt mit seinem Äskulap-Eid überein zu bringen waren. Wenn er nur an die vielen qualvoll erstickten Chinesen aus dem Dom dachte, wurde ihm ganz übel.

»Ist da draußen noch jemand?«, fragte der Arzt, der sich nun ärgerte, dass er die Sekretärin weggeschickt hatte. Hussin lag immer noch völlig ohne Bewusstsein auf der Couch. Eine algerische Putzfrau mit Kittel und Kopftuch schob sich durch die Tür.

»Ich soll hier sauber machen«, sagte sie.

»Was wollen Sie denn sauber machen? Sie haben nicht zufällig Riechsalz in der Schürzentasche?«

»Riechsalz?«, fragte sie zurück und legte ganz ungläubig den Kopf zur Seite.

»Schon gut. Was haben Sie denn für Reinigungsmittel da?« Der Arzt ging auf sie zu und sah in ihren Eimer, den sie hinter der Türe abgestellt hatte. Er sah sich die Aufschriften der Flaschen an und fand, was er suchte.

»Ammoniak! Das hilft genauso«, sagte er zufrieden.

Er öffnete den Schraubverschluss und hielt die Flasche unter die Nase von Barbra Hussin. Der scharfe Geruch traf sie wie ein Schlag. Sie öffnete die Augen und setzte sich ruckartig hoch, wehrte den Arzt ab und wollte schreien. Im letzten Augenblick erkannte sie die Situation und sah sich nach dem Paket um.

»Wo ist...«

»Das Paket? Das habe ich wieder verpacken lassen - für die Polizei.«

Barbra Hussin drückte den Arzt beiseite und ging zu dem geöffneten Fenster. Sie stellte sich vor das Fenster und atmete laut hörbar ein und aus.

»Was sollte das? Wer macht so eine Schweinerei?«, schnaufte sie.

»Druiden!«, sagte der Arzt.

»Was?« Hussin sah den Arzt ungläubig an. »Druiden?«

»Ja - es sieht jedenfalls so aus. Ich habe mich während meines Medizinstudiums ebenfalls viel mit Naturheilverfahren beschäftigt und die alten Magier der Kelten hatten da schon ganz schöne Tricks drauf. Und natürlich auch viel Wissen über die eine oder andere Pflanze.«

»Und was hat das mit dem widerlichen Paket zu tun?«

»Es scheint mir eine Warnung zu sein.«

»Eine Warnung?«

»Ja - und zwar eine durchaus ernsthafte. Würde man sich sonst die Mühe machen und einen Hund töten? Der Hund war in der keltischen Religion das Symbol für Heilung und Tod. Und Hunde wurden getötet, um ihren Besitzern ins Jenseits zu folgen.«

»Ich bin aber nicht tot oder?«

»Ja - aber verstehen Sie doch. Man hat Ihnen einen geopferten Hund geschenkt. Das scheint mir ziemlich eindeutig, dass man mit ihrem Ableben in Kürze rechnet.«

»Die werden noch alle erleben, wie lebendig ich bin. Verschwinden Sie jetzt. Mir geht es ausgezeichnet und schicken Sie mir die Sekretärin rein.«

Der Betriebsarzt nahm seinen kleinen Einsatzkoffer und packte das Stethoskop hinein. Als er aufstand und zur Tür ging, wäre er fast gegen die Reinemachefrau gelaufen, die immer noch mit offenem Mund in der Tür stand. Hussin scheuchte sie aus dem Raum. Vorsichtig steckte die Sekretärin den Kopf in den Raum.

»Kommen Sie her!«, herrschte Hussin sie an, »Sie sehen zu, dass der Sicherheitschef und seine Leute auf der Stelle in den Dom kommen.«

»Ja aber... die sind doch in Frankreich«, sagte die Sekretärin kleinlaut.

»Sind sie nicht! Ich habe sie heute Morgen schon gesehen, als sie sich in der Kantine rumdrückten. Erledigen Sie das. Aber ein bisschen schneller als sonst!«

28. Der Code

Gröners Assistent Lange saß an dem großen Pult, in dem 12 Monitore eingelassen waren. Ein Gewirr von bunten Kabeln wand sich hinter den Bildschirmen. Jedes Kabel versuchte einen Weg zu finden, sich nicht mit den anderen zu verheddern. Die meisten Monitore waren ausgeschaltet. Nur rechts und links auf den beiden Bildschirmen, neben dem Assistenten Lange, flimmerten Zahlenkolonnen. Offenbar eine Codierung. Lange blätterte immer wieder in einem Ordner. Anschließend tippte er über das Zahlenfeld der Tastatur neue Zahlenkolonnen.

»Es müssen Primzahlen sein«, flüsterte er immer wieder. Eine Schweißperle rann ihm über die Schläfe. »Primzahlen...«

Im Dom brannte außer über dem Steuerpult nirgends Licht. Es wirkte wie eine Theaterbühne, auf der sich ein einsamer Akteur abmühte, das Publikum zu unterhalten. Allerdings hatte der Zahlenmagier das Publikum völlig vergessen. Er war nur noch alleine, mit sich und der Requisite beschäftigt. Die Tür ging auf und Sicherheitschef Ramig kam herein. Hinter ihm zwei weitere Männer, die Lange von seinem Pult aus nicht erkennen konnte. Er erschreckte sich ganz kurz als die Tür aufschlug, sah sich um und arbeitete gleich darauf weiter an seinen Zahlenkolonnen. Er musste die Lösung finden. Die drei Männer kamen auf ihn zu und stellten sich hinter ihn. Sie beobachteten wie seine Finger immer wieder neue Zahlenkolonnen eintippten, anschließend die Enter-Taste drückten, zunächst vorsichtig, dann immer fordernder. Daraufhin rutschten neue Zahlenkolonnen über den Bildschirm. Irgendwann froren sie auf dem Bildschirm ein und nichts geschah mehr.

»Was soll das?«, fragte Ramig.

»Ich muss den Schlüssel finden, den digitalen Schlüssel, sonst ist die ganze Anlage nur ein Spielzeug....«

29. Das Labyrinth der Rosenkreuzer

Mit einem lauten Knall schlug die kleine Holztüre auf. Sofort hielt sich Mark die Hand vor die Augen. Es war ein stechender Schmerz. Das gleißende Licht der Nachmittagssonne konnte er nicht aushalten. Er schob sich in die kleine Nische neben der Tür. An der Stelle warf das daneben liegende Haus einen Schatten. Langsam, ganz langsam gewöhnten sich die Pupillen wieder an das Licht und Mark konnte die Augen öffnen. Er schloss die Tür hinter sich. Keiner war zu sehen, als er die schmalen Gassen des Wehrdorfes entlang lief. Er rannte im Halbbogen durch die Rue des Sarrasins und versuchte den Torbogen zu finden, der an der Kirche Notre-Dame hinaus auf den Place de l'Ormeau führte. Schließlich erreichte er den Ausgang und stolperte aus dem Dorf. Fast wäre er auf den breiten Stufen unterhalb des Torbogens ausgerutscht. Auf der Terrasse des Cafés war kein Platz mehr frei. Die Gäste saßen unter den Weinranken, die vor der heißen Nachmittagssonne schützten.

Wo hatte er seinen Wagen geparkt? Wo war der Gendarm, der normalerweise immer unter der Ulme auf dem Platz stand und entweder ein Schwätzchen hielt oder den Mund mit einer Trillerpfeife verschloss und den Wagen den rechten Weg winkte. Je nachdem wie er gerade gelaunt war, links oder rechts an der Ulme vorbei. Obwohl es ein Kreisverkehr war, der naturgemäß die Richtung vorgab. Aber die Menschen saßen oft so dicht im Café bis fast an der Ulme, dass sich die Autos nur sehr vorsichtig hindurchzwängen konnten. Der Gendarm schaffte Abhilfe.

Aber jetzt war er nicht da und der wenige Verkehr um diese Tageszeit drehte sich ordnungsgemäß und ohne Richtungsänderung um die Ulme. Mark musste nach St. Tropez. Dort war die nächste Gendarmerie. In Ramatuelle gab es keine Polizei außer dem Ulmen-Gendarm. Jetzt fiel es ihm ein. Er hatte seinen Wagen hinter der Kirche in der Rue du Clocher geparkt. Er erinnerte sich daran, da er die Handbremse noch fest angezogen hatte, was er sonst nie tat, da die Straße sehr abschüssig war. Mark ging um Notre-Dame herum und sah seinen Wagen. Er rannte. Er musste sich beeilen. Sicher würde Ruth irgendwo unter ihm, in den dunklen Gewölben verschleppt. Wenn dieses Schwein ihr etwas antat, dass schwor sich Mark, würde er ihn zur Strecke bringen.

Mark raste die Bergstraße von Ramatuelle in Richtung St. Tropez hinunter. Er hoffte, dass er von einer Gendarmerie angehalten werden würde, dann könnte er alles erklären. Hätte Hilfe. Aber bis zum Parkplatz der Gendarmerie in der Innenstadt, gleich hinter dem Hafen, passierte nichts. Er bremste stark als er den Eingang des Gendarmeriegebäudes erreichte. Die Reifen hinterließen kleine Rauchwölkchen durch den roten Staub, den sie aufwirbelten. Als er den

Treppenaufgang erreichte, empfingen ihn schon die ersten Gendarmen mit einem »Oh la lala, Monsieur...«

»Boys? Inspektor Boys?«, fragte Mark.

»Den Gang entlang. Die dritte Tür auf der rechten Seite.«

Der Gendarm blickte ihm unschlüssig nach. Sein Gesichtsausdruck verriet, dass er darüber nachdachte, ob er Mark nun verhaften oder ihm helfen sollte. Mark erreichte die Tür und riss sie auf. Ein Mann stand mit dem Rücken zu ihm und blickte aus dem Fenster. Inspektor Boys drehte sich um. Sei Gesicht verriet keine Überraschung.

»Ist Ihnen nun das Auto abgebrannt?«, fragte er und wusste im selben Moment, dass die Bemerkung einfach unpassend war, denn Mark sah verzweifelt aus.

»Irgendein Schwein hat Ruth gekidnappt, Sie müssen sofort etwas unternehmen. Am besten Sie kommen gleich mit einigen Gendarmen mit und wir durchkämmen den ganzen Berg.«

»Nun mal langsam und der Reihe nach, sonst kann ich Ihnen beim besten Willen nicht helfen. Was ist passiert?«

»Ruth, irgendwer hat Ruth gekidnappt.«

»Und wo und wie?«

Mark atmete dreimal kräftig durch. Er spürte wie sich ständig sein Magen zusammenkrampfte. Er versuchte alles der Reihe nach zu erklären. So schnell und so einfach es ging. Nachdem er geendet hatte, sah er Inspektor Boys erwartungsvoll an.

»Das hört sich nach einer ziemlich esoterischen Räuberpistole an«, sagte Boys.

»Also, Sie sind mit Gröner und seiner Tochter in den Berg von Ramatuelle. In die unterirdischen Gänge. Ich habe zwar schon davon gehört, aber ich habe es bisher eigentlich immer für eine Art Märchen gehalten. Wenn ich Ihnen glauben soll und ich glaube Ihnen, dann wird wohl nun Realität daraus. Nur damit ich es richtig verstehe: Sie wollten das Geheimnis von Ankh, dem Buch der Rosenkreuzer, ausgerechnet in den Gängen ergründen. Ist das soweit noch richtig?«

Mark nickte.

»Gut. Und Gröner will dem ganzen Spuk bei Gravitec S.à.r.l. ein Ende bereiten. Und hinter ihm sind sie so ziemlich alle her. Einschließlich wir.«

»Ja, aber Gröner ist unschuldig«, sagte Mark, »er hat die Unterlagen der Firma doch nur gestohlen, damit nicht noch mehr Menschen bei den widerlichen Experimenten ums Leben kommen..«

»Das können wir dann später klären. Zunächst müssen wir Ruth und ihren Vater haben. Warten sie hier einen kurzen Moment.«

Inspektor Boys schritt auf den Gang hinaus und rief die Gendarmen zu sich, die gerade auf dem Flur standen. Anschließend marschierten sie zum Kommandeur. »Kommen Sie«, sagte Inspektor Boys zu Mark. Er hatte nur kurz den Kopf in sein Büro gesteckt und ging sofort wieder den Flur entlang hinter den Gendarmen her. »Nun kommen Sie! Schnell!« Die Gendarmen verteilten sich in drei Streifenwagen und im ersten Streifenwagen setzten sich Inspektor Boys und Mark. Sie fuhren mit Blaulicht in Richtung Ramatuelle. Gleich hinter dem Ortseingangsschild von St. Tropez bog die Blaulichtkarawane nach links ab. Es war die Straße, an der die vielen Strände lagen. Eigentlich war es nur ein Strand, der Plage Pampelonne, aber der war unterteilt für Menschen, die berühmt und reich waren und in Strände für das gemeine sonnenhungrige Volk. Obwohl so ein Promi in kurzen Badeshorts nun nicht wirklich zu erkennen ist. Und mancher Tourist reibt sich die Augen und überlegt, ob er den Kugelbauch am Strand nun kennt oder nicht. So ein bisschen kommen einem die meisten Menschen immer bekannt vor. Sicherheitshalber mal fotografieren. Man kann schließlich später immer noch mal in der Bunten oder Gala nachschlagen.

Die Straße nach Ramatuelle sahen sie auf der rechten Seite nach einigen Kilometern. Mark sagte kein Wort im Fond. Ihm war schwindelig bei der rasanten Alarmfahrt, die die Gendarmen auf den Asphalt legten. Aber die Raserei war ihm recht. Er wollte so schnell wie möglich wieder bei Ruth sein. Sie mussten sie in dem Labyrinth finden. Die Streifenwagen umkreisten die Ulme auf dem Platz vor dem l'Ormeau. Das Blaulicht und die Sirene stellten sie ab. Mit ihren breiten Wagen hatten sie in den schmalen Gassen des Wehrdorfes keine Chance. Sie mussten zu Fuß weiter. Mark rannte durch das Tor neben der Kirche Notre-Dame. Bog vor der kleinen Bäckerei nach links ab. Die Schritte hallten in den engen Gassen.

Mark hielt den Griff der kleinen Holztür in der Hand. Hinter ihm keuchte Inspektor Boys. Die Gendarmen liefen fast auf, weil sie nicht mit dem plötzlichen Stopp vor der Holztüre rechneten.

»Hier geht es rein«, sagte Mark und versuchte sich gleichzeitig wieder an die Dunkelheit zu gewöhnen.

Langsam tauchte er tiefer in die Dunkelheit. Inspektor Boys und die Gendarmen folgten dicht ihm. Die Lichtkegel der Taschenlampen huschten über die grauen Felswände. Die Gendarmen flüsterten. Sie raunten. Plötzlich stoppte Mark. Der Lichtkegel von Inspektor Boys Taschenlampe erfasste sein Gesicht. Mark kniff die Augen zusammen und legte den Finger über die Lippen. Ein Gendarm scharrte noch mit seinem Schuh. Dann war es still. Sehr still. Es war, als ob die Dunkelheit und die Stille versuchten, die kleine Gruppe zu ersticken.

Schließlich hörten sie es. Ein Stöhnen kroch den Gang hinauf. Es hallte und hatte nichts Menschliches an sich.

»Los weiter«, flüsterte Inspektor Boys.

Schritt für Schritt bewegten sie sich auf das Stöhnen zu. Sie erreichten die großen Statuen. Fürs Stauen blieb den Gendarmen keine Zeit. Sie folgten dem Stöhnen, dass immer wieder zu hören war. Der Hall nahm ab und sie wussten, dass sie ganz in der Nähe waren.

Der Gendarm hinter Inspektor Boys sah es als Erster.

»Da vorne, Monsieur, da!«

Alle richteten ihre Taschenlampen in den Kegel, den der Gendarm zeigte.

Eine Hand schimmerte matt wie Wachs auf den Stufen.

»Gröner – das ist Gröner...« rief Mark und hastet die letzten Stufen zu dem liegenden Körper auf der Treppe. Eine große Platzwunde klaffte an der Stirn. Blut rann über das Gesicht. Er stöhnte.

»Was ist passiert?«, fragte Mark

»Ich – ich weiß es nicht...«

»An was können Sie sich denn noch erinnern? Wie ist das passiert?«

»Ich..... bin in die Richtung gelaufen, in der das Schwein verschwunden ist. Ich...«

Gröner fasste sich an die Stirn. Blut bahnte sich zwischen seinen Fingern durch. Mark holte ein Taschentuch heraus und drückte es gegen die Wunde.

»Irgendwann blieb ich stehen, weil ich nichts mehr hörte, keine Schritte nichts und dann... ein Schlag und ich fiel hin.«

Der Gendarm leuchtete hinter Gröner und im Schein der Taschenlampe war eine Blutspur zu erkennen, die sich irgendwo in der Dunkelheit des Ganges verlor.

»Wir müssen ihn ins Krankenhaus bringen«, sagte Inspektor Boys »die Wunde muss unbedingt genäht werden und er scheint auch viel Blut verloren zu haben.«

»Sie müssen sie finden«, sagte Gröner »Sie müssen....«

Ein Gendarm nahm Gröner vorsichtig unter die Arme, ein anderer packte die Beine. Sie hoben ihn hoch und trugen ihn behutsam die Treppe hinauf in Richtung Ausgang.

Mark richtete seine Taschenlampe auf die Blutspur.

»Kommen Sie«, sagte er zu Inspektor Boys. Der nickte und wies ebenfalls in Richtung der Blutspur.

Immer wieder waren in unregelmäßigen Abständen kleine rote Punkte im Staub auf der Treppe zu erkennen.

»Stopp«, Mark blieb stehen. Er leuchtet mit seiner Taschenlampe den Boden vor sich ab. Die Tropfen waren nicht mehr zu sehen. Mark schwenkte mit der Taschenlampe nach rechts und sah eine niedrige Öffnung im grauen behauenen Felsgestein.

»Hier rein«, flüsterte er.

Hinter der Öffnung breitete sich eine Felsenhalle aus. An den Enden befanden sich ebenfalls wieder verschiedenen Öffnungen. Auf dem Boden zeichnete sich deutlich eine Blutlache im Staub ab. »Hier muss er den Schlag bekommen haben«, stellte Inspektor Boys fest.

»Monsieur, sehen Sie mal«, forderte einer der beiden Gendarmen.

Auf dem Boden lag ein Blatt Papier.

»Halt!«, sagte Inspektor Boys ziemlich energisch, als Mark den Zettel aufheben wollte. Boys kramte in seiner Tasche und holte eine Plastiktüte heraus. Vorsichtig nahm er das Blatt Papier am äußersten Zipfel und bugsierte es in die Plastiktüte.

»Spuren!« sagte er nur kurz. Er leuchtete mit seiner Taschenlampe auf das Blatt. Es war eine Schwarzweiß-

Zeichnung zu erkennen. Die Zeichnung stellte ein tropfenförmiges Gefäß dar, in dem eine Rose schwebte.

»Was ist das?«, fragte Inspektor Boys.

Mark wusste sofort, wo er dieses Symbol bereits einmal gesehen hatte.

»Rosenkreuzer!«

»Rosenkreuzer?« Inspektor Boys sah ihn fragend an.

»Ja, das kann ich Ihnen später erklären. Aber das ist ganz sicher das Symbol der Rosenkreuzer.«

Langsam drehte Inspektor Boys das Blatt in seiner neuen Plastikhülle herum. Es war eine fast vergilbte Handschrift zu erkennen. Inspektor Boys kniff die Augen zusammen, als ob er so den Text besser erkennen könnte. Auf der anderen Seite des Blattes stand:

Wer die Gräber der Könige entdeckt hat, der wird verstehen
und die Welt wird nicht mehr sein wie vorher.
Wer die Macht missbraucht, wird durch sie sterben.

Darunter noch ein Satz, der mit der Hand geschrieben worden war:

Sucht nicht nach ihr, sie wird bald wieder bei euch sein.

»Was soll das?«, fragte Mark.

»Wir verlieren Zeit«, antwortete Inspektor Boys, »wir werden jetzt zurückgehen und mit einer Hundertschaft zurückkehren und vor allem mit besseren Taschenlampen. Zwischenzeitlich werde ich auch versuchen irgendwelche Pläne über dieses Labyrinth aufzutreiben.

30. Countdown für den Tod

Die Tür schlug auf. Hussin schnaubte und stapfte auf das Steuerpult zu. Lange versuchte bereits seit Stunden den Code zu knacken. Ramig und zwei der Sicherheitsleute standen vor den großen belüfteten Schränken der Rechner. Sie waren fasziniert von den vielen LED-Leuchten, die unterschiedlich in den verschiedensten Farben aufleuchteten. Lange warf immer wieder einen besorgten Blick in Richtung Ramig.

Augenblicklich zuckte er zusammen, als die Tür aufschlug.

»Was ist jetzt?«, herrschte Hussin ihn an.

»Ich bin bald soweit. Es kann nicht mehr lange dauern. Ein paar Stunden nur noch. Höchstens.«

»Ein paar Stunden? Das ist zuviel! Es ist jetzt schon 23.30 Uhr. Morgen früh habe ich wieder eine Demonstration. Die Anlage muss funktionieren.«

»Sie funktioniert ja auch.«

»Wollen Sie mich auf den Arm nehmen. Machen Sie sich lustig über mich?«

»Nein – nein. Ich meine ja nur, dass lediglich der digitale Schlüssel fehlt zum Start. Die Anlage selbst ist prima in Schuss.«

»Schalten Sie das Licht im Dom an!«, herrschte Hussin ihn an. Lange sah auf den Hebel vor sich. Es war der Hauptschalter für die gesamte Stromversorgung des Domes. Es wurde nicht nur das Licht angeschaltete. Die ganze Anlage lief über diesen Hauptschalter. Und legte er ihn um, musste sich normalerweise die komplette Anlage einschalten. Das wusste auch Hussin.

»Nun machen Sie schon!«

Lange schob den Hebel nach vorne. Blaues Licht durchzuckte die Dunkelheit im Raum vor dem Steuerpult. Er wunderte sich, dass überhaupt etwas passierte, obwohl er doch keinen digitalen Code eingegeben hatte. Aber alle Leuchtstoffröhren im Dom leuchteten. Er war sich sicher, dass es nur die Lichtversorgung sein konnte, die sich eingeschaltet hatte. Vermutlich lief sie über einen separaten Stromkreis.

»Na also, sagte Hussin triumphierend, »es funktioniert doch.«

»Ja – aber...«, begann Lange, hielt aber dann inne, weil er sich das eigentlich nicht erklären konnte. Eine Erklärung aber hätte Hussin sicherlich von ihm verlangt.

»Jetzt gehen Sie in den Dom!« sagte Hussin zu Ramig gewandt, der sich verdutzt umdrehte.

»Ich? Äh... wieso ich?«

»Sie und die beiden anderen!«

»Verzeihung Madame, aber mit allem Respekt, wir sind für die Sicherheit verantwortlich und das gehört nicht zu unseren Aufgaben. Dafür sind doch die Chinesen da.«

»Haben wir denn Chinesen zurzeit?

»Nein – aber...«

»Kein aber! Das ist auch eine Frage der Sicherheit. Ich muss wissen, ob die Anlage so funktioniert, dass ich sie Morgen vorführen kann. Wenn Sie meiner Anordnung nicht folgen wollen. Gut. Sie können sich gerne die Papiere holen.«

Der Job als Sicherheitsmann, zumal als Sicherheitschef bei Gravitec S.à.r.l., war außergewöhnlich gut bezahlt. Ramig wusste, dass er so schnell keinen Job bekommen würde, der vergleichbar wäre. Wenn es überhaupt einen gab. Es fiel ihm in dem Moment ein, dass Hussin schließlich weder heute noch morgen Probanden für die Anlage hatte. Vielleicht ließe sich da noch etwas für ihn herausholen.

»Da das nicht zu meinen Aufgaben gehört, für die ich eingestellt worden bin, verlange ich für mich und meine Männer eine Zulage.« Ramig sah Hussin entschlossen an. Es entstand eine greifbare Pause. Lange sah von einem zum anderen. Hussin erkannte ihre Lage. »Sie bekommen eine einmalige Prämie von 2000 Euro.« Ramig nickte und winkte seinen Sicherheitsleuten zu. Sie gingen langsam in die Mitte des Domes, der nun durch die zugeschalteten Scheinwerfer durchflutete war. »Oh – ihre Brillen«, sagte Lange noch und nahm drei dunkle Schutzbrillen von der Wand und brachte sich den Männern. Die Sicherheitsleute zogen die Brillen an und legten ihre Pistolen vor dem Dom auf den Boden ab.

»Das ist prima – das ist gut«, sagte Lange und kontrollierte den Monitor vor sich.

»Stellen sie sich bitte genau in die Mitte. Am Boden ist ein gelber Kreis. Bitte genau in diesen Kreis. In wenigen Sekunden wird es losgehen.«

Lange schwitzte.

Er wusste, dass er ohne den digitalen Schlüssel die Anlage nicht vollständig und sicher in Betrieb nehmen konnte. Er war sich nicht sicher was passieren würde, wenn er den Hebel für den Start der Anlage umlegte.

»Nun machen sie schon«, drängte Hussin, die immer noch hinter Lange stand und jede seiner Bewegungen beobachtete.

»Ja .... sofort.«

Langsam drückte Lange den großen Hebel am Steuerpult nach vorne. Das Summen in der Anlage wurde lauter. Die Generatoren liefen an. »Weiter«, sagte Hussin in einem kühlen Ton. Lange fühlte wie es scheinbar immer kälter am Schaltpult wurde. Er sah, wie sein Arm eine Gänsehaut bekam. Die Fingerkuppen schmerzten. Die Hand wurde bleiern. Er drückte den Hebel soweit vor, dass er in der Endposition arretierte. Es knallte ohrenbetäubend. Ein tiefblauer Blitz schlug von der Kuppel des Domes zu Boden. Er schlug neben den drei Männern ein. Sie wollten aus dem Kreis herausspringen. Zwei weitere tiefblaue Blitze schlugen mit einem Knall auf die kleine Gruppe am Boden. Um die Körper zuckten Blitze. Leuchtspuren hüllten die Männer wie in ein zuckendes Netz.

Sie schrieen auf.

Die Blitze surrten.

Lange schlug den Hebel an seinem Steuerpult zurück.

Stille.

Kein Blitz. Kein Surren der Generatoren. Keine Schreie.

Eine kleine Rauchwolke stieg zur Kuppel des Domes auf. Sie begann am Boden zwischen drei verkohlten Leichen.

31. Die Botschaft

Sie waren zurückgekehrt mit stärkeren Taschenlampen und vier Scheinwerfern. Inspektor Boys hatte noch versucht, jemanden ausfindig zu machen, der Pläne von dem Berglabyrinth unter dem Dorf von Ramatuelle besaß. Aber das war eine Fehlanzeige. Niemand hatte einen Plan oder konnte sich daran erinnern, dass er jemand kennen würde, der einen Plan besaß. Die wortkargen Einwohner glaubten an die Dreharbeiten zu einem Hollywoodfilm, als die Polizeiwagen ins Dorf führen. Was sollte hier sonst schon los sein, dass so viele Polizisten auftauchten. Und mit dem Film kannten sie sich aus. Schließlich war das Grab des Schauspielers Gerard Philippe auf ihrem Dorffriedhof. Er hatte Fanfan der Husar gespielt. Ein junger Held des Dorfes. ‚Pah', mit Berühmtheiten kannten sie sich aus. Jetzt standen sie in den engen Gassen und warteten auf die Schauspieler.

»Kennen Sie denn niemand, der sich in dem Labyrinth irgendwann einmal aufgehalten hat«, wollte Inspektor Boys vom Patron des L'Ormeau wissen.

»Wir waren damals bei der Résistance. Ich habe zwar nicht gerade mit Jean Moulin gekämpft – aber na ja immerhin...«, begann der Patron.

»War die Résistance im Labyrinth?«

»Oui.... naturellement!«

Dabei schob er die Unterlippe über die Oberlippe, nahm das Kinn hoch und zog die Augenbrauen nach oben.

»Aber nur bis zu dieser großen Halle unten. Pläne hat es aber keine gegeben. Wir haben uns da unten verschanzt und auf den D-day gewartet. Die Amerikaner sind ja schließlich direkt vor unsere Haustüre gelandet. Am Plage Pampelonne.«

Inspektor Boys wurde das Gefühl nicht los, dass der Patron während des Gespräches Haltung annehmen wollte. Boys wollte schon die Hand zum militärischen Gruß heben. Verkniff es sich aber. Er konnte den Stolz des alten Patrons nicht verletzen.

»Aber... verzeihen Sie... noch einmal: Pläne gab es nicht?«

»Non, ich habe keine gesehen. Wir haben uns unten am Ende der Treppe, wo die große Halle ist, eingerichtet, um uns dort für längere Zeit zu verstecken. Mehr weiß ich nicht.«

Inspektor Boys bedankte sich und ging vorbei an der Kirche in die Gasse, an der der Eingang zum Labyrinth war. Mark stand mit verschränkten Armen neben der Tür. Immer wieder drängten sich Gendarmen aneinander vorbei durch die schmale Öffnung. Gerade kam wieder ein Polizist in einem weißen Overall heraus. Er gehörte zur Spurensicherung.

»Nichts«, sagte er in Richtung Inspektor Boys, der den Eingang erreichte.

»Und was haben Sie unter dem Arm?«

Der Beamten von der Spurensicherung trug einen großen Plastiksack in der Größe eines Müllsackes unter dem Arm.

»Das ist die Wolldecke, die wir unten auf der Liege gefunden haben. Vielleicht entdecken wir an ihr einige Spuren. Haare oder andere Partikel, die Aufschluss über seinen Besitzer geben. Übrigens: sie ist aus englischer Schafswolle.«

»Woher wissen Sie das?«

»Am Etikett. Made in U.K. Ich werde so schnelle als möglich die Untersuchung im Labor vornehmen.«

Inspektor Boys bedankte sich und der Beamte in seinem weißen Overall verschwand hinter der nächsten Biegung. in der engen Gasse. »Was halten sie davon?« fragte Mark, der das Gespräch, trotz seiner mittelmäßigen Französischkenntnisse einigermaßen verfolgen können.

»Eine englische Wolldecke in Frankreich muss nichts ungewöhnliches sein. Wir haben viele Engländer, die sich nach ihrer Pensionierung in die Provence zurückziehen, um hier ihren Lebensabend zu verbringen. Die schleppen auch schon mal Wolldecken mit.«

»Die legen sich aber meistens nicht in ein Berglabyrinth.«

Einige Stunden vergingen, ohne dass die Police Municipal zu einem nennenswerten Ergebnis kam. Die Gendarmen hörten und sahen zum ersten Mal von der Existenz des Berglabyrinths und Mark gewann den

Eindruck, dass sie das mehr interessierte, als eine Spur von Ruth und ihres Entführers zu finden. Er lehnte sich an die Mauer. Er war einfach müde. Die Schatten in den Gassen wurden länger. Der Abend kroch von der Kirche her in die Rue Victor Leon. Er schloss die Augen und seine Gedanken kreisten um Ruth. Etwas zog an seinem Ärmel. »Monsieur, Monsieur...« Ein kleiner Junge mit einer kurzen Rapper-Hose stand vor ihm. »Monsieur, ich soll ihnen das hier geben.« Die kleine Hand öffnete sich und ein gefaltetes Stück Papier kam zum Vorschein. Mark nahm es.

»Woher hast du es? Wer hat es dir gegeben?«

»Ich weiß nicht. Ein Mann.«

Mark öffnete den Zettel.

»Wo ist der Mann jetzt?«

»Weg. Er ist weggegangen mit einer Frau.«

»Mit einer Frau?«

Mark öffnete den Zettel ganz. Er war dreimal gefaltet, um ihn möglichst klein zu bekommen. Er las die Zeilen:

Es geschieht ihr nichts. Sie ist in der Obhut der Rosenkreuzer. Sie soll die mystischen Geheimnisse lernen.

Mark drehte den Zettel. Nichts. Das war alles? Auf der anderen Seite stand nichts geschrieben.

»Inspektor Boys, sehen Sie«, sagte Mark. Inspektor Boys kam auf ihn zu und nahm den Zettel mit spitzen Fingern.

»Wo haben Sie das her?«

»Hier, der kleine Junge hat mir die Botschaft überbracht.«

»Wo hast du das her?«, fragte Inspektor Boys den Jungen, der immer noch ein wenig verlegen neben Mark stand.

»Hab ich schon gesagt. Der Mann hat auch gesagt, sie würden mir dafür sicher ein paar Euro geben.« Mark gab dem Jungen zehn Euro. Und Inspektor Boys ging mit ihm zum Café l'Ormeau, um sich mit dem Jungen weiter zu unterhalten. Ein Verhör sollte es nicht werden, aber er musste mehr wissen. Welche Anhaltspunkte hatten sie schon? Er spendierte dem Jungen ein großes Eis und er gab eine genaue Beschreibung des Mannes und der Frau so gut er konnte. Als Mark später die Beschreibung von Inspektor Boys hörte, war ihm schlagartig klar, wer Ruth entführt hatte. Er verstand es nur nicht.

Warum hatte er das getan?

32. Die Rosenkreuzer

Es war Theater. Nichts als ein großes Theater mit einer phantastischen Kulisse. Der Hafen von St. Tropez war selbst an diesem frühen Morgen überfüllt. Matrosen in Phantasieuniformen schwangen auf den Yachten den Feudel. Die Segelschiffe waren höher und länger als die Santa Maria mit der Columbus auf den Bahamas gelandet war. Diese Yachten wollten die High Society erobern. Inspektor Boys bestellte sich noch ein zweites Croissant. »Die schmecken einfach toll. Liegt vielleicht an der Aussicht.« Mark konnte nichts essen. Er hatte die ganze Nacht kaum ein Auge zugetan. Erst am Morgen war er über dem kleinen Schreibtisch auf dem Zimmer eingeschlafen. Wie er später ins Bett kam, daran konnte er sich nicht mehr erinnern. Er dachte an Ruth. Hoffnung, dass ihr nichts geschehen war, gab ihm der Zettel. Kein Mensch, der von Obhut schrieb, tat demjenigen, den er in Obhut nahm, etwas an. Er hätte sich sonst völlig anders ausgedrückt. Er hätte in »unserer Gewalt«, »Sie ist Gefangene der...« was auch immer geschrieben. Aber nicht Obhut. Aber welchen Anhaltspunkt hatten sie, um Ruth zu suchen?

»Wir müssen nach Paris«, überlegte Mark

»Wie kommen Sie denn ausgerechnet auf Paris?«, fragte Inspektor Boys und verfolgte mit seinem Blick einer Vespa, die einen kleinen Hund auf den Fußbrettern transportierte. Die Fahrerin klemmte zudem ein Baguette unter dem Arm. Das Klischee lebt, dachte Inspektor Boys.

»Die Rosenkreuzer! Auf dem Zettel stand, dass sie in der Obhut der Rosenkreuzer ist.«

»Wissen Sie wer die Rosenkreuzer sind?«

»Ja und Nein. Was ich weiß, ist, dass im Jahre 1785 in Paris ein großer freimaurerischer Kongress stattfand. Es gab und gibt wahrscheinlich dort eine Großloge. Den Rosenkreuzern wird auch nachgesagt, dass sie sich angeblich unsichtbar machen können. Ich führe das darauf zurück, dass sie unglaubliche Kenntnisse über den Untergrund in unseren Städten haben. Kenntnisse, die sonst keiner hat, wie auch in Ramatuelle. Wer kannte denn noch dieses geheimnisvolle Labyrinth, das außerdem noch eine gedankliche Verbindung zu den alten Ägyptern zu haben scheint. Oder wie erklären Sie sich die Statuen da unten?«

Inspektor Boys nippte an seiner Tasse Milchkaffee. Biss in das Ende des Croissants, das andere Ende hatte schon Bissspuren und nickte.

»Es gibt wirklich sehr viele Merkwürdigkeiten.«

»Und dann gibt es noch die Geschichte des Grafen von Gabalis alias Graf von Saint Germain«, fuhr Mark fort, »der schließlich auch mit den Elementargeistern im Erdinnern und in der Luft Freundschaft geschlossen haben soll.«

»Hört sich ziemlich nach Humbug an«, murmelte Inspektor Boys mit vollem Mund. Er sah Mark in dem Augenblick an, als ob er ein Glas Rotwein zu viel getrunken hätte.

»Mag sein, aber erstens haben wir keinen anderen Anhaltspunkt als die Rosenkreuzer und zweitens steckt in solchen Geschichten auch immer ein Funke Wahrheit.«

Inspektor Boys brummte. Sagte aber nichts.

»Ein ganzes Viertel ist nach dem Grafen von Saint Germain benannt: Saint-Germain-des Prés. In jüngerer Zeit ist es vor allem durch Sartre, de Beauvoir und die Existenzialisten bekannt geworden.«

»Aber nicht durch die Rosenkreuzer!«

»Wer sagt denn, dass sie nicht die vergangenen Jahrhunderte in diesem Viertel ein Quartier für eine Großloge haben. Vielleicht residiert die Loge im Le Procope. Das Restaurant existiert bereits seit dem 17. Jahrhundert, soviel ich weiß.«

»Sie wissen erstaunlich viel.«

»Nun ja...«

Der Kellner kam mit einem kleinen weißen Teller. Darauf befand sich ein warmes Croissant. Er steuerte auf die beiden zu und stellte den Teller neben die Tasse von Mark.

»Ich habe kein weiteres Croissant bestellt.«

»Qui, Monsieur, dass soll ich ihnen von dem Herrn drüben geben.«

»Wo ist er?«

»Dort gleich neben dem Café Gorille.«

Mark sah einen großen Mann, der gerade um die Ecke verschwand. Er hatte im letzten Augenblick noch einen weiten Kaftan und lange Haare entdecken können. Inspektor Boys sprang auf und schmiss fast den kleinen Tisch vor sich um. Er rannte die Straße entlang bis an die Ecke, wo der Mann verschwunden war. Ein Gewusel an Touristen quoll wie eine zähe Lawine durch die Altstadtstraße. Einen Mann mit Kaftan konnte er nicht entdecken. Inspektor Boys ging noch ein paar Schritte der Menschenlawine entgegen. Nichts.

Als er wieder zu dem Cafe Senequier zurückkam, wollte Mark gerade zahlen und suchte den Kassenbon. Er fischte unter dem Croissant die Serviette hervor, weil er darunter den Bon vermutete. Er stutzte. Sie war nicht aus dem Café. Es war eine Stoffserviette. An einer Ecke war ein rotes N, an der eine schwarze Katze buckelte.

»Er ist in diesem ganzen Touristenvolk verschwunden«, keuchte Inspektor Boys, »was haben Sie da?« Er rang noch nach Atem.

»Auf jeden Fall eine Serviette. Und eine Botschaft.«
»Wie kommen Sie darauf?

«Hätte er uns sonst dieses Croissant vorbeigeschickt. Sehen Sie mal hier. Neben dem Logo steht noch etwas...«

»Styx«, las Inspektor Boys. »Was heißt das?«

»Keine Ahnung. Aber eines ist klar. Das Logo ist das eines Schiffsbauers. Es ist eine finnische Firma die Motorsegler herstellt. Nauticat heißt sie.«

»Dann kann Styx eigentlich nur der Schiffsname sein!«

Beide sahen sich an und standen gleichzeitig auf. Sie klemmten ein paar Euro unter die kleine Blechplatte auf dem Tisch und gingen zur Kaimauer. Mark ging schnell an den Schiffen vorbei. Nur zweimal blieb er kurz stehen und las die Schiffsnamen. Es waren Segler, die eine abgeschlossen Kabine an Deck hatten, in der sich auch das Steuerrad befand.

»Das sind Motorsegler«, sagte er kurz zu Inspektor Boys.

Aber er hatte noch keinen Motorsegler der Firma Nauticat gefunden. Sie bogen beim alten Hafen ab in Richtung Hafenmeisterei. Sie überquerten den großen Parkplatz, der wie jeden Tag überfüllt war. Einige Autos parkten an den Seiten, obwohl dort keine Parktaschen vorgesehen waren. Hunde legten sich den Schatten der Autos. Mittlerweile war es bereits Mittag geworden und die Sonne stand hoch. Mark ging schnurstracks an einer vierbeinigen Promenadenmischung vorbei, die gerade einen heißen Reifen markierte. Mark wunderte sich, dass der Urin keine Wölkchen bildete und verdampfte.

»Wir müssen hier herüber«, sagte er zu Inspektor Boys. Der Inspektor hatte Mühe mit Mark Schritt zu halten. Hinter der Hafenmeisterei erkannten sie wieder die Kaimauer. Diesmal vom neuen Hafen. In den alten Hafen durften nur ganz bestimmte Yachten. Die Kriterien: Sie mussten fast so hoch wie der Kirchturm von St. Tropez sein, eine Model-Mannschaft besitzen, die auch als Nationalelf auf einem Laufsteg Pudelmützen präsentieren könnte, nur Pudelmützen versteht sich, und die Yachten mussten Eigner haben, die wichtig waren, sehr wichtig, überaus wichtig. Der proletarische Rest kam in den neuen Hafen. Obwohl auch hier viele Yachten lagen, die die Millionen Euro-Hürde locker übersprangen.

»Ich sehe sie«, rief Mark und begann zu laufen. Etwa in der Mitte des Hafens war eine weiße Motoryacht zu sehen, auf deren Deck zwei Masten standen. Mark erreichte die Yacht und bückte sich, um zwischen den beiden Booten entlang auf den Bug sehen zu können. Das Schiff lag so tief und dicht an der Kaimauer, dass am Heck der Name nicht zu lesen war.

»Styx! Es ist die Styx!«

Jetzt erreichte auch Inspektor Boys die Anlegestelle der Styx. Mark stellte einen Fuß auf die Schwimmleiter, die am Heck angebracht war. Sie war hochgeklappt und so konnte man auf die unterstete Stufe, die nun natürlich oben war, treten, um an Bord zu kommen. Hinter Mark kletterte Inspektor Boys vorsichtig auf das Boot. Mark wollte keinen Ärger mit dem Eigner. Wenn es sich herausstellen sollte, dass es nur ein Scherz war, dass das Croissant mit der Serviette bei ihm gelandet war, musste er eine plausible Geschichte erfinden. Aber ihm fiel keine ein. Er zog die Schuhe aus, um die Teakplanken nicht zu verkratzen.

»Hallo? Dürfen wir an Bord?«, rief Mark über das Bootsdeck.

Nichts rührte sich.

An der Steuerbordseite befand sich die Deckskabine mit einer Schiebetüre. Mark sah von außen in die

Kabine. Er rief noch einmal, aber es rührte sich wieder nichts. Auf dem Tisch links neben dem Steuerrad lag ein Handy, ein Buch und stand eine Tasse.

»Nicht einmal Blumen...«, sagte Mark. »Normalerweise haben die Yachten, wenn sie in St. Tropez ein paar Tage bleiben immer eine Vase mit Blumen auf dem Tisch. Aber hier ist nichts.«

Es ist keine Frau an Bord, dachte Mark. Inspektor Boys war dicht hinter ihm und lugte in die Kabine. »Nichts«, sagte er, »es ist nichts zu sehen. Der Eigner scheint ausgeflogen zu sein.«

Die seitliche Schiebetüre war offen. Mark zog sie zurück und stieg die beiden Stufen hinunter. Er sah am Steuerrad vorbei. Eine Treppe führte in den Bauch des Schiffes.

Am Ende der Treppe lag eine Frau.

Es war Ruth!

33. Rien ne va plus

»Schaffen Sie diese stinkenden Haufen weg. Diese Versager«, schrie Hussin.

Sie lief purpurfarben an. Lange war entsetzt. Er starrte immer noch auf die dampfenden Leichen am Boden des Domes.

»Schaffen Sie sie endlich weg!«

»Ja wie soll...«

»Versager! Es gibt nur noch Versager bei Gravitec...«

Hussin drehte sich um und stakste wütend zur Tür. Den Kopf senkte sie und das Haar fiel an den Seiten wieder herab. Es waren Scheuklappen, die den Blick nicht freigaben. Lange wusste nicht was er machen sollte. Die Hände lagen auf der Tastatur des Computers und bewegten sich nicht. Der Dom mit den drei Leichen am Boden, Lange starr am Steuerpult, es wirkte wie eine Szene aus Madame Tussauds Wachsfigurenkabinett. Aus dem Dunkel, das vom Türrahmen umschlossen wurde, tauchte schemenhaft eine Gestalt auf. Hussin, die gerade durch die Tür wollte, stieß mit dem dunklen Schatten zusammen. Der Mann schob sie vor sich her, wieder zurück in den Dom. Er hatte einen Kaftan an und die Kapuze verhüllte sein Gesicht. Hussin sagte nichts. Sie erkannte ihn, noch bevor er seine Kapuze vom Kopf streifte.

»Maryborough?! Was machen Sie denn hier?«

»Haben Sie meine Nachricht nicht bekommen?«

»Nachricht? Was für eine Nachricht?«

»Ich hatte Ihnen ein Paket zukommen lassen ...«

»Sie warten das? – Mit dem ekeligen Kadaver in der Kiste?« Hussin Stimme sprang in eine höhere Tonlage. Maryboroughs Stimme blieb gelassen mit einem bedrohlichen Unterton.

»Sie haben es zu weit getrieben. Sie wollen nur die Macht für ihre Geldgier und spielen mit den alten heiligen Kräften der Natur.«

Maryborough ließ sie nicht an der Türe vorbei. Er schob sie vor sich her, bis sie rückwärts gegen das Steuerpult stieß. Lange drehte sich um, aber der Schock hielt ihn immer noch. Er drehte sich nun zu Maryborough um, sagte kein Wort. Niemand konnte sagen, ob er Begriff was vor sich ging. Er war völlig apathisch. Maryborough ließ seine flache Hand vorschnellen. Er traf Hussin am Brustbein. Sie taumelte nach hinten und fiel. Ihr Kopf schlug hart auf dem Zementboden des Domes auf.

»Es ist noch nicht vorbei«, sagte Maryborough ruhig.

Er schlug ihr ins Gesicht. Sie verdrehte die Augen. In wenigen Sekunden würde sie ohnmächtig werden.

»Ihr habt mich betrogen. Verba hat schon dafür gebüßt«, sagte er.

Maryborough packte sie an der Jacke und schleifte sie hinter sich her zu den drei Leichen am Boden des Domes. Körper stanken entsetzlich nach verbranntem Fleisch. Es stiegen mittlerweile keine kleinen Rauchwolken mehr auf. Maryborough holte unter seinem Umhang eine große Rolle Textilklebeband hervor. Er riss einen langen Strang ab, wobei er seine Zähne zu Hilfe nahm und wickelte das Band um die

Hände und Füße von Hussin. Für einen kurzen Augenblick kam sie wieder zu sich.

»Sie Schwein...«, schrie sie und der Hall im Dom ließ ...einnnnn nachklingen. Es hörte sich unwirklich an. Unmenschlich. Maryborough ließ sie neben den drei Leichen liegen und ging zum Steuerpult.

»Schalten Sie ein«, befahl er Lange.

»Das ... das werde ich nicht tun.«

Lange war aus seiner Apathie wieder in einen Teil der Realität zurückgekehrt und nahm allem Mut zusammen.

»Ich werde den Hebel nicht noch einmal bewegen.« Maryborough starrte ihn an.

«Der Gravimator funktioniert doch nicht«, versuchte Lange zu erklären, «sehen Sie doch was passiert. Wir haben den Schlüssel nicht. Es ist jetzt nur... verstehen Sie doch...«

Maryborough hört nicht zu. Er griff nach dem Hebel und drückte ihn nach vorne. Das Bild auf dem Rechner begann endlose Zahlenkolonnen wiederzugeben. Dann blieb es stehen.

Enter Code

stand auf dem Bildschirm. Darunter ein freies Feld. Maryborough drückte die Entertaste. Ein neues Dialogfeld erschien.

Falscher Code

und die Aufforderung eine neue Zahlenkombination einzugeben.

»Wieso schaltet der Gravimator sich nicht ein?«, herrschte Maryborough Lange an.

»Es gibt ... es gibt eine Verzögerung... und der Codeschlüssel für den...«

Ein pfeifendes Geräusch drang von unten aus dem Boden herauf. Es wurde immer eindringlicher und lauter. Die Zusatzgeneratoren starteten. Aus dem Nichts zuckten blaue Blitze an den Wänden des Domes entlang. Sie verzweigten sich. Einige schlugen quer. Sie kamen in immer kürzeren Abständen, erreichten die Kuppel des Domes. Schlugen vom Boden bis hinauf in die Kuppel. Sie schienen sich in der Mitte der Kuppel vereinigen zu wollen. Der Generator pfiff wie eine Flugzeugturbine beim Start. Die Blitze schlugen laut krachend in die Kuppel. Ein armdicker tiefblauer Blitz donnerte von der Kuppel mit einem Schlag auf den Boden.

Er traf Hussin.

Sie bäumte sich auf, eingehüllt in blaues Licht, so dass nur doch der Hinterkopf und die Fersen der Füße den Boden berührten. Ihr Körper schlug zurück. Rührte sich nicht mehr. Kleine stinkende Rauchfahnen entfernten sich von ihren versengten Haaren. Maryborough griff zum Hebel am Steuerpult. Zog ihn zurück. Nach drei Sekunden, die der Generator brauchte um auf Null zu fahren, wurde es still. Totenstill. Lange versuchte seinen Atem zu unterdrücken. Maryborough drehte sich um. Sagte kein Wort. Der Raum füllte sich mit beißendem Geruch. Er ging langsam auf die Ausgangstüre zu. Verschwand in der Dunkelheit am Ende des Flures.

34. Die Yacht Styx

»Es ist Ruth«, sagte Mark. Er nahm ihren Kopf und sie öffnete langsam die Augen.

»Mark?«, flüsterte sie.

»Wie geht es dir? Hast du Schmerzen?«

Ruth setzte sich langsam auf und lehnte sich an die Holztreppe.

»Nein ... mir ist nur ein wenig schwindelig.«

Inspektor Boys kam mit einer Tasse Wasser die Treppe herunter und reichte sie Ruth.

Sie sah die Tasse und winkte heftig ab.

»Wo haben sie die Tasse her?«

»Sie stand oben auf dem Tisch. Ich habe sie ausgewaschen.«

»Ich habe schon einmal aus der Tasse trinken müssen. Danach kann ich mich an nichts mehr erinnern.«

»Maryborough?«, fragte Mark

»Ja ... ja, woher weißt du das?«

»Ich habe ihn erkannt. Ein kleiner Junge hatte mir in Ramatuelle eine Botschaft von ihm überbringen müssen. Und der Junge hatte ihn sehr gut beschreiben können. Es scheint sowieso ein beliebtes Spiel bei ihm zu sein, ständig Botschaften überbringen zu lassen. Wir haben dich auf dem Schiff auch nur gefunden, weil ein zweites Croissant bekam, das keiner von uns bestellt hatte.«

»Was?«

Mark schmunzelte. Er war froh, dass Ruth offensichtlich nichts fehlte. Nachdem auch Inspektor Boys nicht mehr ständig sich danach erkundigte, wie es ihr ging, fuhren sie auf die Gendarmerie und nahmen dort ein Protokoll auf.

Mark und Ruth saßen in dem kleinen Raum vor dem Schreibtisch. Inspektor Boys schritt ständig zwischen Fenster und Tisch hin und her.

»Das waren mit Sicherheit K.O.-Tropfen. Wir lassen ihnen noch ein wenig Blut von unserem Polizeiarzt abzapfen. Vielleicht finden wir noch Spuren des Mittels. Zur späteren Beweisführung wäre das nicht uninteressant.« Inspektor Boys ging wieder zurück zum Fenster und sah hinaus. Mark räusperte sich.

»Ich verstehe nur nicht, warum er das getan hat. Er mag Ruth. Das habe ich in Bristol selbst erlebt.«

»Es gibt nur eine wirklich plausible Erklärung: Wir sind ihn zu nahe gekommen...«

»... und er wollte Ruth aus der Schusslinie nehmen. Denken Sie an den Brandanschlag auf unseren Wohnwagen. Denn nachdem sie Gröner, ihren Vater, nicht finden konnten, wollten sie sich an Ruth vergreifen.« Inspektor Boys kam zurück zum Schreibtisch. Er nickte.

»Stimmt. Und er selbst wollte unbedingt das Buch, wie hieß es noch...«

»Die Chymische Hochzeit«, sagte Mark.

»Genau. Die Chymische Hochzeit zurückhaben. Das Buch hat ja einen enormen Wert wie Sie mir gesagt haben. Unter Sammlern wird sicher einiges geboten. Mehr vermutlich als ich je als Polizist verdienen werde.«

»Das ist es aber nicht«, warf Ruth ein, »es geht nicht um Geld. Es geht um Macht, um die Beherrschung der Natur und damit der Welt. Es geht um uralte Naturrituale, die von den Druiden ausgeführt werden.«

»Und das Buch...?«, fragte Inspektor Boys

»Das Buch«, sagte Mark aufgeregt, »das Buch enthält alle Antworten. Es sagt dem Eingeweihten wie er die Natur beherrschen kann. Auch Naturgesetze sind vielleicht Gesetze, die man brechen kann, um sich einen eigenen Vorteil zu verschaffen...«

Inspektor Boys blieb plötzlich am Schreibtisch stehen und ging nicht mehr zu Fenster.

»Das stimmt! Bruno Verba hat den Ehrenkodex gebrochen. Er musste sterben. Die Firma Gravitec S.à.r.l., bei der ihr Vater...«

»Sie sollten sofort anrufen. Sie müssen bei der Firma anrufen.«

Inspektor Boys ging zu Tür und rief einen Gendarmen. Er gab ihm die Order, eine Verbindung mit der Firma Gravitec S.à.r.l. in Paris herzustellen.

Es war ein alter brauner Schreibtisch. Er war nicht antik, nur alt und durch etliche Verhöre verbraucht. Das Telefon auf der Tischplatte wirkte wie ein Relikt aus einer anderen Welt. Keiner traute sich ein Wort zu sagen. Minutenlang. Sie sahen auf das Telefon.

Ein ständig sich wiederholender Dreiklang erlöste die Stille. Es klingelte dreimal bis Inspektor Boys den Hörer abnahm.

»Allo? .... Oui... hmmm.... Oui…Merci.«

Er legte den Hörer langsam wieder in die Mulde, die dafür vorgesehen war.

»Sie haben vier Leichen im Labor gefunden. Drei Männer und eine Frau. Die Identifizierung ist noch nicht abgeschlossen. Die Leichen sind verbrannt. Sie sind nur schwer zu identifizieren. Außerdem haben sie an einer anderen Stelle der Firma noch weitere Leichen gefunden.«

»Weitere Leichen?«, wiederholte Mark.

»Chinesen. Sie lagen in einem Nebenraum des Labors, dass sie dort wohl Dom nennen.«

»Chinesen?«, plapperte Mark nach und merkte gleichzeitig, dass er ständig alles wiederholte. Es war ihm unangenehm, aber er konnte einfach nicht glauben, was er hörte. Inspektor Boys nickte. Für ihn stellten sich Verbindungen her, die er vorher, vor diesem Anruf, nicht gesehen hatte. Wie hätte er auch darauf kommen sollen? Welche erkennbare Verbindung hätte es denn gegeben? »Die Firma Gravitec S.à.r.l. missbrauchte die Chinesen zu furchtbaren Experimenten.« Für Inspektor Boys setzte sich das Puzzle zusammen. Er sah es nun ganz klar vor sich. Die Menschen kamen mit der Hoffung auf ein neues Leben und fanden den Tod. Entweder beim illegalen Transport, bei dem die Schlepper verdienten oder später bei den grausamen Experimenten der Firma Gravitec S.à.r.l..

»Für mich«, sagte Inspektor Boys, »gibt es jetzt nur noch eine Frage: Wo finden wir Maryborough?«

»Ich sollte am Leben bleiben, um die mystischen Geheimnisse zu lernen«, sagte Ruth, »das hat er jedenfalls zu mir gesagt.«

»Wenn er ein Druide ist, ein echter Druide in der keltischen Tradition, so wird er das Geheimnis doch nicht an eine Frau weitergeben«, warf Inspektor Boys ein.

Ruth berichtigte ihn. Sowohl Cäsar als auch Tacitus beschrieben schon keltische Priesterinnen. Sie waren für die Weissagungen zuständig und kannten sich in den verschiedensten Ritualen aus, die dafür notwendig waren. Sie erzählte die Geschichte von der Begegnung zweier Kaiser, Diokletian und Aurelian. Als Diokletian, er war noch Soldat und noch kein Kaiser, in einer Taverne ein paar Becher zu sich nahm und anschließend seine Rechnung bezahlte, wurde er von einer Druidin ausgeschimpft. Das Trinkgeld sei zu mager ausgefallen. Er sagte ihr, wenn er erst Kaiser wäre, würde das Trinkgeld natürlich üppiger ausfallen.

»Woher kennst du die Geschichte«, wollte Mark wissen.

»Von meinem Onkel, von Maryborough, und wie ihr seht ist es nichts Ungewöhnliches, dass auch Frauen Druidinnen sein können. Auch bei der Chymischen Hochzeit gibt es schließlich eine Zeremonienmeisterin.« Mark sah Ruth an. Sie wurde ihm unheimlich. War es noch die gleiche Frau, in die er sich in Bristol verliebt hatte?

»Weißt du noch mehr Geschichten? Weißt du vielleicht auch, wo er hin ist, wir würden ihn gerne verhaften und vor Gericht stellen.« Mark sagte das mit einem ironischen Unterton, den Ruth bemerkte.

»Warum sagt du das?«

»Es ist doch so. Er muss für das, was er getan hat, zur Rechenschaft gezogen werden.«

»Wie willst du einen echten Druiden, der die Naturgesetze kennt und sich ihrer bedient, verhaften. Das ist unmöglich!«

»Nein!«, sagte Mark entschieden. »Nein - ist es nicht!«

35. Das Schloss

John Aubry war Altertumsforscher des 17. Jahrhunderts. Er schrieb nicht gerade freundlich über die Briten.

Stellen wir uns das Land zur Zeit der alten Britannier vor. Dunkler bedrückender Wald, die Bewohner fast so wild wie die Tiere, deren Fell ihre einzige Kleidung war. Ihre Religion beschreibt Cäsar. Ihre Priester waren Druiden. Einige Tempel maße ich mir sicherlich an, wiederhergestellt zu haben – Avebury, Stonehenge usw. Sie waren denke ich, um ein oder zwei Grade weniger wild als die Indianer. Die Römer unterwarfen und zivilisierten sie.

Und Maryborough empfand sich als Druide. Er war ein Druide. Für ihn war Ruth die künftige Zeremonienmeisterin aus der Chymischen Hochzeit. Keiner hatte wirklich den Sinn des geheimen Buches der Rosenkreuzer begriffen. Wie auch. Man musste Rosenkreuzer und Druide sein, nur dann begriff man die Zusammenhänge. Die Geschichte entschlüsselte sich nicht von selbst.

Maryborough blieb nun nur eines zu tun. Zu viel war geschehen. Er hatte Bruno Verba opfern müssen. Den Missbrauch der Gesetze und der Macht durch Barbra Hussin gewaltsam verhindert. Die Zeremonienmeisterin war gerettet. Er hätte in Ruhe seine Studien in der Bibliothek von Bristol weiter führen können. In den Bereichen der Bibliothek, die längst in Vergessenheit geraten waren. Er mochte den Geruch der Bücher. Er liebte ihn. Und wenn er sie aufschlug, gaben sie ihm ihre Geheimnisse preis. Es waren gut gehütete Geheimnisse, die oft nur handschriftlich vorlagen. Später, viel später, wurden die Geheimnisse gedruckt. Früher als die Gutenbergsche Bibel. Das wusste keiner. Die mit geschnitzten Holzlettern gedruckten Bücher waren in wenigen Exemplaren vorhanden. Nur ausgewählte Mitglieder der Rosenkreuzer bekamen ein Exemplar. Die Lettern wurden nach dem Druck auf einem Opferstein verbrannt. Und er, Maryborough, besaß den Schatz in der Bibliothek. Jetzt aber waren ganz andere Aufgaben zu erledigen.

Mit dem Zug war er unbehelligt von Paris bis zur französischen Küste gefahren und hatte bei Le Havre nach Southampton übergesetzt. Die Überfahrt war unruhig gewesen und die Fähre hatte geschwankt. Ein ständiges Einsinken in das Wellental. Es waren nur wenige Menschen auf der Fähre. Maryborough konnte kaum Touristen ausmachen. Viele Lkw-Fahrer vertrieben sich die Zeit mit Kartenspiel an den Tischen des Restaurants. Die Kellner sahen gelangweilt zu. Maryborough war ganz nach oben an Deck geklettert. Gleich über dem Laderaum, dort wo die Laster standen, roch es unangenehm.

Es stank.

Er schloss die Augen und ließ den Wind nach seinen langen Haaren greifen. Die Enden seines Umhanges versuchten ein Geräusch zu machen, wie eine schnalzende Peitsche. Die meisten an Bord sahen ihn kaum an. Ein spleeniger Engländer auf der Rückreise. So what? Einer der Lkw-Fahrer hatte ihn mitgenommen nach Bristol. Der Laster hatte Bananen geladen und selbst der Fahrer roch süßlich nach einer gerade geöffneten Banane. Maryborough fand dieses Fragrance, diese Essenz der Natur angenehm.

Er kam abends in Bristol an und verlor nicht viel Zeit. Er marschierte sofort in die Stadtbibliothek. Den Schlüssel trug er immer bei sich. Keiner der anderen Archivare war mehr da. Woanders wird meisten pünktlich Feierabend gemacht. Nicht so in der Bibliothek von Bristol. Die Archivare hatten im vergangenen Jahr begonnen, ihre gesamten Angaben, die handschriftlich noch auf Karteikarten verzeichnet waren, in den Computer einzugeben, neue Datenbanken anzulegen. Es war von der Stadt eigens ein Zentralcomputer für die Bibliothek angeschafft worden. Wenn tagsüber zuviel Publikumsverkehr in den Gängen zwischen den alten Bücherregalen stöberte, saßen die Archivare noch nach Feierabend an ihren neuen Datenbanken. Aber an diesem Tag waren nur wenige Menschen da gewesen, um sich ein Buch auszuleihen.

Maryborough ging an das Ende des Regals mit den Büchern, die sich mit der Renaissance beschäftigten. Ganz am Ende stand ein kleiner Schreibtisch. Es war kaum Schreibtisch zu nennen, es ähnelte eher eine

Bücherablage. Maryborough rückte den Tisch beiseite. Dort wo das Tischbein gestanden hatte, war das Holz des Parkettbodens heller. Und genau an der Stelle stießen zwei Holzstücke zusammen. Maryborough holte sein Opinel-Messer heraus und drückte mit der Messerspitze das Holzstück hoch. Ein großer Hohlraum klaffte unter dem Parkett. Er griff nach einem kleinen Holzkasten, der in ein Wachstuch gewickelt war und stellte ihn neben die Bodenöffnung. Er richtet sich auf und legte den Finger ans Kinn. Mit dem Zeigefinger rieb er über das Grübchen, das sich tief in das Kinn eingegraben hatte. Er gab sich einen Ruck und begann hastig zwischen den drei verschiedenen Regalen hin und her zu laufen. Jedes Mal nahm er ein altes Buch heraus und stapelte es auf seiner linken Hand. Schließlich balancierte er einen Bücherturm, der nur durch sein Kinn vorm Umfallen gerettet wurde. Nachdem Maryborough wieder das Loch im Parkett erreichte, verstaute er vorsichtig Buch für Buch in dem Loch unter dem Boden. Anschließend griff er in seine Jackentasche und holte einen Computer-Speicherstick heraus. Es war das Zeichen Ankh fein säuberlich mit einer Tuschefeder darauf gezeichnet worden. Das Logo von Gravitec S.à.r.l.. Darunter stand:

Keycode.

Maryborough steckte auch die Speicherstick in das Loch im Boden und schob das gelöste Brett wieder darüber. Er stand auf und trat auf das Holz. Es klackte und das Brett hatte sich eingereiht. Er nahm den kleinen Tisch und stellte ihn mit dem Tischbein wieder auf die helle Stelle am Parkettboden. Er ging rückwärts, drei Schritte zurück und nickte zufrieden.

Den kleinen Holzkasten trug er unter seinem Umhang, als er die Bibliothek von Bristol hinter sich verschloss.

36. Der Weidenmann

Mark war sich sicher, dass es nur Stonehenge sein konnte. An diesem Ort konzentrierte sich alles. Er hatte den Druiden dort zum ersten Mal gesehen, als er mit einer Schlange ein geheimnisvolles Ritual vollführen wollte. Die Sonne begann ihren Kreis zu beschreiben und die Schatten der Steine über das grüne Gras wandern zu lassen. Es war so früh, dass noch keine Touristenbussen den Parkplatz neben der Straße verstopften. Inspektor Boys und Mark kletterten über die Absperrung neben dem Kassenhäuschen, das um diese Uhrzeit noch nicht besetzt war. Sie gingen durch den Tunnel unter der Straße, um auf die andere Seite zu kommen. Ruth war an diesem Morgen nicht mitgekommen. Sie könne sich nicht vorstellen, dass in Stonehenge irgendetwas passiert. Höchstens ein paar Krähen würden aufgescheucht. Sie sollte sich irren.

Es war ein gigantisches Bild. Die beiden Männer betraten die grüne Bühne. Das Licht ging über dem Theater auf, das einem runden Schloss der Riesen glich oder der Skyline einer amerikanischen Metropole. Sie blickten über das Hügelgrab, das nur als leichte Erhebung im Grün zu erkennen war, auf den Kreis aus Blausteinen. Eine Krähe schrie über ihren Köpfen und hinter den Steinen antwortete ein anderer Vogel. Als die Männer den äußeren Kreis der Steinsäulen erreichten, sahen sie vor sich den Altarstein. Mark wusste nicht, was er sich vorgestellt hatte, was er erwartete. Aber das?

»Ein Ei! Es ist ein Ei«, sagte Inspektor Boys.

Auf dem schwarzen Altarstein lag ein Ei. Es war kein gewöhnliches Hühnerei. Es hatte die Dimension eines Straußeneies.

»Die Oberfläche ist nicht glatt«, sagte Mark leise, so als wollte er das Ei oder was auch immer es war, nicht stören. Sie traten dicht an den Stein und konnten die Oberflächenstruktur gut erkennen.

»Es hat Schuppen. Es sieht aus, als hätte es Schuppen«, sagte Mark.

»Riechen Sie das?« fragte Inspektor Boys.

»Es riecht verbrannt!«

Ein scharfer, beißender Geruch stieg ihnen in die Nase. Sie blickten sich um, gingen zwei Schritte vom Altarstein weg zu den beiden Steinsäulen, auf denen ein Deckstein lag.

»Hier...«, rief Mark, er war um die Steine herumgegangen und hielt sich die Hand vor Mund und Nase. Das Gras war in einem ovalen Kreis verbrannt. In der Mitte lag eine verkohlte Leiche. Um den Kreis herum, lagen verkohlte Weidenstöcke.

»Der Weidenmann«, sagte Mark.

»Sie kennen die Leiche?« Inspektor Boys sah ihn ungläubig an.

»Nein«, schüttelte Mark den Kopf, »der Weidenmann ist eine brutale Hinrichtungsart. Eine Art zu Opfern bei den Druiden. Selbst Cäsar hat darüber berichtet. Menschen wurden in ein Weidengeflecht gesteckt und anschließend angezündet. Es war eine Opferung für die Götter der Kelten. Überwacht wurde sie von Druiden.«

»Ein Mord... «, sagte Inspektor Boys und holte sein Handy heraus, »wir sollten aufhören hier herumzutrampeln und die ganzen Spuren vernichten. Ich sag der Spurensicherung Bescheid und die Kollegen von der Schutzpolizei müssen alles abriegeln, bevor die Touristen kommen.«

»Es war wahrscheinlich kein Mord«, sagte Mark nachdenklich und bückte sich zu der verkohlten Leiche herunter. Er starrte auf die verbrannte Hand. Zwischen den schwarzen Skelettfingern war eine Goldkette mit einen Anhänger zu erkennen.

Das Zeichen Ankh. Mark stand auf.

»Hier hat sich jemand selbst geopfert.«

Mark drehte sich um und sah wie Inspektor Boys vorsichtig einen Kaftan mit Kapuze untersuchte, der in einiger Entfernung über einem umgefallenen Stein lag.

Ich weiß - wer hier liegt!«

Ende

Epilog

Ich möchte mich bei den Druiden in England und einigen Geheimbünden in Deutschland bedanken, dass sie mir einen Einblick in ihr Leben gewährten. Ich bin nach wie vor skeptisch, ob das eine oder andere Ritual tatsächlich etwas bewirken kann. Allerdings wird beispielsweise wohl niemand bestreiten, der schon einmal einen Gottesdienst in einer Kirche besucht hat, dass da etwas geschieht. So war es für mich auch bei den Abenden in den Geheimbünden.

Einen spirituellen Weg zu gehen, ist sicherlich kein schlechter Weg in der Welt. Länder wie Indien oder Japan setzen ganz stark auf diesen oft inneren Weg. Es gibt etwas außerhalb der materialistischen Welt, in der die Zahlen auf dem Konto zählen. Spüren wir das nicht auch, wenn wir in Europa durch einen Wald gehen? Der Stress nimmt ab; wenn wir öfters gehen, werden wir gesund, wir nehmen die Welt besser wahr und stellen irgendwann fest, dass wir ein Teil von dieser Welt sind. Die Bäume atmen aus, wir atmen ein, die Tiere atmen aus, wir atmen ein. Ist das nicht schon eine wunderbare unsichtbare Verbindung?

In der Vergangenheit habe ich viele Naturdokumentationen gedreht. Das gesamte Team hat sich dabei immer bemüht, sich stets behutsam und fast unsichtbar in der Natur zu bewegen. Die Tiere wurden respektiert und nicht zu einem Entertainment-Gegenstand degradiert. Ich schrieb in meinem „Tierzeit" Buch über meine Filme: „Handeln, nur um sensationelle Bilder zu bekommen, ohne auf die Auswirkungen vor Ort nachzudenken, lehnten wir von Anfang an ab."

Jetzt schweife ich doch vielleicht ein wenig ab. Aber in dem vorliegenden Roman wurde auch versucht, die Natur auf alle möglichen Wege zu überlisten.

Versuchen Sie vielleicht, lieber Leser, die Welt auch einfach zu spüren. Wir sind nur für eine kurze Zeitspanne ein Teil von dieser Welt.

Ihr Helmut Mülfarth